KB083668

우리는
죽은 사람들이에요

DIT ZIJN DE NAMEN by Tommy Wieringa

Copyright © 2012 Tommy Wieringa

Originally published with De Bezige Bij, Amsterdam

Korean Translation Copyright © 2018 SOLBITGIL

All rights reserved.

The Korean language edition published by arrangement with
SOLBITKIL through MOMO Agency, Seoul.

N ederlands
letterenfonds
dutch foundation
for literature

이 책은 네덜란드 문학재단(The Dutch Foundation for Literature)의 번역지원금 지원을 받아서
출판되었습니다

우리는 죽은 사람들이에요

초판 1쇄 발행 2018년 11월 1일 **원작** DIT ZIJN DE NAMEN **지은이** 토미 비링하
옮긴이 이세진 **발행인** 도영 **표지 디자인** 신병근 **내지 디자인** 손은실 **마케팅** 김영란
발행처 그러나 (등록 2016-000257호) **주소** 서울시 마포구 동교로 142, 5층(서교동)
전화 02) 909-5517 **Fax** 0505) 300-9348 **이메일** anemone70@hanmail.net
ISBN 978-89-98120-51-1 03850

Dit zijn
de namen

토미 비링하 지음 | 이세진 옮김

우리는
죽은 사람들이에요

그러나

공자 가라사대 "네 부모가 살아계신 동안은 멀리 여행도 하지 마라. 그래도 떠날 일이 있다면 어디 가든 네가 있는 곳을 부모께 알려드려라."

차 례

가을

1. 실재

폰투스 베그는 상상했던 대로 늙지 못했다. 어림없었다. 어림 반 푼어치도 없었다. 어릴 적 그는 안전고글을 쓰고 뒷짐을 지고는 부친의 농가 마당을 한참 돌아다니곤 했다. 그것이 베그가 생각하는 노인의 모습이었다. 이따금 기다란 나뭇가지로 지팡이 짚는 흉내를 내보기도 했다. 노년보다 더 바랄 만한 것은 없었다. 침착하게 폭풍을 헤치고 나아가는 느긋하고 속 깊은 선장의 위용. 그는 지혜로운 사내의 모습으로 죽을 터였다.

콧날 양쪽이 헐기 시작하자 고글은 창고에 집어넣었다. 칼갈이 옆에 처박아놓았다. 노년을 맞으러 달려가기보다는 그놈이 다가오기를 차분히 기다렸다.

한쪽 발이 시리기 시작하자 비로소 내가 늙는구나 싶었다. 쉰세 살, 어르신 노릇을 하기에는 이르지만 벌써 조짐은 다 나타났다. 허리에 신경통이 왔다. 그때부터 늘 왼발이 시렸다. 아침에 욕실 바닥에 놓인 두 발을 내려다보면 양쪽 발은 때깔부터 달랐다. 오른발은 발그레하게 혈색이 돌았지만 왼발은 창백하고 얼음장 같았다. 왼발은 눌러봐도 감각이 거의 없었다. 이게 내 발인가 남의 발인가 싶었다. 발부터 죽는 거구나, 베그는 생각했다.

그렇게 베그는 끝을 향해 나아갈 터였다. 자기 몸뚱이가 점점 낯설어지면서, 그렇게.

고대 중국의 어느 철학자는 이름이 실재의 객(客)이라고 했다. 폰투스 베그는 그 철학을 몸으로 살아내고 있었다. 그는 객이요, 그의 몸뚱이는 실재였다. 이제 주인장은 객을 내쫓을 태세였다.

날은 짧아지고 생은 꺾인다. 밤이면 사나운 비가 들판에 한참 퍼부었다. 베그는 창가에 서서 폭우를 바라보았다. 저만치서 번갯불이 번쩍했다. 밤하늘이 그물 모양으로 쩍 갈라졌다. 따뜻한 발과 싸늘한 발로 리놀륨 바닥에 서 있던 베그는 잠을 다시 청하려면 술이라도 한잔해야겠거니 생각했다.

나이를 먹을수록 잠이란 놈은 고약한 배신자처럼 군다.

그가 사는 건물은 도시 변두리에 있었다. 도시를 동쪽으로 확장한다고 예비 건설 작업이 시작되기는 했지만 딱히 달라진 것은 없었다. 그의 창에서는 여전히 수많은 창고와 텃밭, 그 너머 가없이 펼쳐진 스텝이 눈에 들어왔다. 무기력의 징후일지 모르지만 그는 매사 변함없는 것이 좋았다. 베그는 그 풍경이 좋았다.

그는 자그마한 주방으로 들어가 냉장고에서 쿠반스카야●를 한 병 꺼내 마셨다. 베그는 술꾼은 아니었다. 카르파티아 산맥 동쪽에 사는 사람들은 거의 다 말술이었지만 그는 자제를 할 줄 알았다.

그는 창가로 돌아와 밤의 터널을 하염없이 바라보았다.

가정부가 침실에서 기침을 했다. 한 달에 한 번, 그는 그녀를 밤에 '썼다', 사실 이 단어는 그들의 관계를 적절하게 드러내지 못한다. 그보다는 한 달에 한 번 그녀가 몸을 대줬다고 해야 할 것이다. 그녀가 직접 결정한 일이었다. 거사는 늘 그녀의 생리 직전에 치렀다. 그녀의 생식 기관을 지배하는 주기는 아리송한 문제였으나 베그는 생각하고 싶지 않았다. 때 되면 알게 되겠지.

가정부는 임신 가능한 날들을 자기 약혼자 몫으로 남겨두었다. 약혼자는 트럭 운전 일을 하는데 가정부보다 열 살 연하였다. 그는 인민 공화국의 일상 용품들을 가득 실은 컨테이너를 수도로 운반했다. 지타는 그가 청혼할 날을 애타게 기다렸다.

지타는 별의별 시도를 다 해보았지만 임신이 되지 않았다. 이래서는 후사도 보지 못할 터였다. 그녀는 베네딕트회 성당에서 시간을 보낼 때가 많았다. 금빛 성인화(聖人畵)와 플라스틱 조화 사이에서 그녀는 제발 아이를 주십사 기도했다. 고해실에서 사제는 신

● 러시아산(産) 보드카의 일종

도들의 비밀을 듣는다. 검은 수단●의 사제는 계단을 내려와 지타의 머리에 성호를 긋고 축복했다. 각양각색의 머리쓰개를 한 그녀와 다른 시골 아낙네들은 무릎을 꿇었다. 지타는 자기 머리의 성호가 뜨겁게 느껴졌다. 그래, 오늘 밤 뿌리는 씨는 반드시 결실을 보겠지.

지타는 가느다란 목걸이에 금빛 십자가뿐만 아니라 자손을 보게 해준다는 성인들의 메달도 걸고 다녔다.

여자들이야말로 종교가 부리는 짐바리 짐승들이지, 폰투스 베그의 생각은 그랬다. 세상 도처에서 여자들은 성물(聖物)이라는 짐을 지고 다닌다.

그는 지타의 배란기에서 단 하루도 허락받을 수 없었다. 베그는 임신이 안 되는 이유가 지타가 아니라 약혼자 쪽에 있을 거라 믿었다. 화물 트럭 아닌가. 장시간 앉아 있는 자세가 남성에게 좋을 리 없다. 불알이 짓눌리니까.

아이? 폰투스는 아이를 원하나?

"헛물 들이켜지 마요, 폰투스!"

아이 생각은 무슨, 이라고 지타는 생각했다. 설령 폰투스가 아이를 원한다 해도 그 사람은 그러면 안 되는 거다.

베그는 지타가 침대에서 해주는 일을 침대 밖에서 해주는 일보

● 성직자가 제의 밑에 받쳐 입거나 평상복으로 입는, 발목까지 오는 긴 옷.

다 높이 산다. 지타는 솜씨 좋은 청소부는 아니다. 씻거나 닦지 않고 정리만 한다. 액체비누 한 통을 사놓으면 일 년은 썼다. 그들은 이미 오래전에 그런 부분을 지적할 단계는 넘어섰다. 그들의 관계는 이미 습관으로 굳어진 터라 이제 빼도 박도 못한다. 그러니 늘 지금 같을 것이다. 그녀는 정리만 하고, 그는 아무 불만도 없다.

지타가 집에 오면 베그는 평소보다 술을 많이 마신다. 두 사람은 탁자에 앉아 담배를 피우고 두런두런 대화를 나눈다. 폰투스가 들려주는 얘기에 지타는 홀딱 빠지곤 한다. 깔깔대다가 파들파들 떨다가 하는 것이, 하여간 지타는 얘기할 맛이 나는 상대다. 세월이 흐르면서 세 번, 네 번 반복되는 일화들도 있었지만 지타는 경찰서 얘기를 재미있어한다. 지타와 함께 있을 때는 술을 마셔도 기분이 우울하게 처지기는커녕 도리어 신이 나고 익살스러워진다. 그는 지타와 함께하는 저녁 시간이 좋았다. 인생의 낙이라고 할 만큼 좋았다.

그런 다음 둘은 침대로 간다. 불을 끈다.

지타가 있으면 침대에 누워도 잠이 오지 않을 때가 많았다. 너무 오래 혼자 살아서 누군가가 옆에 있는 게 적응이 안 되는 걸까.

그것도 그렇고, 다른 문제가 있다.

지타는 자면서 자기 엄마와 소란스럽게 대화를 한다. 그럴 때면 폰투스의 침대는 소란스러운 밤무대로 변한다. 그들은 사랑을 나누고 한 시간, 가끔은 두 시간 정도 곯아떨어진다. 그러고는 어김없이 시작이다. 모친께서 갑자기 돌아가시는 바람에 끊겼던 딸과의 대화를 저세상에서 재개하는 것이다. 폰투스는 지타가 처음에 어둠 속에서 주절주절하던 때를 기억한다. 대화 상대가 저승에 가 있는 어머니인 줄은 몰랐지만 지타가 이승에서 하는 말은 들었다. 모녀는 대단한 비밀 얘기를 하는 게 아니었다. 밀가루 값이 어떻다느니, 달걀 품질이 어떻다느니, 살 건 많은데 가게에 물건이 없어 짜증 난다느니……. 모녀의 대화는 한쪽 말만 옆에서 듣고 있어도 내용을 짐작하기 어렵지 않은 전화 통화와 비슷했다.

베그는 도저히 참을 수 없을 때까지 참다가 결국 지타를 깨웠다.

"잠꼬대를 심하게 하네."

"폰투스, 당신 때문에 대화가 끊겼잖아요! 이제 엄마랑 다시 연결될 방법을 찾아야 한다고요!" 지타가 침대에서 몸을 일으키면서 쏘아붙였다.

그 후로 폰투스는 한밤중의 수다에 진저리가 날 때마다 침대에서 나온다. 오늘도 그렇다. 따뜻한 발과 차가운 발로 창가에 선 그는 평원에 내리치는 폭우를 하염없이 바라보았다.

2. 서쪽으로

스텝 위 하늘이 우지끈거렸다. 사람들 한 무리가 폭풍을 피하려고 야트막한 모래 언덕 아래 웅크리고 있었다. 그들이 걸친 옷은 흠뻑 젖었고 몸뚱이는 뼛속까지 얼어붙었다. 그들은 해가 다시 나오기만 바라며 셀 수 없이 수많은 밤을 하늘의 분노를 피하고 싶은 최초의 인간들처럼 숨어 지냈다. 그러나 밤은 끝나지 않았다. 어둠이 우주의 가두리까지 뻗어나가고 지구는 이제 돌지 않으니 새벽은 다시 없으리라.

남자 다섯 명, 여자 한 명, 아이 한 명. 그들은 딱히 무엇을 위해 그러는지도 모르면서 해바라기가 태양을 좇듯 매일매일 기계적으로 움직였다. 그들은 숨을 쉬듯 발길을 옮겼다.

서쪽으로 계속, 그 남자는 그들에게 그렇게 말했다.

오래전 일이다. 그때 초원은 심하게 가물었다. 뙤약볕이 대지에 내리꽂혔다. 사람들은 비닐을 넓게 펼쳐놓고 아침마다 거기에 고인 이슬을 핥아먹었다. 그러고는 하루 종일 지독한 목마름을 참아내는 것이었다. 목마름은 모든 생각을 짓누른다. 목마름에 시달리다 보면 눈앞에 차가운 연못이 아른거리고 귓가에 수돗물이 한 방울씩 똑똑 떨어지는 소리가 들린다. 그들은 비가 오게 해달라고 기도했다. 입에서 나오는 한 마디 한 마디에서 녹슨 쇠 맛이 났다. 소년은 엄지와 검지로 제 팔꿈치 위 살갗을 꼬집어보았다. 아이의 살갗은 주름이 잡혔고, 흡사 구겨진 자국이 뚜렷이 남은 종잇장처럼 원상회복이 되지 않았다.

북쪽 하늘을 뒤덮은 먹구름이 보이기는 했다. 하지만 먹구름은 좀체 다가오지 않았다.

그러던 어느 날, 비가 왔다.

처음에는 오는 듯 마는 듯했다. 그 몇 방울도 그들은 하늘이 내려주는 빵처럼 감사하게 받았다. 그들은 구름 아래서 덩실덩실 춤을 추었다. 한 방울 한 방울이 그들의 기도였다. 갈증은 가셨다. 비는 그들이 올린 기도보다 더 많이 내렸다. 그들은 마른 날이 하루라도 있기를, 젖은 옷을 하룻밤이라도 널어서 말릴 수 있기를 기도했다. 소년의 얼굴이 열로 펄펄 끓었다. 여자는 몇 번이나 아이가 오늘 아침을 못 넘길 거라고 생각했지만 아이는 그래도 또 일어나 꼿꼿이 걸었다. 소년은 살아남고 말겠다는 의지, 역경을 이겨내겠다는 굳센 의지로 움직였다.

각자가 떠나오면서 품었던 꿈은 차츰 말라죽었다. 체급과 기준에 따라 꿈도 각기 달랐다. 어떤 이들의 꿈은 다른 이들의 꿈보다 훨씬 더 오래 살아남았지만 결국은 그 꿈도 거의 다 사라졌다. 뙤약볕에 꿈은 먼지처럼 부서졌고, 폭우는 그 먼지마저 쓸어갔다.

소년은 하늘의 비행기들을 쳐다보았다. 그는 눈으로 비행기들의 궤적을 좇았다. 비행기를 가까이에서 본 적은 없지만 비행기를 타면 불과 몇 시간 만에 다른 세상으로 갈 수 있다는 말은 들은 적이 있다. 소년이 사는 산골에서 육안으로 보이는 비행기는 하늘에 허연 궤적을 그리는 점에 불과했다. 소년의 삼촌 한 사람은 아메리카로 날아가서 다시는 돌아오지 않았다. 나중에 외숙모와 다섯 명의 사촌도 삼촌과 살림을 합치러 떠났다.

소년은 나무와 철사로 비행기를 만들었다. 형이 그에게 물었다. "어떻게 비행기는 프로펠러와 제트 엔진을 '합쳐서' 하늘을 나는 거야?"

그는 추진력의 다양한 원리들을 설명하려 했지만 어느 순간 말문이 막혔다. 사실은 자기도 잘 몰랐으니까.

형은 마을에 남았다. 형은 허약 체질이었다. 소년이 형보다 두 살 어린데도 선택을 받았다. 사람들은 소년이 먼 길을 능히 갈 수 있으리라 점쳤다. 항공로가 아니라 육로일지라도. 노잣돈은 소년의 신발 앞코에 숨겨져 있었다. 소년이 출발하면서 신었던 신발은 벌써 오래전에 닳아서 못 쓰게 되었다. 그때만 해도 스텝을 건너가는 사람이 많았다. 한 남자가 죽었고, 소년은 그의 신발을 차

지했다. 소년은 시신에서 조심스럽게 신발을 벗겨냈다. 죽은 남자
가 갑자기 눈을 번쩍 뜨고 "도둑이야! 도둑이야!" 외치지는 않을
까 겁이 났다.

그러나 남자는 내처 축 늘어져 있었고, 그리하여 소년은 먼지에
찌든 큼지막한 아디도스 운동화의 주인이 되었다.

새벽이 우중충한 빛을 드리웠다. 그들은 다시 뻣뻣한 몸뚱이를
이끌었다. 아침이면 모래가 축축하고 무겁다. 길게 자란 풀이 다
리에 스쳐 아팠다.

그날 오전 중에 소년은 중대한 발견을 했다. 웬 담뱃갑이 모래
에 반쯤 처박혀 있었다. 바람에 날아온 비닐봉지들이 키 작은 수
풀에 곧잘 걸려 있곤 했지만 담뱃갑이라면 얘기가 좀 다르다. 이
건 누가 담뱃갑을 여기에 버리고 갔다는 뜻이다. 따라서 근방에
아직 사람이 있든지, 누가 여길 지나갔을 것이다. 소년은 증거를
손에 쥐었다! '웨스턴' 브랜드의 붉은 문자들은 색이 바래 있었다.
셀로판지 아래로 물방울이 맺혀 있었다. 어쩌면 그들은 오랫동안
찾아 헤맸던 마을이나 작은 촌락을 찾을지도 모른다. 멀리서 그
들을 인도할 작은 교회의 불빛 하나를 발견할지도 모른다. 소년은
축축한 담뱃갑을 모래를 털고 주머니에 넣었다. 주머니에는 이미
반달 모양의 돌멩이와 형이 준 칼이 들어 있었다. 칼의 손잡이는
철사로 칭칭 감아놓았다. 칼날은 점점이 녹이 슬어 있었다. 소년
은 밤에도 칼을 손에서 놓지 않았다. 그는 누군가의 심장을 가르

는 자기 모습을 상상하면서 쾌감에 몸을 떨었다.

소년의 손가락이 셀로판지 위를 훑고 내려갔다. 그는 여자에게 이 수확을 말하고 싶었지만 입을 꾹 다물었다. 이 마법을 깨면 안 된다. 이건 그에게만 특별히 주어진 징표이다. 그가 입을 다물면 마법이 통할 것이다. 입을 열면 산통이 깨질 것이다. 그렇게 되면 그의 잘못으로 그들 모두가 수백 년 동안 초원에서 방랑해야 할지도 모른다. 그가 입단속을 하지 못했다는 그 이유 하나만으로.

그들은 밤을 질질 끌며 모래 위를 길었다. 셀 수 없이 먼 길을 걸어왔다. 앞이나 뒤나 한 치도 틀림없이 똑같은 정경이 펼쳐져 있었다. 오른쪽이나 왼쪽이나 아무 차이가 없었다. 초원에서 길잡이 삼을 것은 머리 위의 하늘과 발밑의 땅뿐이었다.

그들이 남기는 발자국은 금세 지워졌다. 그들은 그저 지나가는 사람들, 추억도 자취도 남기지 않았다.

정오에 즈음해서, 키다리 사내가 마을이 보인다고 외쳤다. 집들이 있다! 마을이야! 저기 마을이 있어! 소년은 놀라지 않았다. 기뻐서 가슴이 터질 것 같았지만 놀라지는 않았다.

소년은 앞으로 달려갔다. 키다리가 떨리는 손으로 먼 곳을 가리켰다. "어디요?" 소년이 큰소리로 물었다.

"저기!"

소년은 아무것도 보이지 않았지만 키다리가 가리킨 방향으로 들입다 뛰었다. 키다리는 늘 남들보다 멀리 봤다. 살아 움직이는 전망대가 따로 없었다.

소년은 모래 위로 날아가듯 질주했다. 선택받은 자, 즉 신께서 당신의 뜻을 먼저 드러내기로 작정한 대상으로서 그가 나설 때였다. 소년은 이제 배가 고프지도, 피곤하지도 않았다. 다리가 풀에 마구 쓸렸고, 폐는 활활 타는 듯했다. 드디어 집 몇 채가 보이기 시작했다.

소년이 외쳤다. "어이! 거기! 누구 없어요!"

그 마을은 난파선처럼 초원에 버려져 있었다. 닳아빠진 바위처럼 둥그렇고 오래된 마을이었다. 소년은 널찍한 광으로 들어갔다. 서까래가 다 썩어서 지붕이 늙은 말 등뼈처럼 주저앉아 있었다. 가옥들 사이 골목길로 들어가보았다. 마을에도 스텝만큼 키가 큰 잡초가 무성했다. 이미 속에서 소리 없는 비명이 터져나왔지만 소년의 머리는 아직 현실을 받아들이기를 거부했다. 아무도 보이지 않는 침묵의 창문들, 덤불로 뒤덮인 거리들.

산 자는 없었다.

"이봐요! 여기 누구 없어요?"

그의 물음이 목재와 흙으로 지은 집들 사이에서 튕겨나갔다.

"다들 어디 있어요?"

소년은 반쯤 썩은 문짝을 흔들었다. 한 집에 뛰어들어갔다가 얼른 또 다른 집으로 박차고 들어갔다. 다 비어 있었다. 집들은 텅 비었고 아무도 없었다. 마을 중앙에서 작은 교회를 발견하고 다짜고짜 뛰어들어갔다. 위쪽 창으로 희미하게 빛이 들어와 황폐한 광경을 비추고 있었다. 성경은 종이 부스러기와 잿더미가 되어 있었다. 불이 난 지 오래됐는지 재조차 차가웠다. 소년은 시커멓게 탄 신도석과 집기 사이를 비집고 나아가 감실(龕室)•로 올라갔다. 그는 무릎을 꿇었다. 두 손으로 얼굴을 감싸쥐고 고개를 숙인 채, 상처받은 짐승처럼 신음을 토했다.

일행이 소년을 찾았을 때까지도 소년은 그 자세 그대로였다.

• 성당 안에 성체를 모셔 둔 곳.

3. 경제

오전 6시 반, 폰투스 베그는 침대 옆에서 헤드록에서 빠져 나오는 사람처럼 거창하게 기지개를 켰다.

세수를 하고 구강청결제로 입 안을 씻어냈다. 거울을 보니 가슴팍과 어깨에 잿빛 털이 무성한 거구의 사내가 있었다. 둑방 옆 운하에서 헤엄치던 소년이 생각났다. 털 한 올 없던 매끈한 몸의 소년. '가벼움'. 이미 남의 기억처럼 낯설다.

위층 사람들이 쓴 물이 관을 타고 내려가는 소리가 들렸다. 누가 변기 물을 내릴 때마다 폭포 소리를 방불케 한다. 이 건물의 물 흐름이라니. 10월 초부터 난방이 들어오면 건물이 부풀어올랐다. 온수가 관을 타고 신음하며 흐를 때면 건물이 삐걱거렸다.

샤워 커튼 주름 너머로 지타의 상악 부분 틀니를 넣어둔 잔이 보였다. 베그는 그녀의 자연 치아를 떠올렸다. 지타는 윗니가 한 해가 다르게 점점 더 시커메졌다. 그래서 웃을 때면 꼭 손으로 입을 가리곤 했다. 씹는담배 때문에 변색된 치아를 부끄러워했지만 치과 공포에 비할 바는 아니었다. 베그는 지타에게 돈을 주면서 이를 뽑고 새로 잘 해 넣으라고 했다. 지타는 치과에 전신 마취를 부탁했고 새 의치가 마련될 때까지 이 없이 지냈다. 의치는 아주 잘 만들어졌다. 이제 그녀가 웃을 때면 흡사 보석함을 열어 보이는 것 같았다.

'의치를 해주길 잘했어, 저 입에서 내가 원하는 말을 듣지는 못하겠지만!'

지타는 여자들의 깐깐한 생활 수칙에 충실했다. 그녀는 열심히 일했고 객쩍은 소리를 일절 용납하지 않았다. 베그와의 밤일도 그녀가 봐주는 집안일의 연장선상에 있을 뿐이었다. 먼지 털기, 쓸기, 식사 준비, 세탁, 다림질, 낡은 셔츠와 제복 수선. 지타는 이 모든 일을 느릿느릿하지만 주의를 기울여 해냈다. 침대에서 그는 가끔 그녀가 흥얼대는 콧노래를 들은 것 같았다.

둘 다 분명히 이 관계에서 이점을 누렸다. 어느 쪽도, 어떤 식으로든, 불만은 느끼지 않았다. 베그는 이것이야말로 이상적 결혼이라고 생각했다. 지타도 속으로 이보다 좋은 조건은 있을 수 없다 여겼다.

베그는 침실로 들어갔다. 의치를 뺀 지타의 입은 푹 꺼져 보여 주름선이 도드라졌다. 그녀의 잠든 얼굴 표정은 사람을 깔보는 것 같았다. 편안하게 휴식을 취할 때면 그런 표정이 되지만 실제 그녀의 성격과는 상관없었다.

그는 지타의 어깨를 흔들었다.

"으음." 그녀는 중얼댔다.

베그는 주방 냄비에서 차가운 수프를 떠다가 흑빵 몇 입을 곁들여 먹었다.

"아주 핥아먹고 있네. 돼지 같아요." 지타가 욕실에서 한마디 했다.

베그는 미소를 지었다. 그들은 과연 모든 면에서 근사한 한 쌍이었다.

베그가 경찰서 대기실로 들어가자 두 남자가 벌떡 일어나 주절주절 떠들어대기 시작했다. 한쪽이 다른 쪽의 양 한 마리를 차로 치었다나. 운전사는 양 떼가 분명히 도로를 다 건너간 후였는데 뒤늦게 한 마리가 도로로 뛰어든 거라고 주장했다. 그러자 양 주인은 "이봐요, 사랑스러운 동물을 모함하지 마쇼!"라고 쏘아붙였다.

베그는 남의 양을 차로 받았을 경우 사안이 복잡해진다는 것을 알고 있었다. 유목민들의 오래된 관습대로라면 죽은 가축만 변상하면 되는 게 아니라 그 가축이 낳을 수도 있었을 후손 몇 대까지 계산해서 변상해야 한다. 따라서 자기 양이 남의 차에 치여 죽으면 그날은 횡재수가 있다고 말해도 좋았다.

"그렇게 몸 좋은 암양은 지금까지 한 번도 못 봤을 겁니다." 양

주인이 앓는 소리를 했다.

"그만해요!" 베그가 언성을 높였다.

접수대 뒤에서 옥사나가 컴퓨터 카드 게임을 하고 있었다.

"콜레르는 어디 있지?" 베그가 물었다.

옥사나가 그를 올려다보았다. "콜레르의 아내가 전화를 했더라고요. 그 사람, 겨드랑이에 종기가 나서 밤새 잠을 통 못 잤대요. 그래서 병원에 갔대요."

"그 인간은 그 핑계를 몇 번째 씨먹는 기야?" 베그가 싸증을 냈다.

"지난번엔 치루(痔漏)였죠."

"이 사람들 진술서는 누가 받지?"

옥사나는 어깨 너머로 대기실의 두 남자를 흘긋 보았다. "그게 바로 콜레르가 맡는 일이죠."

베그가 고개를 가로저었다. "멘초프에게 전화 걸어, 이불에서 나오라고 해!"

그는 차를 한 잔 따르고 자기 사무실로 들어갔다. 실내는 더웠다. 그는 자기에게서 나는 냄새를——체취와 섞인 담배 냄새를——맡으며 컴퓨터를 켰다. 화면이 켜지지 않았다. 다시 전원 버튼을 눌렀지만 컴퓨터는 통 말을 듣지 않았다. 옥사나에게 전화를 걸었다. 노크 소리가 나더니 옥사나가 들어왔다. 딱 붙는 그녀의 치마는 하체의 굴곡을 유감없이 드러내고 있었다. 살이 삐져나올 것 같은 허리 밴드 아래로 속옷의 모양새까지 능히 짐작이 되었다. 광택 있는 흰색 블라우스의 위쪽 단추들은 다 열려 있었다. 공공 기관에서 일하는 사람이 저래도 되나, 라고 베그는 생각했다. 모리스 사창가라면 모를까, 경찰서에 어울리는 복장은 아니었다.

그는 어쩔 줄 모르겠다는 듯 컴퓨터 모니터를 바라보았다.

"또 말썽인가요?" 옥사나가 물었다.

베그가 바퀴 달린 의자를 뒤로 쓱 밀면서 비켜났다. 옥사나가 쪼그리고 앉아 전원을 다시 눌렀다. 그녀는 몸을 일으키고 사무실을 쓱 돌면서 말했다. "뭐예요, 당연한 일이네요."

옥사나가 베그에게 보란 듯이 플러그를 내밀었다. 옥사나는 경찰관들은 저 혼자 할 줄 아는 일이 없다고, 이러다 목욕까지 시켜 주게 생겼다고 투덜대며 플러그를 벽에 꽂았다. 컴퓨터가 비로소 신음을 토했고 화면에도 불이 들어왔다.

베그는 옛날에 쓰던 타자기가 그리웠다.

한 시간 뒤, 옥사나가 콜레르와 멘초프가 아직도 출근하지 않았다고 보고했다. 대기실의 두 남자는 여태 기다리고 있었다.

"콜레르에게 당장 오지 않으면 다리몽둥이를 분질러버린다고 해. 나 참, 이번 주말 근무잖아! 치루가 있어도 진술서는 받을 수 있어!"

"종기인데요."

"뭐가 됐든!"

"전달은 할게요."

베그는 자기 사무실의 작은 금고를 열었다. 금고 바닥에 그달의 수입이 들어 있었다. 작은 비닐봉지와 봉투에 든 현금이, 클립으로 묶고 고무줄로 감아놓은 A4 용지 더미 사이사이에 숨어 있었다. 경찰관들이 과속, 신호 위반, 맨발 운전——신발을 신지 않고 운전하는 것은 명백한 도로 교통법 위반이다.——등을 단속하면서 그때그때 거둬들인 돈이었다. 일단 차를 세우면 운전사에게 도로 교통법 위반 기록이 남아도 되겠느냐고 묻는다. 이 말을 신호 삼아 거래에 들어간다. 기록이 남아도 괜찮다는 운전사는 하나도 없었다. 그렇게 해서 벌금은 현장에서 현금으로 받아왔다.

베그는 이 현금을 한데 모았다가 경찰서 내 직급과 근속 연수를 기준으로 재분배했다. 그는 푸짐한 돈다발을 작은 다발 여러 개로 나누었다. 작은 다발을 하나하나 봉투에 넣고 겉에 받을 사람 이름을 썼다. 매달 첫날이 봉투를 나누어주는 날이었다.

'이 나라에서는 모두가 모두를 등쳐먹지.' 베그의 생각이었다. 훔치지 않는 자는 구걸을 한다. 어디서나 슬쩍 찔러달라고 내미는 손들이 있었다. 그 손들이 없으면 집 한 채 지을 수 없고 일자리 하나 얻을 수 없다. 그러한 시스템은 일반화되어 있었다. 뒷거래, 뇌물, 강탈, 도적질, 뭐라고 불러도 좋은 수작질의 거대한 네트워크 말이다. 경찰서장인 베그는 조직 위계에서 중간쯤에 있었다. 위로는 큰 건더기를 챙기는 큰손들을 모셨고, 아래로는 부스러기를 주워먹는 작은 손들을 건사했다. 모두가 자기 몫이 있었다. 하나의 경제 체제 안에서 모든 이가 이익을 누리는 동시에 피해를 입었다.

정오에 즈음해서 그는 경찰서를 나와 차를 몰고 '티나의 바주카 바'에 점심을 먹으러 갔다. 미카일로폴*이 그가 사는 도시다. 가장 근래에 집계된 바로는, 3만 9,000명의 인구가 산다. 국경 근처의 이 도시는 한때 아주 유명한 핵 연구소의 소재지였고 두 시즌 연속 결선에 진출했다가 간발의 차로 우승을 놓친 명문 아이스하키 팀이 있다. 베그는 당시의 열광을 기억했다. 지난 세기 초가 이 도시의 최전성기로서 그때는 인구도 15만 명에 육박했다. 그때는 미카일로폴 역이 한 시간 동안 열차 15대가 지나가는 교통의 요충지 역할을 담당했다. 베그는 지금 그 많던 철로들이 어떻게 됐는지조차 몰랐지만 말이다. 제거된 철로는 격납고와 철책으로 변모했다. 도끼로 쪼갠 침목은 엄동설한에 땔감으로 쓰였다. 아르누보 양식의 역사(驛舍)는 여전히 그 자리에 있었지만 심하게 노후해서 구제가 불가능했다. 부속 건물 중 하나만 어느 상조 회사에서 관들을 보관하는 창고로 쓰고 있었다.

미카일로폴의 쇠락은 도약만큼 갑작스러웠다. 한때 이 도시에는 정교회 및 가톨릭 성당이 16개, 유대교 회당도 2개나 있었다. 특히 아르메니아 정교회에 사내들이 파리 꼬이듯 꼬였다. 아르메

● 저자가 만들어낸 가상의 도시이다. 구소비에트연방 지역이고 터키 어와 러시아 어의 영향이 많이 남아 있는 국가의 한 도시로 예상된다.

니아 여자들은 세상에서 제일가는 미인들이기 때문이었다.

베그는 성당 입구에서 으레 터지던 난투극들을 기억하고 있었다. 아버지나 오빠가 자기 딸이나 여동생에게 치근덕대는 촌놈들하고 한바탕 치고받는 일은 아주 흔했다.

아르메니아 정교회 성당도 사라진 지 이미 오래다.

그는 바 앞에 차를 세우고 들어갔다.

"자기 왔어, 폰투스?" 그가 자리를 잡고 앉자 티나가 아는 척을 했다.

티나 바주카, 이 여자 옆에서는 성인(聖人)들의 조각상마저 삐질삐질 땀을 흘렸다.

티나는 베그의 손등을 부드럽게 어루만졌다. 사창가에서 굴러먹던 버릇이 어디 가나.

그녀는 어머니 집에 맡겨놓은 아들을 보러 남쪽 지방에 내려갔다가 돌아온 지 얼마 안 됐다. 티나는 미트로프 한 덩이를 전자레인지에 넣고 베그에게 맥주를 한 잔 따라주었다. 그러고는 휴대 전화로 찍은 아들 사진을 보여주었다.

"벌써 다 컸네." 베그가 말했다.

"내년에는 여기로 데려와 키우려고."

베그가 휴대 전화를 카운터 탁자에 내려놓고 티나 쪽으로 쓱 밀었다. 촉감이 부드러운 형광색 커버에 하트 모양 장식들이 주렁주렁 달려 있었다.

"그래도 되지, 여기도 다 있잖아, 학교랑……"

"그래, 그런데 학교 말고 뭐가 있어?" 티나가 냉소적으로 물었다.

"수영장."

"문 닫았거든!"

"그래?"

"아가씨들이랑 가끔 거기 수영하러 갔었어. 이젠 그러지도 못하게 됐지."

베그는 아이들을 위한 시설이 또 뭐가 있을까 생각해보았다.

"발렌타인 공원 있잖아, 거기서……"

"거기 녹지에 강간범들이 출몰하는 거 몰라? 나 참."

"그래도 한쪽에 아이들 놀이터가 있잖아."

"우리 아들 열세 살이야."

"그럼 축구는 하겠네." 베그는 됐다는 듯이 말했다.

티나는 몸을 휙 돌려 저쪽으로 가버렸다. 베그는 티나 아들의 발 생각이 나서 아차 했다. 병신 같은 실수를 했구나 깨달았지만 이미 엎질러진 물이었다. 티나는 늘 자기 아들의 기형을 방사능비 때문이라고 생각했다. 티나는 불길한 핵 실험 지대로 유명한 동네 출신이었다. 그녀는 아들을 핵 실험 피해 보상자로 인정받으려고 별의별 시도를 다했지만 실패했다. 진짜 괴물들, 돌연변이들이 줄줄이 태어났다. 한쪽 발 기형은 명함도 못 내밀 만큼. 출생 장소가 미카일로폴 병원이고 수태된 장소가 모리스 사창가일 확률이 높다는 사실도 불리하게 작용했다.

베그는 미트로프를 먹고 맥주를 마셨다. 그는 슬쩍 티나를 곁눈질했다. 어쩌다 둘 다 이렇게 됐담? 큼지막한 금빛 십자가가 그녀의 가슴 위에서 흔들흔들했다. 티나는 과거를 청산했다. 베그는 바 안의 다른 모든 사내들과 마찬가지로, 그 점이 못내 유감스러웠다.

티나의 손님들에게만 통하는 농담이 있었다. "이 빵을 먹으라, 이것은 내 몸이니라." 나사렛 예수가 최후의 만찬에서 제자들에게 한 말이다. "이 몸을 취하세요, 이게 내 빵이니까요." 티나 바주카는 손님늘에게 그렇게 말하곤 했다.

그녀가 바를 개업하자 기존 손님들 대부분이 따라왔다. 모두들 티나의 미트로프를 좋아했지만 그녀의 몸이 백 배 더 맛있다고 생각했을 것이다.

처음에는 다들 좀 불편해했지만 저마다 최선을 다했다.

이만하면 퍽 차분하게 넘어온 셈이라고 베그는 생각했다. 누구 하나 불평을 제기하지 않는 이유는 모두가 티나에 대해 약간의 지분이 있었기 때문일 것이다.

4. 버려진 마을

그들은 소리 없이 가옥들 사이로 흩어졌다. 각자 방, 주방, 찬장을 뒤졌다. 어두운 지하실에서 서로의 이름을 불렀다. 키다리가 썩은 계단을 밟고 올라가려다 넘어졌다. 먹을 것은 전혀 남아 있지 않았기에 그들은 배고픔을 달랠 수 없었다. 비탈리는 욕설을 내뱉으면서 탁자 다리 하나를 휘둘러 방 한 칸을 박살냈다. 그는 미친놈처럼 나무토막을 휘둘러대다가 차가운 땀으로 범벅이 되어서야 손을 놓고 열병 환자처럼 몸을 떨었다. 바닥에 털썩 주저앉으니 욕지기가 치밀어올랐다.

여자는 가시덤불이 무성한 텃밭에서 씨감자 토막들을 찾았다. 그녀는 축축한 흙에서 쪼글쪼글한 씨감자 토막들을 손으로 파냈다. 대부분은 썩어 있었다. 여자의 손은 금세 시커메지고 역한 냄새가 났다.

그들은 마을 언저리에서 사과나무 몇 그루를 발견한 후 소년을 찾으러 갔다. 새와 벌레는 사과를 다 먹어치우지 않았다. 아직도 사과가 꽤 남아 있었다 갈색으로 변하고 곰팡이가 슨 사과들이 있는가 하면, 그냥 쪼글쪼글해진 것들도 있었다.

소년이 나무에 올라가 사과를 던져주면 사람들은 오래되고 상한 사과일지언정 더는 먹을 수 없을 때까지 받아먹었다. 사과즙이 그들의 입가에 질질 흘렀다. 소년은 사과나무 위에서 굽이치는 초원을 한눈에 내려다보았다. 사과를 크게 한 입 베어물고 소리 내어 웃었지만 눈에서는 눈물이 흘러내렸다.

성과 없는 노략질을 마치고 하나둘 모인 사람들이 마당에 불을 피웠다. 하늘에는 회색 구름이 자욱했다. 날이 꽤 추웠다. 소년은 동행들을 물끄러미 바라보았다. 꾀죄죄하고 굶주린 허깨비들이 따로 없었다. 그들이 생전 처음 보는 사람들처럼 낯설었다.

키다리는 큼지막한 솥뚜껑을 찾아냈다. 밤에 잠잘 때 방패 겸 빗물막이로 삼을 작정이었다. 그는 머리에 가느다란 철망으로 만든 모자를 썼다. 예전에는 과일이나 야채를 담아두는 데 쓰던 물건이었다.

밀렵꾼은 아직도 돌아오지 않았다. 사람들은 흙투성이 지푸라기와 마당의 높고 컴컴한 광에서 뜯어온 나무판자 따위로 모닥불을 피웠다. 일단 불이 잘 붙자 냄비에 물을 채우고 빈약한 씨감자 토막들을 집어넣었다. 영원처럼 긴 시간이 흐른 후에야 겨우 물에서 김이 올라오기 시작했다. 여자는 한참 뒤에 감자를 건졌고 다른 사람들은 그녀가 감자를 나눠주는 모습을 지켜보았다. 그들은 김을 후후 불었고 감자는 그들의 손가락 끝에서 춤을 추었다. 그들은 입을 데어가면서 감자를 껍질까지 말끔히 먹어치웠다.

여자는 마을에 머물러 하루라도 쉬고 싶었다. 불가 마른자리에서 하룻밤 자는 것이 그녀의 소원이었으나 해가 저물려면 아직 시간이 너무 많이 남아 있었다. 비탈리는 좀 더 가야 한다고 주장했고, 키다리와 밀렵꾼도 같은 생각이었다. 아슈하바트● 출신 사내는 얼얼해진 입을 찬물로 헹궈냈다.

그들은 활활 타는 나무토막들을 주변 가옥들을 향해 던졌다. 이제 곧 창고와 주택에서 거대한 불기둥과 연기 기둥이 솟아오를 터였다. 그들은 마을에 불을 지르고 그곳을 떠났다.

마지막 집들을 지나치면서 소년은 뒤를 돌아보았다. 하늘을 가르는 연기 기둥이 보였다. 기쁨의 불. 화마(火魔)가 지붕들 위로 마수를 넓게 펼치고 있었다. 소년의 얼굴이 일그러졌다. 그의 영혼이 기뻐 날뛰었다. 파괴의 도취. 다 쓸어버려, 지옥으로 쓸어버리라고!

주머니에 손을 찔러넣으니 빈 담뱃갑이 닿았다. 그는 담뱃갑을 바닥에 내동댕이치고 모래에 처박은 채 마구 밟아댔다.

"빌어먹을, 빌어먹을!" 소년이 중얼거렸다.

● 중앙아시아 투르크메니스탄의 수도.

다른 사람들은 거의 다 가고 없다. 더는 꾸물댈 수 없다. 소년은 불타는 마을을 뒤로 하고 걸었다.

눈앞에 어른대는 것이 환영인가 싶었다. 노략질에서 얻은 전리품들로 괴상하게 꾸민 어중이떠중이들의 행렬. 검둥이는 붉은 천을 머리에 칭칭 감았다. 여자가 등에 진 냄비가 흔들흔들했다. 키다리는 솥뚜껑을 등에 지고 있었다. 철망 모자가 그의 머리 위에서 간들거렸다. 손에는 옹이가 불거진 빗자루가 들려 있었다.

그들은 마을에서 무참하리만지 실망했으나 기운을 좀 차리기도 했다. 아까보다는 걸음걸이에 한결 힘이 있다. 사람 살았던 마을이 이 고장에서 그곳 하나뿐일 리 없다. 마을 하나만 뚝 떨어져 고립되는 경우는 드물다. 그들의 생각은 벌써 '다음에 나타날 마을'에 쏠렸다. 밭을 가는 트랙터, 연기가 피어오르는 굴뚝, 가축이 눈에 선하다. 마을 가장자리에서 그들을 반겨 맞이하는 듯한 벌집들…… 거기로 가기만 하면 된다.

그들의 머리 위로 구름 뭉치들이 서서히 뒤엉키고 있었다. 구름 뭉치가 갈라진 틈으로 흐릿한 햇살이 비쳤다. 보슬비가 떨어지기 시작했다. 키다리가 솥뚜껑을 머리 위로 치켜들었다.

그들이 꿈의 마을을 찾기 전에 해가 저물었다. 감미로운 신기루는 차츰 스러졌다. 어슴푸레한 어둠 속에서 그들은 지친 몸으로 모래 위에 주저앉았다. 밀렵꾼은 덫을 놓으러 자리를 떴다. 소년은 그들을 무겁게 짓누르는 무기력과 다가올 폭우에 신경이 곤두섰다. 동행들을 바라보았다. 아무래도 피를 흘릴 조짐이 보였다.

소년은 사과 한 알을 꺼내 쪼글쪼글한 껍질을 손가락으로 쓸어 보았다. 사과! 어제는 그들에게 엄청난 풍요를 뜻했던 사과가 오늘은 얼마나 같잖아 보이는지!

매사는 비탈리와 아슈하바트 남자 사이에서 결정되었다. 처음부터, 운명으로 그들이 한데 묶이고 그 무리 안에서 권력을 나눠 갖기 시작한 때부터 늘 그랬다.

비탈리와 아슈하바트 남자.

소년은 그들이 같은 생각을 하고 있다는 것을 알았다. 한쪽의 의지가 다른 쪽의 의지와 거세게 부딪칠 터였다. 쇠와 쇠가 부딪치듯이.

밀렵꾼은 아웃사이더다. 그는 왕들의 싸움에 끼어들지 않는다. 키다리는 철저하게 신하 입장이니까 어느 쪽이 됐든 가장 강한 자를 따른다.

여자, 소년, 검둥이의 역할은 다르다. 그들은 치이는 입장이다. 피해자이자 관객이다. 그들은 튀지 않기 위해서라면 뭐든지 한다.

황혼 녘, 키다리가 쓴 솥뚜껑에 물방울 듣는 소리가 똑똑 울린다. 키다리가 살짝 푸념했다. "마을에 머물 걸 그랬어. 주님께서 지붕 아래 머리 누일 마을을 예비하셨는데 우리는 그걸 몰랐던 거야. 우린 다 귓구멍을 막고 있었지."

"너도 그만 떠나자고 했잖아." 희미한 어둠 속에서 아슈하바트 사내 목소리가 들렸다.

"내가 안 그랬어, 저치가 그랬지!"

키다리가 발길질당한 개처럼 냅다 소리를 질렀다. 그들은 비탈리를 바라보았다. 키다리의 손가락이 그를 가리키고 있었으니까. 비탈리는 앉아서 고개를 수그린 채 미동도 하지 않았다. 아까 마을에서 분해서 미쳐 날뛰던 모습은 이제 온데간데없었다.

밀렵꾼이 깃털처럼 길쭉한 풀을 헤치고 나타났다. 그는 무리에게로 다가오다가 땅바닥에 넘어졌다. 밀렵꾼이 팔로 다리를 감싼 채 고개를 숙였다. 그러고는 바위처럼 그 자리에서 꼼짝도 하지 않았다.

키다리가 소년에게로 관심을 돌렸다. "너 사과 몇 개나 남았는지 보여줘. 일어나, 어디 좀 보자."

"바보." 소년은 그렇게 대꾸하고 잽싸게 튈 채비를 했다.

"사과 내놔, 이 꼬마야! 내가 너보다 키가 두 배는 크잖아! 그런데 왜 쟤랑 내가 사과를 똑같이 가져야 하지? 이건 공평하지 않아! 쟤는 내게 사과를 더 줘야 해!" 그는 으름장을 놓았다. "자, 주머니 싹 털어."

"죽어도 그렇겐 못해!" 소년이 한 발짝 물러났다.

키다리가 죽는 소리를 했다. "다들 들었지! 들었어, 못 들었어? 저 새끼를 패줘야 해! 두들겨 맞아야 악령이 빠져나가지!" 키다리는 눈을 감고 곡하는 여자처럼 고개를 앞뒤로 까딱까딱 흔들었다. "알마티•, 오, 알마티! 모든 사과의 아버지여! 소녀의 뺨처럼 붉은, 세상의 모든 사과여! 저놈은 자기 사과를 나에게 주느니 내가 죽기를 바라겠지. 도대체 세상이 어떻게 돌아가는 거야. 오, 슬프고도 슬프도다!"

소년은 거칠게 숨을 몰아쉬었다. "바보 같으니."

어스름이 짙어가는 가운데, 소년은 저만치 혼자 가서 플라스틱 쪼가리를 둘둘 말았다. 그는 어느 외양간에 들어갔다가 마른 퇴비 아래로 삐죽 튀어나온 이 쪼가리를 발견했다. 소년은 플라스틱을 빼내서 돌멩이로 퇴비 찌꺼기를 긁어냈다. 그다음에 잘 접어서 외투 속에 감추었다.

플라스틱 위로 빗방울이 요란하게 떨어졌다. 소년은 잠이 오지 않았다. 키다리가 자기 사과를 훔치러 올까 봐 두려웠다. 소년은 눈빛으로 어둠을 꿰뚫기라도 할 것처럼 집요하게 응시했다. 이지러지는 실루엣들 사이로 누군가의 움직임을 감지했다.

소년은 혼자다. 심장이 거세게 뛰었다. 그는 여차하면 후려칠 태세로 칼을 꼭 쥐었다.

해넘이의 푸르스름한 마지막 빛 속에서 아슈하바트 남자는 여자를 데려갔다. 비탈리는 기진맥진해서 여자를 두고 실랑이할 기운조차 없었다. 소년은 한동안 두 손으로 귀를 꼭 막았다. 하지만 여자는 비명을 지르지 않았다.

● 카자흐스탄에 있는 오아시스 도시의 이름이다. 알마티의 옛 이름인 알마아타는 '사과의 아버지'라는 뜻이다.

5. 저녁의 나머지 반

폰투스 베그는 저녁을 대강 먹었다. 그는 냄비에서 수프를 두 번 떠다 먹었다. 탁자에 한 팔을 괴고 텔레비전을 켜놓은 채로 소리는 꺼놓고 라디오를 들었다. 라디오에서는 뉴스와 최근의 이슈, 그리고 간간이 음악이 나왔다. 힘줄 많은 고기 조각이 이 사이에 꼈다. 지타가 없으면 그의 집인데도 그를 반겨주지 않는 느낌이 들었다. 쓸쓸하니 목 언저리가 휑했다.

그는 왜 속이 없힌 것처럼 갑갑한지 이해하기까지 한참이 걸렸다. 이해하고 나니 짜증이 났다. 그는 돌이킬 수 없는 일들을 생각하고 싶지 않았다. 돌이킬 수 없다는 감정에 빠지고 싶지도 않았다. 감정은 행복한 사람들에게나 어울린다.

빗방울이 유리창에 번들번들한 자취를 그렸다. 그는 창가에 다가가 자신의 모습이 비치지 않게 커튼을 쳤다. 접시와 수프 그릇을 주방으로 가져가 물에 주방 세제를 풀어서 설거지를 했다. 오래전, 미래의 자기 삶이 슬슬 그려지기 시작하던 때부터 그는 집 안일에도 최소한의 질서가 필요하다는 것을 이해했다. 손수 요리를 하고, 밥은 식탁에서 천천히, 게걸스럽지 않게, 지타가 짙은 속눈썹 드리운 눈으로 보고 있다고 생각하면서 먹고, 냄비와 식기를 씻어서 제자리에 정리해야 했다.

경찰 학교에 다닐 때 그는 제복에 기름때와 재를 묻히고 다닌다는 이유로 두 번이나 경고를 먹었다. 그와 동기들이 정식 선서를 준비할 때 디니스 교장이 연설을 했다. 예브게니 디니스는 멍청이였지만 말솜씨만큼은 그의 장화 빰치게 번지르르했다. 아는 것도 많고, 곧잘 왕성한 지적 호기심을 드러내는 사람이었다. 베그는 교장의 그러한 소양이 경찰로서는 별난 것이라고 생각했다.

그도 당연히 그 연설을 들었다. 공자라는 고대 중국의 철학자 이름도 그때 처음 들었다. 디니스는 만약 공자가 한 나라를 다스릴 권세가 있었다면 언어의 용법을 바르게 세우는 일부터 했을 거라고 말했다. 언어가 올바르게 쓰이지 않으면 하고 싶은 말과 입에서 나오는 말이 따로 놀게 되기 때문이다. 실제로 하는 말과 하고 싶은 말이 따로 놀면 매사가 실속 있게 성취되지 못한다. 실속이 없는 상태에서는 예술과 도덕이 번창할 수 없고, 예술과 도덕이 번창하지 못하면 법이 제대로 서지 못한다. 법이 제대로 서지 못하면 국민은 어느 장단에 춤을 춰야 할지 모르게 된다. 따라서 언어 용법은 어떤 경우에도 자의적이어서는 안 된다. 모든 것이 여기에 달렸다.

디니스는 말이 많았고 그가 그려 보이는 전망은 거창하다 못해 허황되었다. 베그는 속이 터졌다. 그러나 부모님 농가로 돌아가는 열차 안에서 그는 문득 교장의 연설이 교묘하게 위장된 사회 비판이라는 것을 깨달았다. 디니스가 들먹거린 중국 철학자의 말은 이제 막 경찰 학교를 떠나려는 젊은이들에 대한 당부가 아니라 나라 돌아가는 꼴에 대한 논평이었다. 이 나라는 공자가 말하는 단계석 타락의 막상까지 와 있었다. 이제 남은 것은 카오스뿐이었다. 사회 질서란 두께를 정확히 알지 못한 채 그 위로 걸어가야 하는 반투명 빙판 비스무리하게 변해버렸다.

당시 온 나라가 피해망상에 시달리고 있었으니 중국 철학자의 말 따위를 새겨들은 사람은 없었으리라.

그날 이후로 폰투스는 도처에서 단계적 타락의 진행 상황을 목도했다. 타락은 아주 사소한 문제에서 싹을 틔우고 완전한 무질서로 피어났다. 그렇기 때문에 삶의 영역 하나하나에서 그 작은 문제를 집어내고 해소해야만 했다. 베그가 매일 저녁 손수 먹을 것을 만들고, 식탁에 음식을 가져와 먹고, 곧바로 설거지를 하고, 식기를 정리하는 이유도 다르지 않았다. 쇠락, 추락, 비참한 죽음에 맞서는 방식이라고 할까.

디니스는 이미 오래전에 저세상 사람이 됐을 것이다. 아니면, 죽을 날만 기다리는 노인네가 되어 경찰 제복의 단추 개수를 헤아리거나 빛바랜 배지들을 응시하고 있으리라.

베그는 디니스 덕분에 동양 철학에 관심이 생겼다. 그래서 공자, 장자, 노자를 읽었다. 읽어도 무슨 뜻인지 모르는 경우가 태반이었지만 그래도 상관없었다.

베그는 탁자에 병을 내려놓았다. 라디오에서 전(前) 교통부 장관이 별장에서 변사체로 발견되었다는 뉴스가 나왔다. 스스로 뒤통수에 총을 두 발 쏜 것으로 보인다고 여성 앵커가 전했다.

술을 한 잔 따랐다. 병뚜껑이 탁자 위에서 또르르 굴러갔다. 베그는 천장을 쳐다보며 잔을 들었다. "장관 나리를 위하여! 자기 뒤통수에, 한 발도 아니고 두 발을 쏴서 자살하는 사람은 세상천지에 나리뿐이구려."

남은 저녁 시간을 때우기에는 그걸로 충분했다. 하루는 서서히 늘어져왔고 이제 완전히 멈춰버렸다. 저녁의 나머지 반은 다 체념한 채 끝을 기다리는 요양원과도 같았다. 조금 놀랐을 뿐, 딱히 은총을 꿈꾸지 않는 시간.

그는 보드카를 넉 잔 마셨다. 더도 덜도 아닌 넉 잔. 자장가 같은 넉 잔. 그에게는 이 넉 잔이 질서 잡힌 생활의 일부였다. 다섯 잔으로 넘어가면 괜히 차가운 발과 뜨거운 발로 집 안을 돌아다니고, 목이 가도록 담배를 피우고, 있지도 않은 물건을 찾는답시고 사진과 편지를 넣어놓는 구두 상자들을 다 뒤엎고, 책에 밑줄 그어놓은 대목들을 찾아보면서 뭔가 해답을 구하고 싶어진다.

공자 가라사대, 아침에 도를 깨달으면 저녁에 죽어도 좋다.

다섯 잔, 그다음부터는 몇 잔째인지 모르게 된다.

베그는 힘들게 무릎을 쪼그리고 병뚜껑을 찾기 시작했다. 지타는 집이 깔끔해 보이게 정리는 잘하지만 청결에 소홀했다. 여자들이 청소도 할 줄 모르는 시대이니 별수 있겠는가? 그렇다고 요즘 세상에 남자가 옆에서 한마디 했다가는 난리가 난다. 양탄자의 일룩, 식기 서랍 속의 부스러기, 냉장고에 냅킨 고리를 넣지 않나, 삐뚜름하게 개어놓아 이상한 주름이 잡힌 수많은 셔츠들은 또 어떻고? 이러한 현상들도 단계적 타락의 과정으로 읽어내야 하지 않을까?

베그는 잠자리에 들 때까지 라디오를 켜놓았다. 그는 라디오를 끌 때 비로소 이걸 왜 켜놨나 생각할 때가 많았다. 귀에서 쉭쉭 소리가 났다. 오래전부터 이 모양이었다. 모기 두 마리가 양쪽 귀에 한 마리씩 들어와 있는 것 같았다. 알 수 없는 깊은 곳에서부터 머리통까지 올라오는 그 소리는 달팽이관을 지나면서 날카롭게 변했다. 이따금 하나의 고른음이 물결치듯 천천히 출렁이곤 했다. 그 소리를 잊고 지내는 날도 있었지만 주위가 불현듯 적막해질 때마다 베그는 그 소리가 한 번도 그친 적이 없음을 깨달았다.

한번은 경찰서에 잡혀들어온 집시 음악가가 그 음이 '시'일 거라고 말해주었다.

"내가 부른 음보다 귀에서 울리는 음이 훨씬 높을 겁니다." 베그가 말했다.

"'도'일 확률이 더 높아요." 집시가 말했다.

"왜요?"

"대부분의 노래가 '도'를 으뜸음으로 하니까요."

이명(耳鳴)을 처음으로 들었던 때는 어머니의 장례 미사 때였다. 조용히 기도를 드리던 중에 그 소리가 난데없이 귓속으로 파고들었다. 그는 놀라서 그 소리에 귀를 기울였다. 쉭쉭 소리가 성가와 축복 기도 위로 떠다녔다. 이명은 여타의 모든 소리를 제압하고 흡수하며 홀로 성스러운 공간을 지배했다. '잠시 이러다 말겠지.' 베그는 정교회 사제의 말씀에 집중하려 애썼다.

"진실로, 진실로 너희에게 이르노니, 밀알 하나가 땅에 떨어져 죽지 않으면 한 알 그대로 남지만 죽으면 많은 열매를 맺는다."

죽은 자들을 위한 콘타키온●이 울려퍼지는 동안 그는 울었다. 쉭쉭대는 배경 음은 내처 출렁였다. 그날 폰투스 베그는 귀에서 날카로운 소리가 들리는 마흔두 살의 고아가 되어 성당을 나왔다.

● 정교회에서 부르는 찬송가.

6. 아슈하바트의 개

에티오피아 인은 늘 무리에서 많이 뒤처졌다. 사람들은 가끔 그를 잃어버렸나 생각했지만 저녁이면 그는 어김없이 무리에 합류했다. 에티오피아 인은 잠잘 곳도 남들과 멀찍이 떨어져 잡았다. 억센 풀을 몇 움큼 뽑아서 땅바닥에 타원형으로 깔았다. 그게 그의 잠자리였다. 몇몇은 추위와 뱀을 막을 수 있겠다 싶어 그를 따라했다.

그들은 덤불숲이나 한 그루만 덩그러니 서 있는 나무를 발견하면 불을 놓았다. 그러면 에티오피아 인도 가까이 와서 까만 손을 내밀고 불을 쬐었다.

그는 피골이 상접했다. 그는 기억도 나지 않는 오래전부터 지표면을 달리는 말라빠진 말처럼 걸어왔다. 갈비뼈가 고스란히 보였고 피부는 절망의 베일 같았다. 아프리카에서부터 미지의 길을 달려온 그는 그들의 동행이 되었다. 그들은 그에 대해 잘 몰랐다. 그가 자기 몸과 먼 곳을 번갈아 가리키면서 "티오피아"라고 했기 때문에 에티오피아 출신인가 보다 했을 뿐. 소년은 입을 떡 벌리고 그를 쳐다보았다. 흑인을 실제로 보는 건 처음이었다. 소년은 에티오피아라는 나라 이름도 그때 처음 들었다. 여자가 흑인들이 사는 아프리카 대륙에 그런 나라가 있다고 알려주었다.

흑인이 하는 말을 알아듣는 사람은 없었다. 초기에는 그도 사람들을 붙잡고 뭔가 설명하려 했지만 의사소통은 불가능했다. 인상을 쓰고 흥분해서 손짓 발짓 하는 모습은 영락없는 미친놈이었다. 소년은 무서웠다. 하지만 흑인은 자기 시도가 무위로 돌아가자 깨끗이 체념하고 더는 애쓰지 않았다.

흑인은 차츰 있는 듯 없는 듯 반투명한 존재가 되었다. 해가 저물고 그가 모닥불에 다가와 보잘것없는 음식 부스러기라도 주워 먹을 때면 사람들은 그를 완전히 잊고 지냈다는 걸 깨닫곤 했다.

한번은 그가 셔츠 아래서 가느다란 목걸이를 꺼내는 모습이 아슈하바트 사내 눈에 띄었다. 목걸이에는 십자가가 달려 있었다. 흑인은 십자가에 입을 맞추었다.

"그것 좀 보여줘." 아슈하바트 사내가 말했다. 소년과 키다리도 구경에 나섰다.

"뭘 먹는 거야?" 키다리가 물었다.

"십자가."

"진짜? 십자가를 먹어?"

"십자가에 키스하더군."

근시가 심한 키다리가 흑인을 뚫어져라 노려보았다.

"십자가라니! 젠장, 믿을 수가 없군!" 아슈하바트 사내가 내뱉었다.

키다리는 사실 흑인이 뭔가를 먹다가 들킨 줄 알았다. 흑인은 저걸 어디서 찾았을까?

아슈하바트 사내는 그때 처음 아프리카 인도 기성 종교의 신자가 될 수 있다는 것을 알았다. 그는 아프리카를 아직도 흑인들이 기우제를 올린답시고 덩실덩실 춤을 추는 땅으로 상상했던 것이다. 흑인들은 이상한 물건들을 숭배한다고, 코란과 성경과 유대교 경전은 흑인들 소관이 아니라고 생각했다. 그런데 이 검둥이가 십자가에 입을 맞추지 않는가. 아슈하바트 사내는 비록 그리스도교인도 아니고 이슬람교도도 아니며 불을 숭배하거나 조상들에게 제사를 올리지도 않았지만 심하게 거부감이 들었다. 그는 뭔가 신성 모독의 현장을 목격한 기분이 들었다. 사람에게 피해를 주지 않는 동물 비슷하게 취급했던 저 검둥이를 이제부터 '인간'으로 대접해야 하는 건가. 그들 무리를 졸졸 따라오면서 그들이 먹고 남긴 토끼 뼈다귀를 그들보다 더 그악스럽게 빨아먹는 동물이라 생각했건만(실제로 뼈다귀 부러지는 소리가 저만치서 들리곤 했다. 그는 골수까지 쪽쪽 빨아먹었다.).

검둥이가 십자가에 입을 맞추다니. 미스터리는 더욱더 미궁에 빠졌다. 저 검둥이는 무슨 생각을 할까, 지금까지 어떻게 살아왔을까? 아슈하바트 사내가 검둥이를 두고 뭔가 생각을 했다면 흑인도 그에 대해서 뭔가 생각을 했을 것이다. 그러자 톱니바퀴에 모래 알갱이가 낀 듯 모든 것이 껄끄러워졌다. 사내는 머리가 혼미해지고 피가 뜨거워졌다.

그림자들이 길어졌다. 소년은 웅크린 채 아슈하바트 사내가 홀로 중얼대는 말을 놓치지 않으려고 귀를 쫑긋 세웠다. 사내가 도망 나온 사연이었다.

아슈하바트 사내는 세상과 고립된 나라 출신이어서 그때까지 외국인을 만나본 적이 없었다. 사내가 보기에, 자신이 고국에서 멀리멀리 도망칠수록 고국은 미쳐 돌아가는 듯했다. 아무도 그곳에 가지 않았고, 아무도 그곳에서 나오지 못했다. 그의 고국은 모든 것을 꿰뚫어보는 마법사의 감시 속에서 주인공들이 살아가는 음침한 동화와 비슷했다.

그 마법사의 이름은 투르크멘바시●였다.

키다리가 자기도 안다는 듯 투덜거렸다. 그도 모든 투르크멘 사람들의 아버지를 자처한 투르크멘바시의 이름을 들어본 적이 있었다. 워낙에 유명한 인물이니 모를 수가 없었다.

러시아 제국이 몰락한 후 이 공산당 중진은 새로운 절대 권력

● '모든 투르크멘 사람들의 아버지'라는 뜻. 1990년에 투르크메니스탄 대통령으로 선출되고 1999년부터 종신 대통령을 지낸 사파르무라트 니야조프(Saparmurat Niyazov)의 별칭이다.

체제를 수립했다. 형이 쓰러지자 아우는 형의 못된 습관을 그대로 따라했을 뿐 아니라 한층 더 고약한 습관 몇 가지를 보태기까지 했다.

여자들은 그가 시키는 대로 자수 문양이 들어간 전통 의상을 입었다. 그는 또한 표트르 대제가 그랬듯 남자들의 수염을 밀게 했다. 자기가 심장 발작을 일으킨 후에는 온 국민에게 금연을 명했다. 그의 백성들은 금니라면 환장을 했다. 전 세계 금 보유량의 일부가 투르크메니스탄 사람들의 입속에 있었다. 그런데 모든 투르크멘 사람들의 아버지는 보건 위생상의 이유로 금니를 금지했다.

이 나라는 화석 자원이 풍부했다. 토양은 비옥하지 않았지만 놀라운 보물을 제 속 깊이 감추고 있었던 것이다. 석유와 천연가스가 포화 상태에 달한 곳은 더러 불길이 절로 치솟을 정도였다.

이러한 신의 선물은 대규모 파이프라인을 타고 국경 밖으로 흘러갔다. 그렇게 거둬들인 돈으로 마법사는 뜨겁고 척박한 카라쿰 사막에서 물이 솟아나게 했고 아슈하바트 한복판에 자신의 황금 조각상을 세웠다. 이 황금 조각상은 태양을 따라 한 바퀴를 돌게끔 설계되었기 때문에 아침에는 동쪽에서 떠오르는 햇살을 받았고 저녁에는 서쪽 해넘이를 바라보았다. 국민들은 이러한 자기 신격화에 체념해버렸다. 그들은 마법사가 그날그날 자행하는 미친 짓에 익숙해졌다. 몸뚱이가 아무리 병신같이 굴어도 거기 붙어사는 벼룩들은 불평할 수 없듯이.

마법사는 국민들의 일상생활을 바꿔놓는 데 만족하지 않고 국민들의 상상마저 재단했다. 국가, 문화, 역사에 대한 상상은 물론이요, 완전히 개인적인 상상까지.

아슈하바트 출신 사내는 가려움증에 시달린 적이 있었다. 처음에는 어깨가 가려웠다. 거울로 확인해보니 벌건 반점들이 군데군데 무리를 짓고 있었다. 그 반점 무리가 점점 퍼져 상반신을 뒤덮었다. 세면대 앞에서 벅벅 긁어대니 서서히 비늘이 떨어졌다. 그는 계속 긁었다. 처음에는 다른 사람들에게 말하지 않았다. 그러나 머지않아 남들이 보는 데서도 벅벅 긁어대지 않을 수 없게 됐다. 앓는 소리가 절로 나곤 했다. 그는 자기가 일하는 버스 회사 차고에서 놀림거리가 되었다. 버스 회사 사람들은 그를 "아슈하바트의 마지막 개"라고 불렀다. 투르크멘바시가 이 도시에서 모든 개를 추방했기 때문이었다.

사내는 가려움증이 너무 심해서 아무것도 하지 못하는 지경까지 왔다. 이제 그는 두 가지를 절대로 피할 수 없었다. 어디에 있든지 모든 투르크멘 사람들의 아버지의 눈을 피할 수 없었고, 상반신을 점령한 가려움증을 어찌할 수 없었다.

그는 피가 날 때까지 몸을 긁었다. 연고로 몸뚱이를 도배했다. 연고로 효과를 보지 못해서 먹는 약도 썼다. 잠깐 동안은 반점이 좀 옅어지고 가려움도 덜해진 듯했다. 상처가 아물면서 희고 가는 흉터들이 그물 모양을 이루었다. 하지만 몇 주 후에 반점이 다시 나타났고 그는 가려움의 생지옥으로 돌아갔다. 조금이라도 시원하게 긁으려고 손톱도 일부러 깎지 않았다.

의사는 병원에서 볼펜 자루를 잘근잘근 씹었다. 이 끈질긴 수수께끼의 병은 그의 능력 밖이었다. 그러다가 비슷한 증상으로 고생하던 환자가 카라보가스골 만(灣)에서 소금 찜질을 하고서 완치된 사례가 생각났다.

카라보가스골!

환자를 세상 끝으로 보내야 한다는 얘기와 다름없었다. 카라보가스골은 세계에서 가장 염도가 높은 물을 품고 있는 석호다.

의사는 제 봄을 긁어대며 끙끙대는 환자를 연민에 가득 찬 눈으로 바라보고는 비록 의심스러운 처방책이지만 얘기는 해줘야겠다고 결심했다.

아슈하바트의 서쪽으로, 카스피 해 연안에서 꽤 떨어진 곳에 카라보가스골, 즉 '검은 아가리'라는 이름의 이 수수께끼의 만이 있다. 카스피 해의 물이 협로를 타고 이 야트막한 분지로 흘러들어온다. 사막의 가차 없는 뙤약볕은 지체 없이 수분을 증발시키고 소금만 남긴다. 이 소금에 배변을 쉽게 하는 효과가 있다는 것을 발견한 독일 화학자의 이름을 따서 이 소금을 '글라우버염'이라고 부른다.

그 기적의 소금이 아슈하바트 사내의 피부를 깨끗하게 하리라.

그는 카라보가스골까지 갈 수 있는 통행증을 받았다. 휴가 허가서에는 '의료 사유'로 일주일 동안 자리를 비운다는 기록이 남았다.

버스는 힘겹게 서쪽으로 향했다. 카라쿰 사막의 찌는 듯한 더위에 아스팔트에서 아지랑이가 피어올랐다. 운전사는 셔츠를 다 풀어헤쳤다. 그는 엔진 소음이 무색하게 큰 소리로 외쳤다. "카라보가스골? 이 친구야, 거긴 아무것도 없어!"

아슈하바트 남자는 아무것도 생각하고 싶지 않았기에 황무지나 다름없는 창밖 풍경만 하염없이 바라보았다. 하지만 상대가 소금 폭풍에 대한 얘기를 늘어놓으니 듣지 않을 수 없었다. 20년 전인가, 25년 전에 카스피 해 수위가 갑자기 크게 낮아지면서 소금 폭풍이 일어나기 시작했다나. 최고의 석학들이 이 현상의 원인을 연구했지만 별 성과가 없었고 카라보가스골 만은 바닷물을 훔쳐 가는 원흉으로 지목되었다. 카스피 해와 카라보가스골 사이의 좁은 물길로 물은 거세게 흘렀다. 도둑은 벌을 받아야 하는 법, 사람들은 만에다 댐을 쌓았다. 이제 바닷물은 흘러들어오지 않았다. 수력공학자들은 확고한 계산 모형에 입각하여 만이 완전히 말라붙으려면 대략 20년이 걸릴 거라고 예측했다.

웬걸, 2년밖에 걸리지 않았다.

분지 바닥에 몇 미터씩 층층이 쌓인 소금이 바람을 타고 수백 킬로미터 떨어진 내륙까지 날아갔다. 토양의 염도가 높아졌고 따가운 소금비는 온 나라를 할퀴고 지독한 상처를 남겼다. 들판에 소금 알갱이들이 반짝거렸다. 목화의 어린잎이 소금비를 맞는 바람에 수확하고 자시고 할 것도 없었다.

볼셰비키 제국이 무너지면서 댐도 파괴되었다.

물은 옛날의 그곳에 돌아왔다.

운전사는 몸을 긁어대느라 정신없는 사내에게 슬쩍 눈길을 돌렸다.

그럼에도 불구하고 가려움은 한결 덜했다. 아슈하바트 사내는 놀랄 수밖에 없었다. 배가 가라앉을 만큼 염도가 높은 물을 바라보기만 해도 가려움증이 낫는 건가, 라는 생각이 들었다.

강철 같은 태양 아래, 쫙쫙 살라진 땅은 생기가 없었다. 버스가 갓길에 정차했다. 운전사는 들판으로 몇 발짝 들어가 다리를 벌리고 바닥에 오줌을 갈겼다.

"아직도 네 시간 남았어." 운전사가 버스에 다시 오르면서 말했다.

그 버스는 투르크멘바시 항구, 구(舊) 크라스노보츠크 항구까지밖에 가지 않았다. 아슈하바트 사내는 다음 날 베크다시 곶까지 타고 갈 다른 교통편을 찾아봐야 했다. 카라보가스골 지척에 있는 그 곳에는 민가 몇 채만 모여 있었다. 운전사는 한숨을 쉬고 투덜대면서 낡은 타월로 대충 수선한 운전석에 다시 엉덩이를 붙였다.

조금 더 가서 도로 검문을 만났다. 경찰관이 버스에 올라왔다. 아슈하바트 사내는 통행증을 내밀었다. 운전사는 호기심이 동했는지 거의 돌아앉다시피 하고 그들을 보고 있었다.

"카라보가스골?" 경찰관이 물었다.

사내는 고개를 끄덕거렸다.

"여기…… 여기 뭐라고 적힌 거요?"

아슈하바트 사내가 살펴보았다. "의료, 라고 되어 있네요. 의료 사유요." 경찰관이 그를 따라 "의료 사유."라고 중얼거리더니 잠시 입을 다물었다. 그러고는 "카라보가스골에는 병원이 없습니다만." 라고 말했다.

"피부 때문입니다. 소금기 많은 물이 피부병을 낫게 해준대요."

가려움증이 또 도지기 시작했다. 마치 개미굴 속을 통과하는 기분이었다. 기분 나쁜 그 느낌에 생각마저 어두워졌다. 그는 긁지 않으려고 팔에 힘을 주고 이를 악물었다. 이제 긁기 시작했다가는 자해를 한다고 오해받을 것 같았다.

제복을 입은 자의 매서운 눈에는 모든 행선지, 모든 이동이 미심쩍어 보였다. 왜 그곳에 가는 걸까? 이런 날씨에 길을 떠나야 할 만큼 긴급한 일인가? 어째서 자기 주소지를 떠나왔을까? 거기 가서 도대체 무슨 짓을 하려고?

경찰관이 이마의 땀을 훔쳤다. 그의 경계심은 누그러졌고 이내 무관심으로 변했다.

날이 저물기 시작했다. 버스는 서쪽으로 계속 달렸다. 열린 차창으로 차가운 공기와 석양의 붉은빛이 흘러들어왔다. 사막에서 구릿빛 산봉우리들이 하나씩 차례로 나타났다. 흐릿한 달도 이미 지평선 위에 걸려 있었다. 항구 도시의 불빛들이 로열블루 빛 저녁 하늘을 배경으로 반짝거렸다. 바다도 하늘처럼 어둡고 푸르렀다. 바다를 보고 안심이 된 여행자의 숨결이 고르게 돌아왔다.

버스 정류장의 콘크리트가 그날 낮의 열기를 뿜어내고 있었다. 경유 얼룩이 네온 불빛을 받아 번들거렸다. 아슈하바트 사내는 정류장에서 나와 먼지로 뒤덮인 갓길을 따라서 시내로 들어섰다. 그날 밤은 부하라의 민박집에서 묵기로 했다. 그는 두 손을 머리 뒤로 베고 누워 천장에서 춤추는 가로등과 전조등 불빛들을 쳐다보았다. 복도를 소란스럽게 하던 여자와 뱃사람 들의 실랑이가 잠잠해질 무렵, 그도 비로소 잠이 들었다.

다음 날 아침, 사내는 수박 한쪽을 먹으면서 부두를 따라 걸었다. 그는 서둘러 카라보가스골로 떠나지 않았다. 몸에 해로운 유황 안개가 그곳에 떠돈다는 얘기는 진즉에 들었다. 게다가 소금이 반사하는 빛이 눈을 멀게 할 만큼 강렬해서 사람이든 짐승이든 그곳에서 오래 버틸 수 없다고 했다.

그는 기다릴 수 있었다. 오랜만에 가려움증도 한결 잠잠해졌다.

배들이 해안 근처에 정박해 있었다. 바다는 안개에 싸여 있었다. 배들은 자신 없는 솜씨로 그려놓은 것처럼 흐릿해 보였다. 바다로 쭉 뻗은 방파제에는 다른 배들이 솜 더 가까이 정박해 있었다. 배 이름들에 녹이 덮여 있었다. 그는 배를 가까이서 관찰하다가 좀 멀리 가서 또 바라보았다. 크레인은 한 대만 작동했다. 배에 화물을 싣고 있었다. 그의 두 눈 너머에서 어떤 계획이 구체화되었다. 부둣가 그늘에 앉아 수박을 먹으면서 저 너머 해안을 꿈꾸던 그때, 그는 대담한 행동을 구상했다.

그는 갑판 경비가 자리를 비운 틈을 타서 배에 몰래 숨어들어갔다. 맨 처음 보인 문으로 쑥 들어가서는 배가 먼 바다로 나갈 때까지 나오지 않았다. 물과 빵을 챙겼으니 반대쪽 해안에 다다를 때까지 모습을 드러내지 않을 것이다. 그곳에 도착해서는 이리저리 방황할 것이다. 포석 틈에 쏙 들어간 동전처럼, 아무에게도 들키지 않을 것이다. 기필코. 자취를 감추리라.

그렇게 해서 사내는 바쿠●에 다다랐다.

● 아제르바이잔의 수도이며 항구 도시이다.

7. 마지막 유대인

생의 고해(苦海)에서 해방된 랍비는 침대보에 싸여 제 집에서 나왔다. 이 사람을 어떻게 장사 지낸담? 이것이 당면한 문제였다. 그래도 성직자인데 아무 데나 땅 파고 묻어버릴 순 없지 않은가? 랍비의 아내는 이미 20년 전에 스모기 유대인 묘지에 묻혔다. 하나뿐인 딸은 오래전에 이스라엘로 이주했다. 외동딸에게 연락할 방법이 없어서 부친의 죽음을 알리지도 못했다.

"딸이 살아 있다는 건 어떻게 알았지?" 폰투스 베그가 프란티체크 콜레르 경사에게 물었다.

"가정부가 말해주었어요."

"이름이 뭔데?"

콜레르가 수첩을 뒤적였다. "발레리아 벨렌코."

"아니, 딸 이름!"

콜레르의 시선이 화살처럼 빠르게 수첩 위를 훑고 갔다. "아리엘라 헤르츠."

"다른 친척은 없나?"

"없어요."

"주소록은? 발신인 주소가 적혀 있는 편지라든가?"

"이리에게 한 번 살펴보라고 할까요?"

"딸의 주소와 전화번호를 알아오라고 해. 그리고 유대인 장례법을 아는 사람 좀 찾아봐."

콜레르가 고개를 절레절레 흔들었다. "가정부가 그러는데 이젠 없을 거래요. 유대교 회당에 아무도 드나들지 않게 된 지는 벌써 오래되었죠. 이 랍비가 여기 남은 마지막 유대인이었어요."

콜레르는 자기도 놀랍다는 듯 방금 한 말을 되돌아보았다.

베그는 콜레르에게 그만 가도 좋다는 신호를 보냈다. 그는 의자를 돌리고 밖을 바라보았다. 창밖은 벽으로 가로막혀 있었고 한껏 발돋움을 하면 겨우 건물들 사이로 거리가 조금이나마 보였다. 시야에 들어오는 부분이 너무 좁아서 행인들도 잠깐 보이다 마는 수준이었다. 눈 깜짝할 사이에 사람이 나타났다 사라졌다. 장자가 그런 말을 했다. "하늘과 땅 사이의 인생은 금 간 벽으로 새어들어오는 햇살과 비슷하니 한순간이면서도 무한하도다."

베그는 장자의 유쾌한 아나키즘을 좋아했지만 인생의 방향을 찾을 때면 항상 공자에게로 돌아갔다. 도가 사상가들은 공기처럼 잡히지 않는 골치 아픈 족속이었다. 반면에 공자는 질서의 인간, 일종의 좌표였다. 조상 숭배, 예(禮)와 도(道), 정확한 언어에 대한 사랑까지도. 베그는 이따금 공자 시대의 중국에 태어나지 못한 것이 한스러웠다.

그의 손가락이 피아노 치듯 탁자 위에서 놀았다. 유대교 회당이 하나 더 있다는 사실은 그도 잘 알고 있었다. 어릴 적 어머니가 가르쳐준 노래를 흥얼거려보았다. 일단 노래를 부르기 시작하니 가사가 저절로 생각났다. 그는 가사의 뜻도 모른 채 흥얼거리다가 그게 유대인의 사랑 노래였음을 깨달았다. 노래의 주인공은 리브카라는 아가씨였다. "아이, 리브켈레, 벤 에스 벨른 자인 로이젠, 벨른 제이 블리엔."

요즘 들어 베그는 옛날 일이 많이 생각났다. 그 어느 때보다 최근 몇 년은 젊은 날이 가깝게 느껴졌다.

그는 수화기를 들었다. "옥사나, 콜레르에게 폴라넨 거리에 유대교 회당이 하나 더 있다고 알려줘. 거기엔 유대교 장례 절차를 아는 사람이 있을 거야."

황혼 녘, 베그는 퇴근길에 가로등 불빛을 받아 빛나는 도로를 자동차로 달렸다. 조금만 돌아서 가면 폴라넨 거리에 들를 수 있었다. 베그는 콜레르를 기다리지 않기로 마음먹었다.

폴라넨 거리는 널찍하고 조용했다. 예전에는 돈깨나 있는 사람들이 이 거리에 으리으리한 개인 저택을 짓곤 했다. 아직도 몇 채는 출입문 위쪽 스테인드글라스 창이 파손된 데 없이 온전히 남아 있었다. 빈 분리파*의 영향력은 당시 이렇게 머나먼 미카일로 폴까지 미쳤다.

차에서 내리는데 그의 소형차 라다**가 삐걱댔다. 사방에 다 들릴 만큼 제법 요란한 소리였다. 베그는 자신이 이렇게 삐걱대지 않는 차를 가질 자격이 있다고 생각했다. 34년 공직 생활을 했으니 더 나은 차를 몰아도 될 것이다. 물론 몇몇 경찰 동료들처럼 압수 차량을 몰고 다닐 수도 있었다. 그들은 진짜 악당의 소유였던 고급 차량을 제 것인 양 몰고 다녔다. 베그는 그런 일이 내키지 않았다. 조심하게 된다고나 할까, 그런 짓은 할 수 없었다. 게다가 다들 명백하게 알고 있듯이 범죄는 돈이 된다. 경찰조차도 근사한 차를 몰고 싶어 하면 범죄에 물들고 만다.

그는 커다란 초록색 문 앞에 서 있었다. 초인종이 없었다. 손바닥으로 문을 쾅쾅 두들겨보았다. 고개를 돌렸다. 거리에는 회색 안개가 자욱했다. 플라타너스들이 앙상하고 창백한 가지를 쳐들고 있었다. 희미한 자동차 미등(尾燈)이 모퉁이로 사라졌다.

베그는 건물 옆 골목으로 들어갔다. 카트와 쓰레기통, 그리고 어느 아시아 음식점 뒷문이 골목으로 나 있었다. 환기창으로 냄비 부딪히는 소리가 들렸다. 이미 어둠이 내려앉은 골목 끝에 유대교

---

* 19세기 말 예술 특권 계급에 대한 저항으로 일어난 운동. 초기 빈 분리파의 대표 인물로는 구스타프 클림트, 콜로만 모저, 요제프 호프만 등이 있다.
** 러시아 자동차 브랜드.

회당의 관계자 출입구가 있었다. 스카치테이프로 붙여놓은 쪽지에 히브리 어로 뭐라고 쓰여 있었다. 역시 초인종은 없었다. 베그는 계단을 조금 올라가 문을 두들겼다. 우편함조차 눈에 띄지 않는 이 건물은 바깥세상과 완전히 단절된 듯 보였다. 유대인들은 다른 사람들의 세상과 괴리된 채 그림자 세상에서 살아갔다. 이 건물이 아직 쓰이고 있기는 한 건가? 진짜로 미카일로폴에 남은 유대인이 한 명도 없는 건가?

그때 문이 열리고 한 노인이 나타났다. 베그는 계단을 한 간 다시 내려갔다.

"뭡니까?"

"경찰서장 베그입니다. 잠시 들어가도 될까요?"

노인은 그를 잠시 내려다보더니 이윽고 살짝 비켜서며 길을 내주었다. "그러시구려."

두 사람은 자그마한 주방에 들어가 탁자 앞에 앉았다. 노인은 퍼렇게 힘줄이 불거진 손을 떨면서 따뜻한 찻잔을 탁자에 내려놓았다. 이름은 잘만 에데르, 그도 랍비라고 했다. 노인의 잿빛 수염에는 니코틴이 얼룩져 있었다.

"랍비 헤르츠 씨 일로 왔습니다." 베그가 말했다.

"무슨 일이 있소?"

"헤르츠 씨의 부고는 들으셨지요?"

노인이 고개를 끄덕였다.

"잘 알고 지내셨나요?"

"그렇다면 그렇고, 아니라면 아니고."

노인은 설명할 필요를 느끼지 못했는지 그 이상은 말하지 않았다.

"혹시 헤르츠 씨 가족이나 친구 중에 아직도 여기 사는 분이 있습니까? 왜 그러냐면…… 매장을 해야 해서요. 상조 회사가 알아야……."

"이보시오……." 노인이 천천히 고개를 저었다. "예후다 헤르츠와 나는…… 사이가 좋지 않았소."

노인이 그 말만 하고 입을 다물어버렸기 때문에 베그가 다시 물었다. "특별한 이유가 있었나요? 아니면 단지……"

"이유가 왜 없겠소. 이유도 없이 '그냥 그런' 일은 없다오." 랍비가 차를 한 모금 마셨다. 차가 혀를 델 것처럼 뜨거운데도 아무렇지 않은 듯했다. "나쁜 놈이었소. 그자가 죽어서 잘됐다 생각하오."

"예후다 헤르츠가요?" 베그는 깜짝 놀랐다.

"그자는 이단이었소. 그의 영혼은 체처럼 구멍이 숭숭 뚫렸더랬지. 그자는 드디어 친히 하느님의 말씀을 듣겠구려."

베그는 잘만 에데르 같은 늙은 랍비를 광야에서 민족을 이끄는 족장이나 현자의 이미지로만 생각해왔다. 그런데 원한에 찌들어 죽은 자를 저주하는 유대인이었다니.

그는 유대교 회당에서 아직도 예배를 드리는지 물어보았다.

"여긴 이제 아무도 없소. 나 한 사람뿐이오." 랍비가 대답했다.

노인은 눈이 움푹 파였고 눈썹 털이 아무렇게나 뻗어 있었다. 그가 고개를 들었을 때 옅은 푸른색 눈동자에는 다시 살짝 생기가 돌았다.

베그는 도대체 무슨 일이 있었기에 이 유대인이 다른 유대인의 죽음을 희소식처럼 여기게 됐을까 궁금했다. 세상에는 놀랄 일이 끊이지 않는다.

"내가 마지막 남은 유대인이오. 그리고 나도 갈 날이 얼마 안 남았소."

베그는 손끝으로 있지도 않은 빵 부스러기를 끌어당기는 시늉을 했다.

"어째서 내가 세상에 태어났을 때 바로 숨통을 끊어준 자비로운 의사 한 사람이 없었을꼬? 내가 뭐라고 영원하신 분이 내게 이런 것을 바라신담? 누가 나를 위해 카디시*를 읊어줄꼬? 누가 나를 기억해줄꼬?"

노인이 고개를 더 깊이 수그렸다. 늙은 거북이 모가지를 집어넣듯이. "하지만 경찰서장 양반이 날 위해 여기 온 건 아니겠지."

"그렇습니다."

"헤르츠 때문에 왔다고."

"네."

● 유대교의 추모 기도문.

"그래, 그 사기꾼은 지금 어디 있소?"

이틀 후에 에데르가 예후다 헤르츠의 장례를 집전하기로 얘기가 잘되었다. 에데르 말로는 너무 늦어버렸긴 하지만 말이다. 원래는 유대인이 죽으면 곧바로 장례를 치러야 한단다. 하지만 필요가 법을 만든다. 이모저모로 급조해야 할 부분이 많았다. 유대인 장례를 치러주는 상조 회사도 이미 오래전에 사라졌기 때문이다.

마지막으로 베그는 그날 아침에 자기가 흥얼거렸던 노래에 대해서 물었다.

"리브카? 리브카는 모르는데?"

"아뇨. 리브카에 '대한' 노래를 아시느냐고요."

"왜 그런 걸 묻소?"

베그는 어깨를 으쓱했다. "옛날에 저희 집에서 이 노래를 자주 불렀거든요. 그런데 무슨 뜻인지는 모릅니다. 어르신은 아마 아실 텐데요."

"그게 어떤 노래요?"

베그는 조금 망설이다가 뜻도 모르는 노래의 첫 소절을 읊었다. "아이, 리브켈레, 벤 에스 벨른 자인 로이젠, 벨른 제이 블리엔."

"더 크게! 뭐라는지 들리지도 않잖소!"

베그가 가사를 한 번 더 들려주었다.

"가락은 어떻게 되지? 한 번 불러보시구려, 내가 아는 노래일지도 모르니."

이리하여 폰투스 베그는 늙은 랍비에게 유대인 노래를 불러주게 되었다.

"브라보! 브라보!" 노인이 좋아했다. "솜씨를 계속 갈고닦으셔야겠소, 노래에 재능이 있으시구먼!"

베그는 민망해서 바닥만 내려다보았다. 손톱과 머리카락까지 부끄러움에 오그라드는 기분이었다.

"경찰 양반이 무슨 노래를 불렀는지 아시우? '아, 아름다운 리브카, 장미가 있다면 만발하리……' 그건 사랑 노래라오."

그는 베그를 문까지 바래다주었다. 천장이 낮고 어두운 복도에서 축축한 석회 냄새가 났다. 희미한 전구 불빛이 벽을 비추었다. 베그의 눈에는 아직도 꾀죄죄한 회색 석회벽 위에 동물성 유지 양초가 남겨놓은 그을음이 보이는 듯했다. 이 건물은 몇 차례의 폐쇄와 또 그만큼의 애도 기간을 겪으면서도 200년이 넘도록 기도의 집 구실을 해왔다. 지금 이 집의 마지막 지킴이는 사랑 노래를 흥얼거리면서 그를 배웅하고 있었다.

8. 위로자

그들은 고개를 숙이고 줄지어 걸었다. 어차피 생기 없는 눈에는 보이는 것도 없었다. 예전에는 조급하게 눈으로 지평선을 좇고, 그 너머 희망의 땅까지 보았던 그들이지만 이제 자기 발이 내딛는 땅만 보고 걸었다.

키다리가 픽 쓰러지더니 누구에게 걸려 넘어지기라도 한 것처럼 속눈썹을 깜박거렸다. 소년이 그를 지나쳤다.

"도와줘, 너에게 내 신발 줄게, 응?" 키다리가 헐떡거리며 말했다.

소년은 한없이 멸시 어린 눈빛을 보내고는 묵묵히 걸어갔다.

다른 사람들도 하나하나 그를 지나쳤다. 키다리는 죽어가는 짐승의 눈으로 그들을 쳐다보았다. 그가 중얼거렸다.

"아, 기다려줘."

사람들은 키다리의 몸을 눈으로 훑어내리며 건질 만한 물건이 없는지 살펴보았다. 신발, 외투, 숭숭 구멍 난 스웨터. 날씨가 급격히 추워지고 있었다.

자신도 언젠가 낙오자를 벗겨먹은 적이 있지 않았는가? 키다리는 오락가락하는 정신으로 생각했다. 벌써 오래전이지…… 너무 멀어서 다른 사람 일처럼 생각될 정도로……. 그가 낙오자의 머리통을 한쪽으로 돌려놓는 동안 다른 사람들은 옷을 벗기고 주머니를 탈탈 털어냈다. 키다리가 그의 입을 어찌나 우악스럽게 짓눌렀는지 입안에서 의치가 부서지는 느낌이 왔다.

이제 저들에게는 키다리가 그렇게 보였다. 먹잇감 말이다.

일어나려고 안간힘을 썼지만 다리는 천근만근…… 언제나 앙상했던 이 다리가 이토록 무거웠던 적은 없었다.

나는 이대로 끝인가? 끝이란 이런 건가? 하늘에서 내려다보는 자신의 모습이 떠올랐다. 그의 피부, 그의 육신이 차츰 모래 위의 흔적으로 변해간다. 반쯤은 짐승에게 뜯어먹히고 반쯤은 모래에 처박힌 채로. 그의 유골이 광활한 스텝에 흩어진다.

그는 자기가 쓰러진 장소에 새삼 놀랐다. 모래, 억세고 누런 풀. 비처럼 종잡을 수 없구나. 다른 이들도 이렇게 죽을 것이다. 키다리는 축축한 흙 냄새를, 자신의 무덤 냄새를 맡았다.

그들은 모두 제각각 떠나왔으나 우연히 한 무리가 되었다. 타인을 책임져야 하는 자는 아무도 없었다. 그들은 걸을 힘이 있는 동안은 무리의 일원이었다. 그들이 걸을 수 있는 한에서는, 집단의 힘이 통한다. 집단은 특정 개인을 보살피기 시작하는 순간부터 힘을 잃는다. 이타주의는 집단을 죽음으로 몰아넣는다. 철저한 사리사욕이 생존 가능성을 높인다. 소년조차도 그 점은 직감적으로 알았다. 그 역시 다른 사람들을 뒤로 하고 여기까지 왔다. 애원과 비명을 등지고 걸어왔다.

이따금 슬그머니, 거의 비밀리에 이루어지는 자선 행위가 있기는 했다. 예외적으로. 비합리적이고, 이해할 수 없는 일들이 있었다. 그런 일들은 순수한 자기 보존 본능에 위배되기에 무리에서 배척당했다.

키다리의 숨이 이제 곧 넘어갈 듯 가빠졌다. 목이 말랐다. 고통의 원초적 기억이 떠올랐다. 그의 존재가 엄마를 찾는 소리 없는 비명 그 자체였던 시절의 기억. 엄마의 음성은 다정했다. 우리 아기, 우리 귀여운 미카, 이번엔 또 무슨 일을 저지른 거니? 이래선 엄마도 어떻게 해줄 수 없단다. 미카, 너는 혼자란다. 혼자란 말이야.

누군가의 손이 그의 팔을 스쳤다. 그는 눈물을 흘리다가 미소를 지었다. 그래도 엄마는 와줬어……. 엄마는 나를 버리지 않았어……. 정말 오랜만이에요, 사랑하는 엄마, 영원처럼 긴 시간이었어요.

키다리는 엄마를 보려고 눈을 떴다.

에티오피아 인이 서 있었다.

키다리는 절망의 탄식을 뱉었다. 누군가가 그의 팔을 잡고 앉혔다. 키다리는 흑인이 무슨 속셈인지 몰라서 두려웠다. 그래도 저항할 힘은 없었다. 그는 상대가 자기에게 가하는 위해를 볼 수 없어 그냥 눈을 감아버렸다.

에티오피아 인은 자기 가방에서 닳고 닳은 파란색 병을 꺼냈다. 그는 뚜껑을 열고 키다리의 입술에 병을 갖다 댔다. 병은 돌처럼 차가웠다. 목구멍으로 물이 흘러늘었다.

"마이." 흑인은 그렇게 말하고 다시 물을 입에 흘려넣어주었다.

"조금만 더." 키다리가 말했다.

"마이." 흑인이 그렇게 말하자 키다리도 따라했다. "마이, 마이."

키다리는 에티오피아 인 손에서 물병을 받아 그 흙 맛 나는 물을 벌컥벌컥 들이켰다. 물이 한 방울도 남지 않았을 때 문득 흑인의 체취를 느꼈다. 오래된 땀과 피지의 냄새. 텅 빈 위장에서부터 올라오는 썩은 내까지. 그들은 서로를 이렇게 가까이 마주한 적이 없었다. 키다리는 부끄러움과 고마움을 느꼈다.

그는 몸을 일으키려다가 먼지 구덩이에 도로 주저앉았다. 손가락이 저리고 눈앞이 빙글빙글 돌았다.

에티오피아 인의 손이 다시 가방 속으로 들어갔다. 그 손이 기적을 일으켰다. 녹슨 통조림 하나가 나왔다. 강낭콩, 굴라시…… 뭐라도 괜찮았다. 통조림의 종이 라벨은 떨어져나가고 없었다. 마을에서 빈집을 뒤져 찾아낸 모양이다. 키다리는 통조림에서 눈을 떼지 못했다. 통조림이라니. 보물이 따로 없다. 사악할 정도의 부유함이다.

흑인이 바닥에 무릎을 꿇었다. 그는 통조림을 자기 다리 사이에 끼우고 돌멩이의 뾰족한 끝으로 내리쳤다. 한참을 낑낑댔지만 통조림을 딸 수는 없었다. 죽어가던 이의 인내심이 바닥났다. 그는 뒤로 벌렁 드러눕더니 뼈만 남은 누런 손가락으로 바지 주머니를 뒤졌다. 그는 천천히 몸을 일으키면서 에티오피아 인에게 칼을 건넸다. 이제 그는 자기 칼에 살해당할 수도 있다. 아주 잠깐 그런 생각이 뇌리를 스쳤다가 이내 사라졌다.

칼끝이 얇은 금속판에 박혔다. 칼은 금속판을 가르고 잘라냈다. 드디어 구멍이 났다. 키다리는 속에 뭐가 들었는지 보려고 몸을 앞으로 숙였다. 할 수만 있다면 에티오피아 인에게서 통조림을 낚아채기라도 했을 것이다. 흑인은 금속판을 바깥쪽으로 젖혀 구멍을 웬만큼 벌려놓았다. 두 사람은 차례로 손가락을 캔 속에 집어넣고 끈적끈적한 내용물을 떠먹었다. 기름진 고깃국 맛이 희미하게 났다. 그들은 게걸스레 먹고, 손가락을 쪽쪽 빨았다. 바닥까지 야무지게 파먹느라 손가락이 금속에 베여 피가 났다. 통조림을 깨끗이 비우고 난 후, 그들의 눈이 마주쳤다. 그들의 커다란 눈에 만감이 스쳤다. 황홀하고 짜릿한 범죄를 둘이서 함께 저지르고 났을 때와 비슷했다.

키다리는 생각했다. 이 사람은 먹을 것을 나눠줬어. 자기의 유일한 식량이었는데도. 선하고 너그러운 사람이야. 고래처럼 마음이 큰 사람이야. 나는 이 사람이 보내주는 눈빛을 받을 자격이 없어.

아랫입술이 바르르 떨리고 눈물이 뺨을 타고 흘러내렸다. 에티오피아 인이 그에게 영혼의 빛을, 참으로 강렬한 빛을 던져주었다. 하나의 촛불이 다른 초에 불을 붙이듯, 그 빛이 자신을 관통하는 것을 느꼈다. 키다리는 두 손으로 눈을 가리고 어깨가 들썩거리도록 흐느꼈다. 한 사람이 난생처음으로, 책을 펼쳐 읽듯 자기 속을 훤히 들여다보았기에 울었다. 난생처음으로, 누군가가 더는 자신에게 아무것도 아닌 존재가 아님을 깨닫고 울었다.

흑인은 빈 캔을 가방에 넣고 주위를 둘러보았다. 그는 키다리가 울음을 터뜨리는 것도 못 본 듯했다. 그는 일어나서 자기 주머니를 뒤져보았다. 배 속에 뭐가 들어가서 기분이 좋아졌는지 스텝 위로 떠다니는 육중한 구름을 쳐다보며 만족스럽게 눈을 껌벅거렸다.

그는 칼날에 묻은 찌꺼기까지 핥아먹고는 키다리에게 칼을 돌려주었다. 키다리는 얼른 칼을 도로 챙겼다.

키다리는 잠꼬대로 헛소리를 하다가 소스라치며 잠에서 깼다. 그는 하얀 달을 쳐다보고는 이 시련이 그만 끝나게 해달라고 기도했다. 비가 조금 왔다. 달은 쉴 새 없이 움직이는 가느다란 구름 띠들 뒤에 딱 붙어 있었다. 흑인을 향한 감사의 마음이 그새 독살스러운 원한으로 변해 있었다. 그런 생각이 부끄러웠지만 떨쳐버릴 수 없었다. 몇 시간 만에, 살고 싶다고 기도하던 사람이 죽고 싶다고 기도하게 됐다. 그는 기다란 다리를 삶과 죽음에 하나씩 걸쳐

놓고 그 사이에서 우왕좌왕하고 있었다. 하지만 그는 죽지 않았다. 아직까지는.

그의 주위에는 기나긴 여정의 전리품들이 널려 있었다. 솥뚜껑, 녹슨 철망 모자, 그가 몸을 지탱할 때 쓰는 막대. 그는 손수 막대 머리에 조잡하게나마 칼로 문양도 새겨넣었다. 추위에 온몸의 뼈가 욱신거리고 쑤셨지만 키다리는 막대를 짚고 일어났다. 흑인은 몇 미터 떨어진 자리에 풀을 둥그렇게 깔아놓고 기사님처럼 가슴에 손을 얹은 채 자고 있었다. 키다리가 몇 걸음 다가갔다. 세상의 끝에서 희미하게 붉은빛의 띠가 보였다. 키다리는 자기가 살아났음에 새삼 놀랐다.

그는 막대로 에티오피아 인의 옆구리를 찔렀다. 에티오피아 인은 꿈속에서 혼인 잔치에 가 있었다. 사내들은 신나게 소리를 지르면서 거대한 막사 안으로 말을 타고 들어갔고 여자들이 손뼉을 치며 노래를 불렀다. 꿈속에서 그는 먹고 싶은 것을 실컷 먹고 모닥불 냄새를 맡으며 행복했다. 그는 깨어나고 싶지 않았다. 그저 그곳에, 모든 것이 한없이 가벼운 날갯짓으로 자신에게 다가오는 곳에 머물고 싶었다.

키다리는 비에 반쯤 지워진 일행의 자취를 따라갔다. 배낭 하나만 메고 나머지는 다 버리고 갔다. 그때까지 비, 파리, 악을 막아주던 물건들이었다. 힘겨운 발걸음 아래 풀이 밟히고 꺾였다. 더는 자신의 두 다리를 믿을 수 없었기에 막대를 의지했다.

그는 스텝을 가로지르는 동안 기생충처럼 지긋지긋한 생각에 시달렸다. 그는 목숨을 일종의 문둥병자, 집단에 감히 제대로 들어오지도 못하는 천민에게 빚졌다. 그들의 운명줄이 만났고 떼려야 뗄 수 없이 엉켜버렸다. 빚의 무게가 빈약한 어깨를 짓눌렀다. 그의 등 뒤에서는 희끄무레한 해가 솟아오르고 있었다. 그의 목숨을 구해준 사내도 어딘가에서 따라오고 있으리라. 키다리는 뒤를 돌아보지 않았다.

9. 깨진 질그릇

예후다 헤르츠는 춥고 메마른 날에 매장되었다. 무덤 옆에는 모래 더미가 있었다. 몇 미터 옆 버드나무 아래 벤치에서 인부들이 잠시 담배를 피우며 조곤조곤 얘기를 나누었다. 저 멀리서 사냥꾼의 총소리가 들렸다.

유대인 묘지는 도시의 동쪽에 있었다. 키 작은 포플러나무들이 묘지를 에워싸고 있었고 바람이 나뭇가지를 스치는 소리는 침묵을 방해하지 않았다. 기억에서 지워진 옛적부터 유대인들은 원래 도시 지역과 분리된 스텝의 일부였던 이곳에 죽은 이를 장사 지냈다. 세월이 흐르면서 건물들은 자꾸 바깥쪽으로 밀려났고 텃밭, 창고, 트레일러 따위도 점점 바깥쪽으로 밀려났다.

폰투스 베그는 헤르츠의 장례식에 참석할 이유가 없었지만 굳이 가보았다. 잘만 에데르를 생각하면 가야만 할 것 같았다. 어쨌든 그의 부탁으로 에데르는 지금 그가 알아듣지도 못하는 기도문을 읊고 있는 게 아닌가. 랍비의 카프탄*이 바람에 구겨졌다.

관은 두 개의 가로대 위에 놓여 있었다. 이제 곧 구덩이로 내려갈 참이었다.

세 겹의 고독이로군, 베그는 생각했다. 죽은 유대인, 살아 있는 유대인, 한 발이 얼음장 같고 이명이 들리는 경찰관. 저 멀리 밭을 가는 트랙터가 보였다. 갈매기와 까마귀가 밭고랑에 내려앉았다.

높다란 회색 비석들이 가냘픈 그림자를 드리웠다. 히브리 어, 독일어, 러시아어로 추도의 글귀가 새겨져 있었다. 대부분은 아주 오래된 무덤이었다. 심하게 기울어진 비석들도 있었다.

베그는 이쪽 발에서 저쪽 발로 무게 중심을 옮겼다. 속눈썹 사이로 본 무덤 옆 모래 더미는 한 마리 잠든 곰 같았다. 어머니의 처녀 시절 성(姓)이 메드베디였다. 러시아어로 '곰'이라는 뜻이다. 바람결에 눈물이 한 방울 흘렀다. 베그는 얼른 눈물을 훔쳤다.

시체라면 수도 없이 봤지만 아직도 자신과 죽음 사이의 거리가 그토록 크면서도 미미하다는 사실이 그는 불가해하기만 했다. 거리에서 얼어 죽은 노숙자, 술에 취해 죽은 알코올 중독자, 타박상을 입힐 수 있는 흉기——법의학자의 표현을 빌리자면!——에 살해된 피해자의 시신을 치워보았고 자택에서 고독사한 노인이나 독거인의 시신도 수습해보았다. 그는 그러한 죽음 하나하나를 자신

● 셔츠 모양의 기다란 상의.

의 죽음에 대한 준비처럼 여겼다. 최후의 경계를 넘어가기 위한 준비처럼.

랍비가 떨리는 손을 펼쳤다. 그는 하늘에 기도했다. 은총, 자비. 실족한 자조차도 하느님의 자녀입니다. 이 자는 깨진 질그릇과 같이 되었나이다.

묘 파는 인부들이 하나둘 일어나더니 어슬렁어슬렁 걸어왔다. 그들은 무덤 코앞까지 와서야 예를 갖추어 움직이기 시작했다. 인부들은 구덩이 옆에 서서 밧줄을 한 오라기씩 쥐었다. 관을 받친 가로대들을 치웠다. 밧줄이 팽팽해졌다. 관은 허공에서 구덩이로 서서히 내려갔다. 헤르츠의 기도보에 달린 술이 관 양쪽으로 삐져나와 있었다.

"그대는 최후를 향하여 걸어갈지라. 그대는 영원한 안식에 들어가 세상 끝 날에 그대의 몫을 받으리라." 랍비가 말했다.

그는 힘겹게 허리를 구부리고 모래를 몇 삽 떠서 관 위에 뿌렸다.

랍비는 느릿느릿 무덤 사이를 걸었다. 이따금 어떤 묘비 옆에서는 멈춰서기도 했다. 멘델 카너, 알렉산더 마나스. 베그는 몇 걸음 뒤에서 그를 따라가면서 랍비가 과거를 산책하는구나, 라고 생각했다. 그는 친구들에게 인사를 하고 있었다. 잡초가 무성했다. 스텝은 이 묘지까지 파고들어 있었다.

잘만 에데르가 그를 돌아보는 듯 마는 듯 살짝 돌아섰다. "다음

번에는 내가 여기 올 거요. 생명의 집처럼 편안할 테지."

묘지의 끝까지 거의 다 와서 랍비가 다시 멈춰섰다. 그는 묘석 하나를 가리켰다. "내 아내 무덤이오. 이 사람에 대한 기억이 우리에게 축복이기를. 나도 여기 묻힐 거요. 이 말을 부디 잘 기억해주시구려." 그렇게 말하고는 애매하게 슬쩍 웃었다.

에드지 보겐, 렘베르크 출생.

랍비가 돌멩이를 하나 주워 묘석에 올려놓았다.

그늘은 묘지를 나와 장살문을 닫았다. 저 위 나무들에는 이제 그곳에 머물게 될 영혼들의 속삭임이 가득했다.

베그는 랍비를 폴라넨 거리까지 데려다주었다. 유대교의 신비에 대해서 이것저것 묻고 싶어서 입이 근질근질했다. 아내의 무덤에 돌멩이를 올려놓은 이유는 뭘까? 왜 그렇게 비밀스럽게 살아가는 걸까? 그러나 조수석에 앉은 랍비는 두 손을 모아 무릎에 올려놓은 채 아무 말이 없었다. 아무것도 물어선 안 될 것 같았다.

낡은 역 앞을 지나갈 때 랍비가 뜬금없이 뱉었다. "경찰 양반……."

베그가 그를 향해 고개를 돌렸다.

"경찰이니까 세상이 얼마나 썩었는지 알 거요. 매일매일 무슨 일이 있겠지요……. 가십거리가 세상에 넘쳐납니다. 새로운 기삿거리. 추잡한 사건. 그 안에서 뒹구는 게 경찰 양반 일이지요. 그런데 당신은 세상의 때를 씻어내기 위해서 뭘 하고 있소? 어떻게 자신을 정화하고 있소?"

베그는 어깨를 으쓱했다. "그런 질문은…… 안 하시는 게 낫겠는데요."

"어리석기는! 본인이 원하고 말고를 떠나, 정신이 똑바로 박힌 사람이라면 당연히 떠오를 법한 질문이오."

"대답을 하자면…… 솔직히 말해 어떤 오염은 결코 지울 수 없다고 말씀드려야겠군요. 살갗에 달라붙은 때는 영원히 가시지 않아요."

그 아가씨. 오늘만도 그 아가씨 생각이 벌써 두 번째였다. 올봄에 그녀는 도로변 구덩이에서 변사체로 발견되었다. 시신은 겨우내 그 구덩이에 처박혀 있었던 듯했다. 골절상으로 추측건대 차에 치였든가, 누군가가 차 안에서 시신을 내던졌을 것이다. 시체의 부패가 너무 심해서 그 이상은 알아낼 수 없었다. 죽기 전에, 혹은 죽은 후에 폭행을 당한 흔적이 있다는 것 외에는 아무것도 몰랐다.

작은 배낭이 시신과 함께 있었다. 일기장 군데군데 사진이 끼워져 있었다. 그녀의 짐은 양말과 팬티 몇 장, 브래지어 하나, 파란색 러닝셔츠 한 장, 세면 용품이 다였다. 여름에 여행을 다녔던 듯했다. 히치하이킹을 하다가 변을 당했을지도 모른다. 일기장에서 록 페스티벌 티켓도 나왔다. 지갑이나 신분증은 없었기 때문에 신원 확인조차 못했다. 법의학자는 피해자 나이가 열일곱 살에서 스물다섯 살 사이라고 보았다. 젖었다가 마른 탓에 심하게 뒤틀린 사진 몇 장에서 어떤 젊은 여성이 자주 보였다. 피해자 본

인일 것으로 추정되었다. 잘 나온 사진을 하나 골라 신원 확인 전 단지에 실었다. 제보자는 없었다. 시신이 시체 안치소 서랍에 들 어앉은 지 6개월이 됐다. 관련자가 나타나지 않으면 다음 봄에는 매장될 것이다.

사진 속의 얼굴은 갸름하고 광대뼈가 도드라졌다. 북유럽 사람 이지 싶었다. 정면을 바라보는 연푸른 눈에서 뭔가 멋지고 좋은 일이 있을 거라 생각하는 사람 특유의 자신감이 느껴졌다. 베그 는 시기맣게 변색되고 삭은 육식 동물들에게 군데군데 뜯어먹힌 시신의 얼굴에 그 얼굴을 대입해보았다.

그 아가씨가 전혀 생각나지 않을 때도 있었다. 그러다 또 한동 안 끈질기게 생각났다. 베그의 삶에는 산 자 못지않게 죽은 자도 함께했다. 어떤 이들은 우리의 기억 속에 남고 어떤 이들은 잊 힌다.

베그는 시체 안치소에 들를 때마다 '신원 미상, 여성' 라벨이 붙어 있는 서랍을 똑똑 두드렸다. 그녀를 잊지 않았다는 뜻으로.

함께 발견된 가방의 내용물을 탁자에 늘어놓았을 때, 비로소 그 여자에게 관심이 생겼다. 일기장과 얼마 안 되는 소지품, 걱정 모르는 그 태평함이 그의 마음에 와닿았다. 그는 수사에 직접적 으로 참여하지 않았지만 그 물건들을 한참 바라보았다. 히치하이 킹을 하는 그녀가 보였다. 그녀는 사람을 믿고 차에 올라탔다. 자 신은 왠지 모르게 항상 보호받을 줄 알았다. 나는 괜찮을 거라는 확신이 있었다. 자유로운 여인, 그녀의 두 발은 날마다 새로운 길을 밟는다.

일기장도 젖었던 터라 잉크가 일부 번져 있었다. 읽을 수 있는 부분은 유리라는 청년을 향한 사랑, 할머니의 죽음, 세계에 대한 걱정을 말하고 있었다. 베그는 피해자가 스물다섯 살보다는 열일곱 살에 더 가까울 거라 생각했다.

그녀가 매춘을 했을지도 모른다는 생각은 제외했다. 만약 그랬다면 가방에서 피임약, 질정액 스프레이, 그리고 좀 다른 종류의 속옷이 나왔을 것이다.

그는 잘만 에데르가 골목으로 난 문으로 들어가기를 기다렸다. 유대교 회당에 붙어 있는 저 집에서 사는 건가? 저 노인네는 어떻게 지내는 거지? 베그는 어둡고 텅 빈 유대교 회당에서 홀로 무릎 꿇고 기도하는 그의 모습을, 어두운 밤 복도를 헤매며 자신에게서 도망친 세상을 찾는 그의 모습을 그려보았다.

베그가 야간 근무를 하는 날이었다. 옥사나가 먹을 것을 가지러 갔다. 그는 사무실 창밖으로 보이는 건물과 건물 사이 좁다란 통로를 응시했다. 파란색이 더 짙어 보였다. 옥사나는 맥주병 뚜껑을 따고 플라스틱 용기 덮개를 열었다. 그녀는 접시에 풍경화를 그리듯 국수, 고기, 채소를 덜어놓았다.

멍하니 생각에 잠겨 있던 베그가 대뜸 물었다. "왜 콕 집어 돼지를 불결한 짐승이라고 하는 걸까?"

옥사나가 숟가락을 허공에 든 채 고개를 들었다. "누가 그래요?"

"유대인 말이야. 이슬람교도들도 그렇고."

"아하!"

"자네도 몰라?"

"몰라요, 몰라."

"나도 모르겠난 말이시. 신은 굳이 왜 불결한 동물을 만들었을까?"

옥사나는 숟가락으로 소스를 퍼서 국수에 끼얹었다. "우리 엄마가 늘 말씀하셨죠, 신에게는 이유를 묻는 게 아니라고."

"왜 물으면 안 돼?"

"하하하!"

"하지만 돼지는 전혀…… 우리 집에서 돼지를 키워봐서 알아!"

옥사나는 베그를 잠시 지그시 바라보았지만 그는 돼지에 얽힌 추억을 더는 언급하지 않았다. 가축으로서의 돼지는 참을성 있는 동물, 대부분의 인간들 못지않게 정감 가고 표현도 풍부한 동물이다. 그래서 집에서 기르는 돼지의 뒷다리를 묶어 대들보에 매달 때, 돼지 멱을 따고 녹슨 양철통에 피를 받을 때, 베그는 늘 비명을 지르고 싶은 기분이었지만 정작 입 밖으로는 아무 소리도 나오지 않았다.

10. 차가운 재

에티오피아 인의 눈에 다른 사람들이 보였다. 그들은 아직도 저 앞에, 종잇장 위의 파리 다리처럼 작지만 분명하게 보였다. 그들은 스텝을 건너가고 있었다. 키다리도 그가 가리키는 방향을 보았지만 아무것도 보이지 않았다. 갈증으로 입안에 거품이 일어났다. 그는 잠시 쉬어야겠다고 손짓하고 바닥에 주저앉았다. 그의 손이 막대에서 미끄러졌다. 모진 고생에 사람이 폭삭 늙었다. 그는 눈을 감은 채 눈꺼풀 속 어둠에 처박혔다. 세상 밖으로 떠나는 기분은 복되었다.

둔탁한 소리, 그는 화들짝 놀랐다. 흑인이 옆에서 돌을 쳐든 채 몸을 숙이고 있었다. 돌로 도마뱀을 내리쳤던 것이다. 그는 무릎걸음으로 다가와 손을 내밀었다. 키다리가 칼을 넘겨주었다. 에티오피아 인은 혼잣말을 우물대며 도마뱀의 배를 가르고 누런 내장을 제거했다. 칼은 자기 바지에 쓱 문질러 닦고 바로 돌려주었다. 그는 도마뱀을 자기 겉옷 주머니에 넣었다. 그러고는 저만치 가서 돌을 쳐들고 자세를 잡았다.

도마뱀을 잡으려면 여간 재빠르지 않으면 안 된다. 처음에는 피가 잘 통하지 않을 만큼 부동자세를 오래 취한다. 그러다 전광석화처럼 일격을 날리는 거다. 키다리는 한 번도 도마뱀을 잡아보지 못했다. 흑인은 요령이 좋았다. 밀렵꾼과 소년도 그랬다. 그들은 기다릴 줄 일 있다.—도마뱀이 나가온다. 불꽃처럼 혀를 날름거리고, 피부 너머에서 심장이 펄떡대고, 눈꺼풀이 눈으로 내려온다. 그때 내리친다.

방금 전 도마뱀은 너무 작아서 간에 기별도 안 갈 듯했다. 더 큰 놈을 여러 마리 잡아야 했다.

키다리는 기분 좋은 백일몽을 꾸었다. 활활 타는 모닥불, 타닥타닥 소리 내며 익어가는 동물성 지방. 지금껏 두 세계 사이에서 이토록 편안한 기분을 느낀 적은 없었다. 육신은 고통, 정신은 절망인 세계에서 미칠 듯이 행복한 꿈의 세계로 이처럼 금세 넘어간 적은 없었다.

흑인이 옛 전설의 말라깽이 은둔자를 앞으로 밀어내듯 키다리 뒤에서 따라오고 있었다. 그는 단순하고 반복적인 가락을 기도문처럼 흥얼댔다.

그가 잡은 도마뱀은 모두 세 마리였다. 이제 그는 땔감을 찾아

주위를 두리번거렸다. 그는 바람을 타고 날아왔던 비닐봉지를 주머니에서 꺼냈다. 막대기에 비닐봉지를 감았더니 불이 금방 붙었다. 젖은 나무를 땔감으로 쓸 때의 요령이었다.

그들은 가끔 함몰 지형에서 키 작은 나무를 발견했다. 대부분은 죽은 나무였다. 밀렵꾼은 말라빠진 풀숲이나 잡목림에서 어린 새나 햄스터를 잡기도 했다. 조금 더 걸어갔더니 나무와 뒤틀린 가지, 그루터기가 온통 그들을 에워쌌다. 희한한 위장술이었다.

이제 집단은 와해되었다. 다른 사람들——아슈하바트 남자, 비탈리, 밀렵꾼, 소년, 여자——은 앞서갔다. 흑인과 키다리는 그들을 따라잡으려 애쓰고 있었다. 굳이 그 점에 합의를 보려고 대화를 나눌 필요는 없었다. 본능이었다. 야생 자연의 위험은 집단생활의 위험을 압도했다.

예전에 늑대 울음을 들은 적이 있었다. 늑대를 보진 못했지만 이튿날 바로 늑대 떼의 흔적을 발견했다. 며칠 밤 동안 늑대들은 그들의 야영지를 에워쌌다. 시야 밖에서 길게 들려오는 짐승의 울음소리, 짖는 소리, 날카롭게 찢어지는 소리에 그들은 몸서리쳤다. 밀렵꾼은 그래 봤자 새끼 늑대들뿐이라고, 그들이 똘똘 뭉쳐 있기만 하면 별일 없을 거라고 했다.

그들 모두는 그때부터 낙오자에게 어떤 운명이 기다리는지 알게 되었다. 아무도 무리에서 떨어지고 싶어 하지 않았다.

키다리는 현기증이 나서 견딜 수 없었다. 흑인은 물을 좀 주고 그가 다시 걸을 수 있을 때까지 기다려주었다. 키다리는 계속 더 달라고 했지만 흑인은 이제 물병을 통째로 넘겨주지 않았다.

그들은 어둠이 내려와 발자국이 보이지 않을 때까지 걸었다. 흑인은 이슬을 받으려고 주위에 비닐을 펼쳤다. 비닐이 날아가지 않게 비닐의 가장자리를 뾰족한 나뭇가지들로 꿰어서 세워놓았다. 그러면 이슬이 가운데로 고일 터였다.

그는 불을 피우고 연필처럼 끝을 다듬은 꼬챙이에 도마뱀 고기를 끼웠다. 껍질이 완전히 시꺼메질 때까지 불 위에서 꼬챙이를 이리저리 돌렸다. 그래도 속살은 하얬다. 숯처럼 탄 껍질이 그들의 치아에서 부서졌다. 둘은 도마뱀들을 머리부터 꼬리까지 말끔히 먹어치웠다.

키다리는 제 몫의 고기가 눈 깜짝할 사이에 사라진 데 놀란 듯 자기 손을 내려다보았다. 아직도 위장은 배가 고프다고 난리였다. 그는 고기를 먹는 흑인을 바라보았다. 흑인은 입술까지도 시커멓다. 생각에 잠겨 있는 흑인의 얼굴이 바닥에 피워놓은 불에 빛났다. 얼굴의 흉터들이 일부러 끌로 새겨놓은 것처럼 보였다. 흑인도 그와 똑같은 인간이었다. 다만 당나귀와 말이 다른 것처럼 인간끼리도 엄연한 차이는 있다고 생각되었다.

미칠 듯이 고맙던 마음은 오그라들었다. 그의 비밀스러운 생각 속에서, 흑인은 차츰 자신의 몸종 혹은 노예로 변하고 있었다. 몸종 주제에 마지막 남은 도마뱀 반 토막을 독차지하다니, 천만 부당한 일이었다.

키다리의 심경 변화는 은밀하게 진행되었다. 물론 흑인은 그에게 먹을 것을 주었다. 하지만 제 몫을 먼저 떼어놓고 그에게 충분한 양을 주지 않는 죄를 지었다. 그가 쓰러졌을 때 흑인은 그를 도와주었지만 그로써 지상에서 그가 겪는 모진 고통을 연장시키는 죄를 지었다. 감사와 가증스러운 멸시는 얕고 좁은 물에 갇힌 송사리들처럼 잠시도 가만히 있지 못하고 서로를 쫓고 쫓았다.

흑인의 자기희생을 어떻게 참을 수 있을까? 어떻게 목숨을 빚졌다는 사실을 체념하고 받아들일 수 있나? 어떻게 해야 이 빚을 탕감받을까?

불길이 서서히 재로 변했다. 나무와 비닐은 거의 다 탔다. 흑인이 나무를 더 넣자 불이 살아났다. 그는 코를 들이마셨다가 침을 뱉었다. 가래침이 잉걸불에 들러붙었다가 쉬익 소리를 냈다.

키다리가 깨어보니 조용하고 환한 달밤이었다. 숨을 죽이고 귀를 기울였다. 내가 무엇 때문에 깬 거지? 머리를 받쳤던 비닐을 치워보았다. 흙에서 비 냄새가 났다. 그는 천천히 자리에서 일어났다. 뼛속까지 시리게 추웠다.

흑인은 늘 그렇듯 풀을 깔고 누워 있었다. 키다리가 이슬받이에 가보았다. 검은 물 속에 하얀 달이 떠 있었다. 그는 가만히 무릎을 꿇고 한쪽 귀퉁이에서 막대기를 빼냈다. 물이 한쪽으로 흘렀다. 그쪽에 입을 대고 시원하고 단 물을 한 방울도 남기지 않고 다 마셨다. 키다리는 자기 발자국을 지우고 원래 잠자리로 돌아갔다.

심장의 두근거림이 가라앉은 후에야 비로소 다시 잠들 수 있었다.

해가 뜨자마자 그들은 다시 어둠으로 중단되었던 추적에 나섰다. 키다리는 먼저 간 자들의 흐릿한 발자취를 찾았다. 그의 뒤에서 흑인이 얼마 남지 않은 병 속의 물을 입에 털어넣고 있었다. 하얗고 서늘한 안개가 잔뜩 끼어 있었다.

정오가 되어서야 먼저 간 자들의 야영지를 찾아냈다. 불을 피운 흔적, 사람들이 누웠던 자리로 알 수 있었다. 그들은 일행을 잘 따라잡고 있었다.

흑인이 무릎을 꿇고 은빛 잿더미를 손가락으로 파헤쳤다. 그는 숯을 건져내 자기 주머니에 넣었다.

그들은 계속 무리를 찾아 걸었다. 어쩌면 밤이 오기 전에 합류할 수 있을지도 몰랐다. 무리에게로 돌아가고픈 욕망이 너무 압도적이었기에, 그들이 무리에서 얼마나 열악한 처지에 있는지는 잊었다.

잠시 후, 비가 내렸다. 빽빽하게 뭉쳐 있는 회색 구름 아래, 감미로운 빛이 스텝의 잡초를 솟아나게 하는 것 같았다. 흑인은 빗방울이라도 받아먹으려 혀를 내밀었다. 기운도 되찾고 신이 난 것 같았다. 가끔 키다리에게 한두 마디 말을 건네기도 했다. 키다리가 어깨를 으쓱하면 에티오피아 인은 노란 눈으로 그를 빤히 보면서 똑같은 말을 큰 소리로 반복했다.

키다리는 서글프게 고개를 가로저었다. 이래봤자 소용없다. 어차피 그들은 결코 서로를 이해하지 못할 것이다.

그는 흑인이 이 여정에 대해서 얘기하고 싶은가 보다 생각했다. 날씨라든가, 둘이서 함께 싹싹 긁어먹었던 통조림이라든가. 달리 무슨 얘기가 있을 수 있을까? 아직도 다른 생각을 할 여력이 있겠어? 그들이 가야 하는 이 길 말고 다른 생각은 할 수 없었다. 그들은 이제 과거나 미래가 없는 존재가 되었다. 긴박한 현재 속에서만 사는 존재가.

11. 우이씨!

베그는 시에서 70킬로미터 떨어진 별장에 다녀왔다. 월동 준비는 다 해놓았다. 화단에 퇴비를 몇 수레 뿌렸고, 우물들을 덮었고, 창문 덧창의 나사를 잘 조여놓았다. 그는 정원 일을 즐겼다. 가끔은 자기 자신을 땅 없는 농부쯤으로 생각할 만큼. 그래서 틈나는 대로 도시를 떠나 이 작은 집에서 장미나무 가지를 치거나 포도 넝쿨을 요리조리 연결해서 파사드를 꾸미곤 했다.

이제 밤길을 운전해 집으로 돌아가는 길이었다. 봄이 오기 전에는 다시 못 오리라. 자동차 뒷좌석에는 파프리카가 한 바구니 있었다. 오래된 신문지 위에는 수확 시기를 놓친 흙투성이 호박이 놓여 있었다.

그는 교차로에 접근하면서 속도를 줄였다. 단속 지점들은 충분히 예측 가능했다. 실제로 경찰차 한 대가 길 건너편 수풀 뒤에 숨어 있었다. 베그는 지나가다가 단속 차량 옆에서 잠시 멈추었다.

경찰관이 내리자 베그도 옆 차창을 내렸다.

"서장님." 경찰관이 담배를 바로 버렸다.

"잘되고 있지?"

"네, 네, 조용합니다. 별일 없는 저녁이네요." 경찰관이 입을 열자 남아 있던 담배 연기가 새어나왔다.

"아무 이상 없고?"

"네…… 전혀요. 정말 조용하네요."

그의 부하들은 교통 단속으로 거둬들인 돈을 나눠줄 때를 제일 좋아했다. 그 수입이 꽤 짭짤했다. 그보다 더 쉬운 돈벌이는 없었다. 레이저 과속 측정기가 도입된 후로 경찰관들은 그러한 부수입을 첨단 기술로 정당화할 수 있었다. 이제 경찰이 뇌물 얘기를 자기 입으로 꺼냈다고 주장할 수 있는 사람은 없었다. 모두가 확인 가능했다. 측정기에 뜨는 숫자는 거짓말을 하지 않는다.

그들은 이 업무를 "혼자 하는 창녀 짓"라고 불렀다. 단속을 한답시고 가로등 불빛 아래 날 보고 가라는 듯 서 있는 모습이 좀 그래 보이기는 했다.

베그는 오래전에 경위를 달면서 그런 짓은 그만두었다. 그 정도 계급이 되면 광활한 스텝에서 덩그러니 두드러지는 인공 조명 아래 서 있기도 부담스러워진다.

속도위반 단속을 하다가 총에 맞은 경찰이 한 사람 있었다. 그는 한밤중에 갓길에서 숨만 겨우 붙어 있는 상태로 발견되었다. 동료들이 병원으로 위문을 갔다. 그 사람은 눈과 귀가 다 멀어서 무슨 짓을 해도 반응을 하지 않았다. 동료들은 그의 코가 있던 자리에 뚫린 구멍으로 자꾸만 시선이 쏠렸다.

그 후로 그들이 야간에 길가에서 교통 단속을 할 때면 그 모습이 뇌리에서 떠나지 않았다.

베그는 부하들에게 혼자 순찰이나 단속에 나가지 말라고 했다. 그전에도 그런 규정이 있었지만 다들 무시했다. 짝 없이 한 명씩 뛰어야 더 많은 돈을 걷어올 수 있으니까.

생일을 맞은 경찰대원이 있으면 늘 똑같은 농담이 오갔다.

한 명이 먼저 "선물로 뭘 줄까?"라고 물었다.

"전자레인지 어때?" 다른 대원이 대답했다.

"벌써 있는데."

"평면 TV는?"

"그것도 있어."

"신형 휴대 전화 뽑아주자."

"벌써 뽑았어."

"그럼 하루 푹 쉬게 해줄까?"

"절대 안 쉴걸!" 모두가 한 목소리로 외쳤다.

이 농담은 몇 가지 버전이 있지만 거의 다 어슷비슷했다.

베그는 자신이 리브카와 장미 노래를 흥얼거리고 있다는 것을 깨닫고 입을 다물었다. 카 라디오를 켜보았다. 어머니는 왜 유대 노래를 배웠을까? 이제는 어머니에게 물어볼 수도 없다. 이 노래는 그의 인생에서 가장 확실한 것 중 하나였으나 그는 쉰세 살이 되어서야 비로소 이 노래가 어쩌다 자기에게로 왔는지 물어볼 마음이 생겼다. 베그에겐 누나가 한 명 있었다. 누나라면 답을 줄지도 모르지만 연락이 끊어진 지 너무 오래되었다. 누나도 한때는 그의 인생에서 가장 확실한 것에 해당했다. 크게 싸우고 틀어지기 전까지는. 해결을 못 본 채 몇 년 세월이 쌓였고, 남매의 절교는 그렇게 굳어졌다.

앞에서 달리는 화물차를 보고 베그는 자기 차 속도계를 흘끗 확인했다. 자기도 시속 110킬로미터로 달리고 있는데 그 화물차와의 간격은 조금도 좁혀지지 않았다.

갈등이 되었다.

그는 추월을 할 수가 없어서 짜증이 났다. 이 빌어먹을 업무용 차량은 그의 신경을 긁어놓았다. 그리고 이 따위 똥차를 아직도 몰고 다니는 자신의 군자연(君子然)하는 태도도 짜증이 났다.

그는 가속 페달을 힘껏 밟아 화물차와의 간격을 차츰 좁혔다.

화물차 운전사는 과속으로 달릴 뿐 아니라 흰 선을 몇 번이나 넘어갔다.

베그는 회전 경보등을 켜고 화물차 운전사에게 갓길에 차를 세우라는 신호를 보냈다. 그의 차가 끼깅대고 신음하면서 화물차 뒤에 멈춰섰다. 잠시 침묵이 감돌았다. 계산된 유예——베그는 이 유예를 좀 더 끌고 싶었다. 시간조차 지배할 수 있을 것 같은 그 기분을.

그는 미적미적 차에서 내렸다. 차 옆에서 허리띠에 곤봉을 찼다. 화물차 엔진이 아까보다 느리게 털털거렸다. 베그는 운전석을 쳐다보았다. 운전사가 차창을 내렸다. 베그는 그에게 내리라고 손짓했다.

"이 도로에서는 130킬로미터까지 달려도 됩니다."

"일단 내리시오."

문이 열리고 운전사가 성질을 내면서 내렸다. "130킬로미터까지 괜찮다니까, 내 말 못 믿습니까!"

베그가 고개를 가로저었다. "여기는 제한 속도 80킬로미터 구간입니다." 베그는 그들이 지나온 도로를 가리켰다.

"당신도 제한 속도 안 지켰잖아……."

"게다가 당신 트럭은 흰 선을 아예 무시하고 달렸습니다. 술 마셨습니까?"

"아닙니다, 이봐요, 나는 술 마시지 않았습니다. 경찰이면 신분증 좀 보여주시죠."

트럭 운전사는 서른 살 남짓했다. 청바지에 운동화. 신세대다. 몸 좋고, 오만 방자하고, 권위를 보란 듯 멸시하는 녀석들. 이들은 과거를 모른다. 이들은 어떤 결핍도 겪어보지 못했다. 호강에 겨워 요강에 똥 싸는 녀석들.

베그의 경찰 배지가 운전석에서 비치는 불빛에 번쩍거렸다.

"도대체 경찰들은 왜 이럽니까? 당신들이 무슨 짓을 하는지 알아요? 어딜 가나 이 지랄이지, 망할!"

그가 돌아서서 한 발을 운전석 계단에 올려놓았다.

"멈추시지!" 베그가 말했다.

운전사가 어깨를 틀면서 그를 노려보았다. "신분증 가지러 갑니다."

"지금 들고 있잖아!"

"이거 말고요." 운전사가 한 칸을 더 올라갔다. 이제 두 발을 다 땅에서 뗀 상태였다.

베그는 화가 치밀어오른 나머지 두피가 따갑게 느껴졌다. 손이 곤봉으로 갔다. "내려와."

운전사가 바닥으로 내려왔다. "당신이 내가 오늘 세 번째 만나는 경찰이야. '세 번째'라고. 이게 무슨 뜻인지 알아, 세 번째 경찰 양반? 당신들은 도적 떼야. 조직적 범죄라고. 손을 좀 보여주시지?"

이 말에 베그는 평정심을 잃었다. 손? 손을 왜?

"손 좀 보여줘요." 젊은 운전사가 다시 말했다. 성질이 좀 죽었는지 아까보다 협조적인 말투였다. 그의 음성에는 뭔가 따르지 않을 수 없는 힘이 있었다. 그가 제한 속도를 위반한 민간인이 아니고 베그가 자기 임무를 수행 중인 경찰 공무원이 아니었다면 그가 시키는 대로 손을 내밀었지 싶다. 이 운전사는 무슨 이유로 베그의 손을 보려 할까? 베그는 자기 손을 내려다보고 싶은 충동에 저항했다. 자기 손을 살펴보지 않은 지도 꽤 오래됐다.

베그는 사무적인 말투로 돌아갔다. "제한 속도 80킬로미터 구간에서 적어도 40킬로미터를 초과했습니다. 중앙 차로도 여러 번 침범했고요." 그는 이 말을 하면서 왜 스스로 우스꽝스럽고 약해 빠진 인간으로 느껴지는지 알 수가 없었다. 벌써 젊음 앞에 백기를 들었나? 이미 속으로는 늙다리, 퇴물, 멸종 직전의 희귀종이 되었음을 인정했나?

"손을 보여달라고, 어서!"

베그, '할배' 베그가 의지를 빼앗긴 사람처럼 자기도 모르게 손바닥을 내밀었다. 젊은이는 허리를 숙이고 그의 손바닥을 핥을 것처럼 얼굴을 바짝 댔다. 그는 베그의 손을 찬찬히 뜯어보고 다시 몸을 일으키더니 이렇게 말했다. "맞네!"

베그도 자기 손을 내려다보았다. "뭐가?"

"도적질을 하도 많이 해서 손이 벌겋잖아."

베그는 그를 화물차에 메다꽂았다. 젊은 사내가 웃음을 터뜨렸다. "이제 날 때릴 거야? 당신보고 도둑이라고 해서?"

베그의 곤봉이 그의 안면을 후려쳤다.

운전사가 펄쩍 뛰며 고통으로 울부짖었다. "그만! 그만해, 이 새끼야!"

곤봉이 다시 올라갔다. 베그의 머릿속은 분노로 하얗게 달아올랐다. 베그는 젊은 운전사의 허리와 다리를 후려갈겼다. 상대는 지렁이처럼 몸을 뒤틀며 몸집을 최대한 작게 움츠렸다. 흡사 자그마한 공이 되어 땅속으로 사라지고 싶은 듯이. 그가 비명을 질렀다. 갑자기 새된 목소리, 아직 어린애 같은 목소리가 튀어나왔다.

"씨발- 우이씨- 좆나- 우이씨- 재수 없어!"

베그는 발길질을 하다가 상대의 발목이 두 번 꺾이는 느낌을 받았다. 날카로운 아픔에 운전사는 미쳐 돌았다.

온통 시커멓던 머릿속에 한 줄기 빛이 새어들어왔다. 이러다 정말 이 자식을 죽일지도 모르겠다는 생각이 들었다.

스톱.

베그는 마지못해 손에 힘을 풀었다. 그는 숨이 차서 화물차에 기댔다. 운전사는 앞바퀴 옆에 쓰러져 있었다. 베그는 그의 머리끄덩이를 잡고 자기 쪽으로 얼굴을 돌렸다. 얼굴이 피와 콧물로 범벅이 되어 있었다. 이 자식, 울었나?

"네가 무슨 짓을 한 건지 이제 좀 알겠냐? 모자란 새끼." 베그가 헐떡거리며 말했다.

그는 운전사의 스웨터에 자기 손을 닦고 일어났다. 허리에 손을 얹고 등과 머리를 최대한 젖히며 스트레칭을 했다.

담배는 베그의 차 계기반 위에 놓여 있었다. 반대 방향에서 차한 대가 지나갔다. 그 차가 속도를 늦추었다. 차창 안쪽은 그냥 희뿌연 얼룩처럼만 보였다. 베그는 그냥 지나가라고 신호를 보냈다. 그는 담배에 불을 붙이고 바닥에 쓰러진 사내를 내려다보았다. 현실 세계에 온 것을 환영한다. 현실이 어떻게 돌아가는지 누군가가 이놈들에게 가르쳐줘야 했다.

그는 기침을 했다. 입이 바싹 말랐다. 담배 맛이 좋지 않았다.

트럭 운전석에는 유로화 지폐 다발, 전기 충격기, 코카콜라 한 병이 있었다. 베그는 콜라를 따서 한 모금 들이켰다. 간이침대 옆 그물망에 포르노 잡지 몇 권이 꽂혀 있었다. 화물 운송장을 뒤적여보았다. 돈다발은 자기 주머니에 넣고 차 키를 챙기고 전조등을 껐다.

길바닥에서 사내가 도로 쪽으로 기어가고 있었다. 베그는 화물차 문을 잠그고 내려왔다. 시동이 꺼지면서 틱틱 소리를 냈다.

그는 운전사 팔을 등 뒤로 모아 타이 랩으로 묶고 자기 차로 끌고 왔다. 그러고는 농작물을 실어놓은 뒷좌석에 처넣었다. "내 파프리카 조심해!"

소맷자락에 손을 닦았다. 머리가 지끈거리고 윙윙 울렸다. 무리를 한 모양이다. 요즘 들어 이럴 때가 많다. 이런 짓 하기에도 너무 늙어버렸나 보다.

그는 어둠을 뚫고 시내로 돌아갔다. 지평선 가까이 작은 달이 걸려 있었다. 보일 듯 말 듯 희끄무레한 띠가 하늘과 땅을 가르고 있었다. 스텝에 내려앉은 어둠은 검푸른 돌덩이였다. 누나 생각이 났다. 어쩌면 이제라도 누나에게 연락을 해봐야 할지 모르겠다. 누나는 늘 사람들 세상살이에 관심이 많았다. 특히 노인들의 사연에 귀를 기울였다. 때로는 그런 사연을 어딘가에 적어두기도 했다. "노인 한 명이 죽으면 도서관 하나가 없어진 거나 마찬가지야."

라고 말하기도 했다. 누나는 이 노래의 유래를 알지도 모른다. 누나는 가문의 수호자였다. 온갖 사연, 조약돌, 클립, 자투리 옷감 따위를 열심히 모으는 사람.

"병원에 가야겠어요." 뒷좌석에서 트럭 운전사가 말했다.

누나와 틀어진 것은 부모님이 남긴 집 때문이었다. 누나는 사연과 조약돌과 클립과 자투리 옷감을 모았던 것처럼 그 집도 비록 아버지는 돌아가셨지만 처분하지 않기를 원했다. 당분간 세를 주었다가 아들을 다 키우고 누나도 도시의 직장을 그만두는 날이 오면 고향 집에 내려가 살고 싶다고 했다. 하지만 베그는 그 집을 팔기를 원했다. 누나 형편에 베그의 지분을 한꺼번에 인수할 수는 없었다. 앞뜰에 자두나무가 있고 울타리를 타고 포도 넝쿨이 우거진 그 집은 결국 팔렸다.

"뼈가 부러졌다고요, 젠장. 허리가 이상해요. 진짜로 병원에 가야겠어요."

흙벽에 초가지붕을 얹은 작은 농가는 가끔 베그의 꿈에도 나왔다. 반가운 파란색 문짝과 덧문, 가을이 오면 꽃이 진 해바라기들이 바람결에 흔들리고 어느덧 여름이 다 갔음을 알려주던 그곳.

뒷좌석이 들썩거렸다. 베그가 룸미러를 조정했다. 사내는 반쯤 일어나 앉아 있었다. "도움이 필요해요. 정말이에요."

"기억을 잊는 방향으로 노력해봐. 어차피 기억은 네 것이 아니니까." 베그가 말했다.

12. 쿠르간

키다리와 에티오피아 인이 무리에 합류했을 때는 이미 오후도 한참 지나 있었다. 키다리는 막대를 짚고 한가운데 서서 고개를 숙였다. 소년은 땟국물이 흐르는 얼굴들을 관찰했다. 너절하고 더러운 수염들. '깨끗한' 것을 못 본 지가 얼마나 오래됐더라? 더러움에 물들지 않은 것을 언제 봤더라?

"너희를 다시 보게 될 줄은 몰랐는데. 우리 생각에는……." 아슈하바트 남자가 입을 열었다.

"때가 아직 오지 않았더라고." 키다리가 대답했다.

"여긴 뭐하러 왔어? 여기 오면 뭐 건질 세 있나!" 비탈리였다.

"당신들을 찾아온 게 아니야. 그런 게 아냐. 우린 그냥 발자국을 따라왔어."

비탈리가 획 돌아서더니 발길을 옮겼다. "날이 추워지고 있어.

다들 제 코가 석 자야. 우리 다 죽을 거야! 너희는 여기 오지 말았어야 했어!"

잠시 후, 그들이 다시 걷기 시작했을 때——그날의 마지막 행군이었다.——밀렵꾼이 키다리에게 속삭였다. "나 사실 어제 너희 봤어."

사정은 키다리가 생각했던 것처럼 풀리지 않았다. 그들은 다른 사람들의 짐이 되어 있었다. 키다리가 행여 그들을 못 쫓아간다면 그들은 절대 기다려주지 않을 것이다. 갑자기 눈앞이 시커메지면 잠시 쉬었다 가야만 하는데도 말이다.

사실은 흑인과 단 둘이 움직이는 게 더 나았으리라. 흑인은 그를 재촉하지 않았다. 물도 주고 먹을 것도 나눠주었다. 고마운 마음이 찔끔 살아났다.

에티오피아 인은 몇 미터 뒤에서 따라왔다. 키다리와 그는 여전히 함께 걸었지만 시간이 지날수록 둘 사이의 거리는 벌어졌다. 다시 집단의 법이 우선시되었다. 키다리와 흑인의 운명 공동체는 깨졌다. 한 발짝, 또 한 발짝, 키다리는 생명의 은인에게서 멀어져갔다.

밤이 되자 들판의 추운 공기가 그들을 감쌌다. 잉걸불은 세찬 바람이 불어올 때마다 시뻘게졌다. 흑인은 무리에게서 벗어났다. 그가 잠자리를 준비하려고 풀 뽑는 소리가 들렸다. 소년은 밀렵꾼이 "쓸데없는 짓"이라고 하는 말을 들었다. 무슨 얘기를 하나 싶어 몸을 내밀었다. 밀렵꾼은 어떤 뱀들은 밤에 잠을 자지만 또 다른 종류의 뱀들은 밤에 사냥을 나온다는 얘기를 하고 있었다. 하지만 카라쿠르트 독거미가 더 위험하다. 이 독거미는 황소도 쓰러뜨릴 수 있다.

그들은 덩이줄기 식물이나 달래를 찾으려고 땅을 파보았다. 헛수고였다. 밀렵꾼의 덫에도 쥐새끼 한 마리 걸리지 않았다.

배기 고프면 처음에는 화가 나지만 그다음에는 나른하니 정신이 몽롱해진다. 비탈리와 아슈하바트 사내의 분노도 그렇게 추위와 배고픔에 치여 어느새 가라앉았다.

이튿날, 그들은 컴컴한 첫새벽부터 또 길을 나섰다. 뼈에 박힌 한기를 몰아내려면 움직여야 했다. 해가 그들을 따라 서서히 솟아올랐다. 풀밭에 서리가 내려앉았다.

멧토끼 한 마리가 그들의 발소리에 냅다 뛰었다. 지척에서 자고새 한 쌍도 후드득 날아가며 울어댔다. 오후에 밀렵꾼이 소년에게 나귀 떼를 손가락으로 가리켰으나 놈들은 어찌나 빠른지 고개를 드니 벌써 안 보였다. 사냥은 텄다. 먹을거리가 되겠다 싶은 동물은 모두 쏜살같이 도망치거나 코앞에서 날아갔다. 사냥총만 있다면 밀렵꾼은 토끼와 자고새는 물론, 끼룩끼룩 울며 나는 저 기러기도 잡을 수 있었을 것이다. 하지만 사냥총은 그의 집 벽에 걸려있을 터였다. 떠나올 때는 비참과 절망의 장소였던 집조차도 이제는 포근한 안식처처럼 생각되었다. 집에는 난롯불, 푹신한 침대, 아내의 온기가 있었으니까.

그는 마을을 맨 마지막으로 떠난 사람 축에 들었다. 남은 주민들끼리 마을 회관에 모여 근심 걱정을 술로 씻어내고 쓰러질 때까지 춤을 추는 나날도 끝물이었다. 사내들은 술을 양껏 마시면 다 그렇게 되는지 모두 웃통을 벗어던지곤 했다.

이따금 그들은 사륜구동을 몰고 노략질에 나섰다. 술을 퍼마시고 날뛰며 주위의 모든 것을 싹쓸이했다. 그림자에도 총을 쏘고 반사광에도 총을 쏘았다. 움직이는 것, 움직이지 않는 것을 막론하고 총을 쏘아댔다. 저마다 자기는 특급 사수라고 생각했다. 그들은 밀주(密酒) 보드카를 퍼마시고 빈 병은 벽에 던져 박살냈다. 니콜라이 리발코는 실수로 자기 개를 쏘았다. 그는 눈물을 흘리며 참회했다. 빌어먹을 사나운 개를 쏘아죽였다고 그럴 것까지야. 그들은 피 끓는 악마들이었지만 술기운이 떨어지면 그냥 픽 쓰러져 잠들었다.

그가 버리고 온 삶은 그러했다.

지평선에 쿠르간●이 보였다. 쿠르간은 아주 오래전에 사라진 민족이 세운 분묘인데, 그들은 이미 이런 분묘를 여러 개 보았다. 그

● 청동기 시대부터 철기 시대에 이르는 동안 남부 러시아의 초원 지대에 이주한 기마 민족이 6~9세기에 쌓은 고분.

들은 쿠르간을 빙 둘러가곤 했다. 죽은 자들의 안식을 방해하고 싶지 않았기 때문이다. 하지만 이제 바로 앞에 있는 쿠르간을 둘러갈 여력이 없었다. 소년은 스텝의 노란 풀로 뒤덮인 봉분을 올라가면서 두려움과 묘한 흥분을 느꼈다. 소년이 좀 더 먼 곳까지 한눈에 담기에는 시간이 좀 걸렸다. 오른쪽 신발창이 떨어져서 걸음을 옮길 때마다 탁탁거렸다. 그는 밀렵꾼이 낡은 가방에서 찢어낸 캔버스 띠로 신발창을 묶어보았다.

소년은 꼭대기까지 올라갔다. 아쓸했다. 그러나 초원에서 벗어난 해방감, 거대한 손을 타고 올라온 것 같은 기분은 최고였다.

하지만 거기에는 생명의 표시가 없었다. 사람의 손길을 암시하는 직선적이고 각진 구조는 찾아볼 길 없었다. 소년은 제자리에서 천천히 한 바퀴 돌았다. 풀들이 누런 바다처럼 출렁거렸다.

밀렵꾼과 아슈하바트 사내가 소년 옆으로 왔다.

"아무것도 없어. 확실해." 아슈하바트 사내가 말했다. 소년이 고개를 끄덕였다.

아슈하바트 사내가 툴툴거렸다. "우린 망했어."

"당신이나 그렇지. 난 아니야." 밀렵꾼이 나지막하게 중얼거렸다.

소년은 밀렵꾼의 말에 귀를 기울인 유일한 인물이었다. 소년은 그 말이 옳다고 생각했다. 그들이 다 죽어도 밀렵꾼만은 살아남을 것 같았다. 밀렵꾼은 바위처럼 강건한 데다가 버틴다는 게 무슨 뜻인지도 알았다.

비탈리가 헐떡거리며 올라왔다. 여자도 왔다. 에티오피아 인이 맨 마지막으로 봉분 위에 다다랐다. 키다리와 그런 일이 있은 후 에티오피아 인도 달라졌다. 그는 이제 무리의 일원처럼 굴었다. 그도 주위를 둘러보았다. 지금까지 걸어온 길과 앞으로 가야 할 길이 똑같았다. 흑인이 하늘을 쳐다보았다. 소년도 따라서 쳐다보았다. 아찔하게 높은 하늘에 기러기 떼가 지나갔다. 새들은 남쪽으로 날고 있었다. 비행 대열에 드문드문 빈 곳이 보였다.

소년은 생각했다. 뭘 보는 거지? 무슨 생각을 하는 거야?

일행이 봉분을 내려가려는 순간, 흑인이 뻗은 손이 비탈리의 한쪽 팔을 스쳤다. 비탈리는 황급히 팔을 뒤로 뺐다. "어딜 만져, 더러운 새끼!"

흑인은 풀이 유독 무성한 어느 한 지점을 가리키면서 알아들을 수 없는 말을 몇 마디 했다. 밀렵꾼과 아슈하바트 사내가 그 방향으로 시선을 돌렸다. 누런 풀 사이에 초록색이 보이는 듯했다. 어쩌면 그쪽은 지형이 함몰되어서 지독한 건기에도 물이 좀 오래 남아 있었는지도 몰랐다. 그렇다면 나무나 달래를 찾을 수 있을지도.

그들은 유령처럼 스텝을 떠돌았다. 모두 꼬챙이처럼 빼빼 말라 버렸다. 이대로 가다간 투명 인간이 될 수도, 아예 사라져버릴 수도 있을 것 같았다. 그들은 원래 가려던 방향에서 벗어나 에티오피아 인이 가리킨 남쪽으로 걸어갔지만 가도 가도 덤불과 키 큰 잡초뿐이었다. 그들은 미친 사람들처럼 흙을 파면서 달래나 야생 튤립 구근이 나오길 기도했다. 그들이 땅을 갈아엎은 자리는 흡사 보물찾기에 나선 유목민이 지나간 것 같았다. 그들은 서로 눈을 피했다. 여차하면 무슨 일이 터질지 몰랐다.

여자가 눈물도 나지 않는 울음을 울었다. 그녀는 풀썩 주저앉아 자기 머리에 흙을 뿌렸다. 소년은 여자의 머리칼과 어깨에서 떨어지는 모래를 보았다.

"가요, 우리 뒤져졌어요." 소년이 말했다.

소년은 여자의 팔을 잡고 일으켰다. 여자는 도로 주저앉아 앞으로 푹 고꾸라지더니 자기 얼굴로 모래를 파헤쳤다. 이마, 코, 뺨이 흙투성이가 되었다. 소년은 여자를 억지로 일으켜 잡아끌었다. 여자가 갑자기 소년 쪽으로 한 걸음 다가가 피할 겨를도 주지 않고 따귀를 갈겼다.

그러고는 혼자 제 발로 다른 사람들에게로 걸어갔다.

소년은 오도카니 서 있었다. 그녀의 손가락 하나하나가 그의 뺨에서 활활 타는 것 같았다.

그들은 아까 그 자리로 돌아갔다. 밀렵꾼은 봉분 근처에 덫을 놓으면 뭔가 잡힐지도 모르겠다고 생각했다. 그들은 오후에 쿠르간이 드리운 그늘에 자리를 잡았다. 소년은 그 속이 비어 있다는 사실을 알고 있었다. 죽은 자들이 그 안에서 배회한다. 그들이 소년을 찾으러 올 것이다. 오늘 밤 그들은 뼈만 남은 손을 내밀어 소년의 발을 붙잡고 죽은 자들의 나라로 질질 끌고 가리라.

비탈리가 모래에 앉아 있던 여자를 붙잡아 일으켰다. 그는 오늘 밤 자기 잠자리로 여자를 데려가려 했지만 아슈하바트 사내가 나섰다.

"놔!"

비탈리가 코웃음을 쳤다.

"맞기 싫으면 놓으라고." 아슈하바트 사내가 다시 한 번 말했다.

모두의 눈이 쏠렸다. 일행은 그쯤에서 비탈리가 마음을 접기를 바랐다. 비탈리가 뒤로 물러났다. 하지만 그건 그들의 생각과 달리 단념의 몸짓이 아니라 그 반동으로 상대의 목에 달려들려는 몸짓이었다. 그들은 헐떡대며 흙바닥에서 뒹굴었다. 주먹질은 거의 다 빗나갔다. 아슈하바트 남자가 비탈리를 깔고 앉아 후려치기 시작했다. 비탈리가 팔을 들어 막았지만 머리와 가슴을 많이 맞았다. 비탈리는 이제 왕년의 날쌘 싸움꾼이 아니었다. 그 시절에는 거의 항상 맞는 쪽이 아니라 때리는 쪽이었건만. 아슈하바트 사내가 어둠 속으로 제물을 끌고 가는 지금 그는 땅바닥에 뻗어 있었다.

13. 아타만

다음 날 아침, 트럭 트레일러는 싹 털려 있었다. 찢어진 방수포가 바람을 받아 퍼들거렸다. 화물 운송 회사에 연락을 했더니 트럭을 가져갈 사람을 보내주었다. 운전사는 유치장에 들어갔다. 음주 운전을 한 죄, 체포에 저항한 죄였다. 콜레르 경사는 상관의 손가락 관절 마디가 다 까진 것을 보았고, 환상 따위는 품지 않았다. 베그는 좋은 사람이었지만 사람인 이상 기분은 어쩔 수 없었다.

운전사는 내처 벽을 보고 독방에 드러누워 있었다. 물어봐도 대답이 없었고, 식사도 건드리지 않았다. 그는 입술이 찢어지고 이가 부러졌다. 의사가 왔다. "갈비뼈에 금이 갔군요. 부러진 데는 없습니다." 의사는 자기 전공이 아닌 치아 쪽은 살펴보지도 않았다. 수문의 모서리에 물때가 끼듯 경찰서 지하 유치장에는 온 세상의 더러움이 쌓였다. 일주일에 한 번 소독용 리졸 액으로 청소를 했지만 구석구석 배어든 토사물 냄새, 찌든 땀 냄새는 어쩔 수 없었다.

베그는 정오에서 오후 2시까지 자기 사무실에 들어앉아 책상 서랍에서 꺼낸 주소록을 들여다보았다. 그건 아주 오래된 수첩으로, 빗금이 그어진 이름들도 많았다. 새로운 이름들은 추가되지 않았다. 랍비가 묘지를 배회하며 그리운 이들을 만났듯이 폰투스 베그는 수첩을 뒤적이면서 한때 그의 삶의 일부였으나 이제는 사라진 사람들을 생각했다. 그의 누나 에바는 'U'에 있었다. 누나는 재능만 있고 쓸모는 없는 매형 알렉산드르 우스펜스키와 이혼하고도 전남편 성을 그대로 썼다. '베그'라는 성은 너무 촌스럽다나. 누나는 그 이름에서 평원 냄새, 스텝 냄새가 난다고 했다.

그 전화번호가 아직 유효한지는 알 수 없었다. 누나는 이사를 했을 수도 있다. 사람들은 한 군데 눌러살지 않는다. 분명히 옛날처럼 한곳에 오래 머물러 살지는 않는다. 모두가 바람 부는 대로 흩어진다. 온수 파이프의 신음 소리 속에서, 아랫집 발코니에 꽁초를 버리는 윗집 이웃을 두고도, 이곳을 흔들림 없이 지키는 사람은 자신뿐이었다.

수화기를 들고 잠시 주저하다가 전화번호를 눌렀다.

신호가 갔다. 어떤 남자가 전화를 받고는 어디라는 말도 없이 "여보세요?"라고만 했다.

"누구십니까?" 베그가 물었다.

"전화 거신 분은 누구신데요?"

베그가 한숨을 쉬었다. "타데우시, 너냐?"

잠시 침묵이 감돌았다. "누구시죠?"

"폰투스 외삼촌이다."

다시 침묵. 그리고 "엄마는 안 계세요."라는 말이 돌아왔다.

"아!"

"안됐지만 할 수 없네요."

"언제 오시기?"

"몰라요."

조카의 반감이 손에 잡힐 듯 또렷하게 감지되었다. 애가 어쩌면 비디오 게임이나 뭐 그런 걸 한창 하던 중이었을지도 모른다. 요즘 세상에 게임 방해는 죽을 죄다.

"이렇게라도 얘길 나누니 좋구나, 타데우시."

"네."

"엄마에게 내가 전화했다고 전해주겠니?"

"그럼요."

"엄마랑 얘기를 하고 싶어."

"잘 전할게요."

그들은 전화를 끊었다. 베그는 몸을 젖혀 안락의자에 기댔다. 타데우시는 사춘기 소년일 때 마지막으로 봤다. 방금 통화한 목소리는 다 큰 청년의 목소리였다. 그는 타데우시에게 모든 일이 다 잘 풀릴 거라고, 네가 그렇게 경계할 필요는 없다고 허심탄회하게 말하고 싶었다.

그게 참말인지는 그도 알 수 없었다.

폰투스보다 에바를 더 잘 아는 사람은 없었다. 남매는 서로의 어린 시절의 유일한 증인이었다. 그때는 둘이 이렇게 틀어질 줄 누가 생각이나 했을까? 하지만 그리되고 말았다. 둘 중 하나가 죽어도 남은 사람은 그 사실을 모른 채 살아갈지도. 그런 생각을 해봤자 가슴 아리고 기운만 빠지니 이쯤에서 그만두어야 할 것이다.

옥사나의 구불구불한 금발이 폰투스 베그의 사무실과 복도를 분리하는 간유리 위로 나타났다. 그녀의 등장은 수평선에 나타난 한 척 배를 연상케 했다. 다리도 길면서 하이힐을 고집하는 옥사나는 그 간유리 너머를 볼 수 있는 유일한 사람이었다. 그녀는 그 앞을 지나갈 때마다 베그의 사무실을 잽싸게 훔쳐보고는 아무것도 못 봤다는 듯 고개를 돌렸다. 베그는 간유리 위쪽도 다 막아버릴까 생각했지만 실행에 옮기진 않았다. 어쩌면 '한' 사람이라도 날 봐줘서 좋은지도 몰라, 그런 생각도 들었다.

오후에 그는 차를 타고 도시 밖 모래벌판으로 나갔다. 소비에트 제국이 몰락한 후 여기에 '바자르'가 생겼다. 그때까지 미카일로폴에서 볼 수 없었던 상업 공간이었다. 베그는 새로운 유형의 상업 도시가 태어나는 과정을 지켜보았다. 계획 경제는 사라졌고 시장은 꽃이 흐드러진 봄날의 들판처럼 땅에서 솟아났다. 도로들이 생겼고, 땅을 파서 만든 변소는 이동식 화장실로 대체되었다가 결국 상하수도 시설을 제대로 갖춘 화장실이 되었다. 스낵바와 환전소 들도 생겼다. 미카일로폴은 갑자기 세계적인 교통 요지가 되었다. 짙게 그을리고 흉터가 있는 집시들이 나타났다. 장사치들이 낡은 독일산 메르세데스를 몰고 국경을 넘어왔다. 농부들은 곡식과 가축을 장에 가져왔고, 전지가위, 사냥총, 쇠붙이 가는 기계, 조상들 무덤에 바칠 플라스틱 조화를 사갔다. 늙고 지친 짐바리 짐승처럼 다리 힘도 없는 할머니들이 터질 것같이 무거운 체크무늬 장보따리를 바리바리 이고 갔다. 다들 하룻밤 사이에 장사꾼이 됐다. 누구나 팔 것과 살 것이 있었다. 아이스크림을 만들어 파는 노인은 애국 전쟁◆ 이후의 크라쿠프 시장이 생각난다고 했다. 당시에 베그는 잔혹한 공포와 기근 뒤에 삶이 열띤 상행위와 함께 돌아오는 것을 지켜보았다.

몸 웅크리는 자세만 봐도 전과자 태가 풀풀 나는 환전꾼들은 해상 컨테이너들 사이에서 벽에 등을 딱 붙인 채——오랫동안 교도소 안마당에서 그랬던 것처럼——활동했다. 비누 냄새, 빵 냄새, 부식성 세제 냄새, 구운 고기 냄새가 풍겼다. 알록달록한 플라스틱 장난감 노점들이 몇백 미터나 늘어서 있고 그다음에는 카세트테이프, 해적판 CD, 오디오 세트 따위가 산처럼 쌓인 라디오 거리가 나왔다. 잔가지를 묶어 만든 빗자루로 거리를 청소하던 사람들은 장사

◆ 제2차 세계 대전 중 독일과 소련 사이에 일어난 독소 전쟁(1941~1945년)을 소련 측에서 이르는 말. 1941년 6월에 독일이 소련을 기습 공격하면서 시작되었으며, 1945년 5월 8일 독일의 무조건 항복으로 끝났다.

꾼들에게 욕을 바가지로 먹었다. 그럴 때마다 장사꾼들은 상품에 먼지가 앉지 않게 황급히 덮개를 덮었다.

누구나 부를 열망했다. 부는 모든 근심에 종지부를 찍을 자연스러운 수단이었다. 그들은 신속한 거래 몇 건으로 돈을 벌려고 안달했다. 그들은 자기네들이 상상했던 대로 집을 지었다. '봐라, 여기 부자가 산다.'라고 말하는 것 같은, 세상 모든 건축 양식을 짜깁기한 괴상한 집을. 사마르칸트의 돔 지붕이 이오니아식 기둥에 얹히고, 안마당에서는 다마스쿠스 분수들이 물을 뿜었다. 시장에는 대박을 꿈꾸는 사기꾼들이 하루가 다르게 몰려들었다.

베그는 그곳을 둘러보면서 이따금 아버지를 떠올렸다. 아버지는 무능하면서도 장사를 경멸했다. 아버지는 장사는 노동이 아니라 노동 착취라고 생각했다. 장사의 거품이 노동의 땀보다 낫다.──이것이 베그가 아버지에게서 얻은 씁쓸한 교훈이었다. 아버지에게 장사는 도저히 들어갈 수 없는 영역이었다. 그는 평생 그 언저리에만 머물렀다. 그가 우유와 육류를 협동조합에 팔 때도, 트럭이 그가 수확한 밀을 가지러 올 때도. 그는 우유, 육류, 밀 가격이 정확히 어떻게 정해지는지 몰랐다. 다만 자기 노동의 소산이 자기보다는 다른 사람들에게 돈을 더 벌어주는 것만은 확실했다.

매주 시장에 나가는 베그에게조차 장사는 수수께끼의 실타래 같았다. 어제 중국산 뻐꾸기시계들을 한 보따리 사간 사람은 30킬로미터만 더 가서 팔면 두 배 값을 받을 수 있다는 사실을 어떻게 알았을까? 어째서 그곳과 이곳은 뻐꾸기시계 가격 차이가 이렇게 심할까? 그쪽에 뻐꾸기시계를 사고 싶어 하는 사람들이 많다는 건 또 어찌 알았을까?

장사로 대박이 난 사람들은 시장에 나오지 않았다. 그들은 으리으리한 창살 울타리 너머 대저택에 들어앉았고, 그들의 수익은 다른 잔챙이들이 불려주었다.

시장 초기에 어마어마한 거부가 됐지만 여전히 이곳을 지키는 사람이 하나 있었다. '아타만'● 치오프. 그는 시장에서 제일 부자였다. 폰투스는 비로 그를 민나리 온 참이있나. 아타만 지오프는 160킬로그램의 거구에 황소처럼 튼튼했다. 한번은 그가 탄 말의 등뼈가 부러지기도 했다.

경찰서가 엄연히 있다고는 하나 아타만 치오프는 아무도 거스르지 못했다. 아타만 모르게 즐로티화를 유로화로, 그리브나화를 루블화●●로 바꿔주는 환전상은 있을 수 없었다. 그에게 다만 몇 푼이라도 상납하지 않고 시장에서 장사를 할 수 있는 사람도 없었다. 하루에도 거래는 수천 건이었다. 그때마다 한 푼은 상인의 주머니로, 또 한 푼은 아타만 치오프의 주머니로 들어갔다. 한 푼한 푼이 쌓여 태산을 이루었고 아타만 치오프는 그 위에 올라앉아 있었다. 우뚝한 꼭대기에서 아타만은 매의 눈으로 시장을 골

● 원래는 우크라이나 코사크 부대의 하급 지휘관을 가리키는 말이었으나 '한 무리의 우두머리'를 가리키는 말로 의미가 확대되었다.
●● '즐로티화'는 폴란드 화폐 단위, '그리브나화'는 우크라이나 화폐 단위, '루블화'는 러시아 화폐 단위이다.

목골목 살폈다. 시장 사람이라면 누구나 아타만 같은 부자가 되는 게 꿈이었다.

"이게 누군가, 폰투스!" 아타만은 시장 언저리 카페 겸 그의 사무실에 베그가 들어오자 큰 소리로 외쳤다. "이리 와 앉게! 블라디미르, 손님 마실 것 좀 준비해주게!"

베그는 아타만의 맞은편 긴 의자에 앉았다.

항간에는 이 카페와 시장에서 멀리 떨어져 있는 창고를 연결하는 비밀 터널이 있고 여차하면 도주할 차량도 항시 대기하고 있다는 소문이 돌았다. 하지만 베그는 그런 소문을 믿지 않았다. 아타만은 지하 터널을 이용하기엔 너무 뚱뚱했다. 병목에 끼어버린 코르크 마개처럼, 그도 터널에 끼고 말 것이다.

"건배하세, 폰투스!"

그들은 잔을 들고 술을 들이켰다. 베그는 아타만이 일부러 자기를 친근하게 이름으로 부르는 것을 여러 번 주목했다. 아타만은 첫 만남에서부터 그를 오래된 친구 대하듯 하려 했다. 이제 와서 그렇게 부르지 말라고 할 수도 없었다. 베그 쪽에서는 늘 그를 '아타만'이라고 불렀으니 그들의 관계는 아주 명확했다. 한쪽은 이름으로 불리고, 다른 쪽은 위계상의 서열로 불리고 있었으니까.

그들은 피클과 육포를 곁들여 보드카를 마셨다. 모르는 사람 눈에는 그냥 친구 둘이서 세상 돌아가는 얘기나 하는 듯 보였을 것이다.

베그는 아타만의 이마와 그 위의 짧고 뻣뻣한 회색 머리칼을 바라보았다. 눈 주위에도 피둥피둥 살이 쪄서 아무도 그의 눈동자 색깔을 분명히 알지 못했다.

"어제저녁에 트럭 한 대를 세웠습니다." 베그가 입을 열었다.

아타만의 휴대 전화가 울렸다. 그는 액정 화면을 흘끗 보고 말했다. "폰투스, 잠깐만."

베그는 탁자 위에 두 손을 포개어 올려놓고 기다렸다.

"삼십까지, 좋아."

침묵.

"삼십, 그 이상은 안 돼. 시작은 이십부터 해."

아타만은 거칠게 휴대 전화를 끊고 허리띠 케이스에 집어넣었다.

"무슨 얘기를 하려고 했더라, 폰투스?"

"어제저녁에 트럭 한 대를 세웠다고요."

"그래, 그런데 왜?"

"오늘 오전에 보니까 싹 털렸더군요."

아타만은 천장을 한 번 쳐다보았다. 그러고는 땅이 꺼져라 한숨을 쉬었다. "큰일이야, 요즘 일어나는 도둑질이란. 도둑이 없는 데가 없어. 사람들이 게을러빠져서 일해서 돈 벌 생각은 않고 도둑질로 때우려 든다니까."

일단은 아무 말 않는 편이 나았다. 베그는 그 점을 잘 알고 있었다. 그래서 그저 맞은편 사내를 가만히 바라보고만 있었다. 사람 머리가 저렇게 클 수가 있다니, 새삼 놀라웠다. 아무도 따지 않은 거대한 호박이 생각났다. 저렇게 머리가 큰 아기를 낳느라 엄마가 얼마나 고생을 했을까. 아니, 저런 사람이 한 여자의 몸을 통해 세상에 나왔다는 것 자체가 믿기지 않았다.

"나한테 뭘 바라나, 폰투스? 도둑들을 잘 감시함세. 내 말 믿어도 돼. 당연하지 않나."

아타만의 휴대 전화가 또 울렸다. 그는 전화를 받고 잠깐 듣기만 하더니 "지금 통화 못 해. 이따가 오후에 다시 걸어."라고만 했다.

베그가 오이 피클을 하나 집어서 흘끗 보고는 입안에 넣었다.

"그래, 어떻게 지냈나, 폰투스?"

"사는 게 꽉꽉할 때죠. 모두들 여자 친구에게 선물을 하거나 바닷가로 여행을 가고 싶어 하죠. 그러려면 돈은 있어야겠고——플라스틱 쪼가리 말고 진짜 돈 말입니다. 플라스틱 쪼가리는 돈이 아니죠. 아타만도 신용 카드가 있을까요? 설마요! 당연히 없겠죠! 아타만은 현명한 사람이니까 현금밖에 믿지 않는 겁니다. 아타만은 은행도 믿지 않죠. 은행에는 사람들이, 정전 사고와 호시탐탐 기회를 노리는 눈들이 너무 많아요. 어느 날 은행에서 이렇게 말할 겁니다. 친애하는 아타만, 이번 사건으로 우리도 신용을 잃게 생겼습니다. 국세청의 높은 분들이 수사가 끝날 때까지 당신 계좌를 동결하라고 합니다. 이제 당신은 끝장입니다."

아타만이 고개를 저었다. "폰투스, 나를 어떻게 생각하는 건가? 나는 수출입업자야. 요즘 힘든 때야. 사업이 영 시원치 않아."

"마지막 남은 피클, 먹어도 됩니까?"

"그러게."

피클이 아삭하니 식감이 좋았다. 베그는 꿈을 꾸듯 말했다. "모두가 살아갈 수 있어야죠. 아타만 말이 맞습니다. 어떤 사람들에겐 유독 삶이 수월하게 풀리죠. 누구는 1킬로미터 밖에서부터 돈 냄새를 기막히게 맡고, 누구는 돈이 하늘에서 떨어져도 까맣게 모릅니다. 아타만은 돈이 막 굴러와 안기는 수준이죠. 돈 붙는 자석처럼, 돈이 저절로 끌려와 척 달라붙이요. 그래서 아타만이 거리를 걸어갈 때면 찰카닥 찰카닥 그 소리가 들릴 지경입니다."

아타만이 손바닥으로 탁자를 내리치자 술잔들이 튕겨나갔다. "폰투스! 폰투스, 그만하게! 어디서 무슨 소리를 듣고 와서 이러나? 나도 장사가 안 된다고! 자넬 위해 뭘 해줄 수가 없다고!"

베그는 다시 한 잔을 입안에 털어넣고 손등으로 입술을 닦았다. "그 트럭 말인데요."

"뭐가 있지도 않았다고! 포장재하고 세탁 세제 몇 세트밖에 없었어. 허탕만 쳤다고. 세제 가져가고 싶어? 흰옷 전용? 색깔 옷 전용? 다 가져가게!" 아타만이 언성을 높였다.

"주방 가전이랑 전자 제품도 있었을 텐데요. 화물 운송장에 따르면······." 베그가 말했다.

"있다고 하기도 뭐했어. 그 트럭은 굳이 털 가치도 없었다니까."

하지만 베그는 앞으로 며칠간 시장에 세탁기, 헤어드라이어, CD 플레이어가 넉넉히 공급되리라는 것을 알고 있었다. 그것도 싸구려 물건이 아니라 밀레, 브라운, 소니 같은 브랜드 제품들이. 아타만은 그 제품들의 공급처를 절대 밝히지 않았다. 시장에서 큰 어려움 없이 구할 수 있는 총기류와 중독성 마약류의 출처에 대해서도 마찬가지였다.

베그는 천천히 고개를 가로저었다. "일부러 멀리서 선물을 가지고 왔는데 누가 그걸 가로채서는 포장을 풀어버렸습니다. 그 선물을 도로 가져와야 하는 사람은 참 골치 아프겠지요."

아타만은 코를 풀고 기침을 했다. 그러고는 바를 향해 고개를 돌렸다. "블라디미르!"

블라디미르가 그들에게 왔다. 아타만이 고갯짓을 하자 그가 웃옷 안주머니에서 봉투 하나를 꺼냈다.

"폰투스, 자네가 나를 또 한 번 털어가는구먼. 자, 이걸로 애인에게 근사한 선물이라도 갖다 바치게."

베그는 봉투를 챙기고 일어나면서 말했다. "그러게요, 애인을 바닷가에 데려가 하루 놀다 올 수 있겠습니다."

14. 행운을 시험하다

오후 1시였다. 그들은 밀담을 마친 후 창고로 들어갔다. 무덥고 눅진한 날이었다. 그들은 무엇보다도 눈에 띄지 않으려고 애썼다. 그림자마저도 거추장스럽게 느껴질 만큼.

그들은 창고 위 자그마한 사무실에 소집되었다. 사람들이 이따금 왔다 갔다 하면서 물병과 과자를 나눠주었다. 그걸로 최소한 24시간은 버텨야 할 터였다. 개인 소지품 가방은 가지고 갈 수 없었다. 한 여자가 울음을 터뜨렸다. 할머니가 물려주신 자수 식탁보와 노래책들이 가득 든 가방을 가져갈 수 없기 때문이었다.

사람들은 다 우락부락하고 융통성이 없어 보였다.

무리 중에는 흑인이 한 명 있었다. 다른 사람들은 그 흑인에게서 눈을 떼지 못했다. 멀찍이 떨어져 앉아 있는 그는 뭇사람들의 탐욕스러운 눈길을 의식하지 못하는 듯했다. 그는 소지품 보따리를 몸에다 띠로 꽁꽁 동여매고 있었다.

그는 어디서 왔을까? 어쩌다 여기 끼었을까? 이름은 뭘까? 어디로 갈 작정일까? 그의 존재는 의문을 불러일으켰다.

그러나 아무도 묻지 않았다.

그들은 트럭으로 갔다. 트럭 트레일러 앞쪽, 비닐 덮인 화물 받침대들 사이에 그들이 숨을 공간이 있었다. 양동이가 하나 있어서 용변은 거기다 해결해야 했다. 담배는 피울 수 없었다. 무슨 일이 일어나든 절대 침묵을 지켜야 했다. 휴대 전화를 가진 사람들은 다 내놓았다.

작전 대장은 흰색 운동복을 입고 있었다. 그의 목과 팔목에서 금붙이가 번쩍거렸다. 트럭 옆에 주차된 채 문이 열려 있던 그의 BMW에서 요란한 음악 소리가 흘러나왔다. 사람들은 그네들 뒤로 물건이 적재되는 동안 고막을 찢는 지게차 소음에 귀를 틀어막았다.

그들은 하나둘 어슴푸레한 어둠 속으로 사라졌다. 그들은 아무 말도 하지 말아야 했을 뿐 아니라 숨소리마저 참아야 했다. 국경을 넘을 때까지는 세상에 없는 사람이 되어야 했다.

밖에서 뭔가 말하는 소리가 불분명하게 들렸다. 트럭 트레일러의 뒷문이 닫히고 뭔가 딱딱한 물건으로 두들기는 소리가 났다. 그들은 어둠 속에서 뭐라도 보고 싶었지만 시선을 둘 데가 없었다.

시동이 걸리고 트레일러가 털털거렸다. 트럭이 잠시 꾸물거리더니 출발했다. 트럭은 날카로운 커브를 그리며 그 자리를 떴고, 잠시 후에는 일정한 속도로 도로를 내달렸다. 다 잘될 터였다. 그들은 바늘구멍을 통과하고 행운의 여신과 막역한 친구 사이처럼 굴 것이다. 다른 사람들도 잘 통과했다는데 왜 그들이 잡혀야 한단 말인가? 그들 같은 사람은 셀 수 없이 많았다. 운도 지지리 없는 사람들! 누구보다도 행운이 간절한 사람들!

그러나 트럭 운전사가 브레이크를 한 번 밟을 때마다 그들의 심장은 터질 것 같았다.

차 안에서 열두 시간만 버티면 될 거라고 했다. 이따금 누군가의 손목시계 숫자판이 희미하게 빛을 뿜었다. 그들은 어둠 속의 열두 시간이 얼마나 긴지 몰랐다. 끝나지 않는, 잠 없는 밤. 그 안에서 듣는 시계 초침 소리는 밖에서 듣던 소리와 전혀 달랐다! 시곗바늘은 끈끈이에 들러붙은 파리들처럼 좀체 앞으로 나아가지 못했다.

소년은 몇 번이나 오줌을 쌀 것 같았지만 희한하게도 그때마다 요의(尿意)가 가라앉았다. 소년은 뻣뻣해진 다리를 풀면서 자기처럼 화물 받침대에 기대어 앉은 다른 사람들을 관찰했다. 불안정하고 가냘픈 그림자들. 소년은 다른 사람들을 몰랐다. 부부인지 모를 남녀 한 쌍이 있고 나머지는 다 혼자 온 것 같다고 생각했을 뿐이다.

소년은 그들이 가족, 마을, 공동체의 전초병이라는 것도 알고 있었다. 그들의 발자국에는 눈에 보이지 않는 수많은 아버지, 어머니, 형제자매, 이모 삼촌, 사촌과 조카의 무리가 함께했다. 모든 희망이 그들에게 달려 있었다. 그들은 척후병이기에 굶주림과 갈증과 추위와 더위가 모질지언정 반드시 이겨내리라.

소년은 부모와 몸이 약해서 올 수 없었던 형을 생각했다. 이제 가족은 한없이 멀리 있었다. 소년은 다시는 돌아갈 수 없다는 것을 잘 알고 있었다. 그가 걸어야 할 길은 일방통행로였다.

그는 그 얘기를 듣고서 울었다. 어머니가 말했다. "눈물 닦으렴. 어엿한 사나이가 되고 싶지 않니? 사나이는 자기가 져야 할 짐을 묵묵히 지는 법이지."

소년은 이를 악물고 울음을 참았다. 출발 시간은 어둠이 가시지 않은 이른 아침이었다. 처음 보는 사람이 그를 소형 트럭에 태웠다. 그들은 덜컹거리는 그 차를 타고 어떤 골짜기로 내려갔다. 그제야 산 너머 해가 떠올랐다. 남자는 소년을 버스 정류장에 내려주면서 신이 함께하기를 바란다고 했다.

소년은 서쪽으로 가는 버스를 탔다. 그날 저녁에는 이미 태어나서 한 번도 가본 적 없는 머나먼 땅에 가 있었다. 소년은 부적에 매달리듯 어른들의 조언을 되뇌었다. 낯선 사람과 말하지 말 것. 경찰과 마주치지 말 것. 돈을 아껴 쓸 것. 빨간 머리 사람들과는 어울리지 말 것.

소년은 목에 파란색 유리 눈〔目〕을 끈에 꿰어 걸고 있었다. 그 눈이 소년을 사악한 눈으로부터 보호할 터였다.

그는 버스 정류장 구석 벽에 기대서 팔로 얼굴을 가린 채 쪼그리고 잤다.

경비원이 그를 깨웠다. 그러고는 터미널 근처 간이식당에 데려가 사모사●와 차를 사주었다. 그날의 첫 버스들이 들어왔다. 하늘은 새파랬다. 소년은 차를 후루룩 소리 내어 마시면서 잠시나마 경비원의 배려에 마음을 놓았다.

소년은 경비원의 당부를 마음에 새기고 계속 여행을 했다. 다음 도시에서 소년은 다리우스 카페를 찾아갔다. 길 가는 사람들에게 물어물어 카페를 찾았다.

소년은 종업원에게 나세르 귈에 대해서 물었다. 어른들은 그 이름을 잘 기억해두라고, 그 이름을 잊어버리면 끝장이라고 신신당부했다.

소년은 카페 뒤쪽, 양동이와 박스가 쌓여 있는 곳에서 나세르 귈이 오기를 기다렸다. 열쇠는 그자가 쥐고 있었다. 그자를 거치지 않고는 아무도 국경을 넘어 다른 세상으로 갈 수 없다고 했다. 소년은 머릿속이 흐릿해지고 시간 개념이 사라질 때까지 기다리고 또 기다렸다.

드디어 나세르 귈이 시끌벅적하게 등장했다. 발소리가 크고 음성도 권위적인 사내였다. 문이 열렸다. 나세르 귈은 소년의 마을 아이들처럼 삭발을 한 모습이었다. 그는 민머리에 커다란 선글라스만 올려놓고 있었다.

"늦게 왔구나. 우리끼리 갈 뻔했다."

● 만두와 비슷한 인도 요리.

그가 킬킬거렸다. 소년은 꿈쩍하지 않았다.

"돈 줘야지." 나세르 귈이 말했다.

소년이 돈뭉치를 건넸다. 나세르 귈은 반지를 잔뜩 낀 손가락으로 지폐를 세어보고 자기 운동복 주머니에 찔러넣었다. 그는 돈을 아무렇게나 취급했다. 어차피 알아서 날갯짓하며 날아들어오는 돈인데 무에 그리 귀하겠는가. 소년은 자기가 본 모든 것을 기억하리라. 언젠가 돈이 그의 주머니에도 절로 날아들어오고 어머니는 그를 자랑스러워하리라. 우리 아들이 그 기나긴 여정을 견디고 역경을 이겨냈노라고.

트럭 트레일러 안의 어둠이 더욱 짙어졌다. 이제 땅거미가 지는 모양이었다. 그들이 달려온 아스팔트의 강은 끝이 없었다. 그들은 화물에 기대어 까무룩 잠이 들었다 깨곤 했다. 하지만 대부분의 시간은 어둠을 노려보며 지냈다. '다 잘될 거야. 신은 우리 편이야.'

신분증명서를 가지고 있던 사람들도 이제는 사정이 달라졌다. 나세르 귈이 그런 서류는 다 찢어버려야 한다고 했기 때문이다. 도착 국가에 신분증 없이 들어가는 게 더 낫단다. 이름과 출신이 분명치 않으면 규약을 철저하게 적용하기 곤란해진다. 절차가 더 더질수록 그 나라에 체류하게 될 가능성이 높아진다. 그래서 그들은 그렇게나 힘들게 취득한 신분증명서를 갈기갈기 찢었다. 이제 나세르 귈이 하는 말만 현금처럼 확실했고, 그 외에는 전부 다

불확실했다.

이제 그들은 아무도 아니다. 가방을 버리고 와야 했던 여자는 충격 반 슬픔 반으로 지나온 세월을 돌아보았다. 그녀는 미래를 등지고 지난했던 삶의 추억들에게로 향했다. 이미 과거는 은은한 노스탤지어의 빛을 덧입고 있었다.

남자들은 잊을 준비가 되어 있었다. 그들은 할 수만 있다면 돈과 운명뿐만 아니라 기억까지도 기꺼이 나세르 컬의 손에 넘겨주 있을 것이나. 그들은 앞으로 나아가기를 원했다. 자기 자신을 잃어버릴 준비, 지렁이처럼 제 생명을 두 쪽으로 잘라낼 준비도 되어 있었다.

한때는 나라와 대륙 들이 행운을 좇는 이들에게 활짝 열려 있었다. 국경이 유연하고 침투성 좋던 시절이 있었다. 이제 국경은 콘크리트와 철조망으로 가로막혔다. 여행자들이 한꺼번에 달려들어 장님처럼 그 벽을 손으로 더듬으면서 빈틈을, 빠져나갈 작은 구멍을 찾았다. 사람들이 파도처럼 그 벽에 부딪혔다. 그 많은 자들을 모두 막기란 불가능했다. 그들 모두는 벽 너머로 건너갈 복된 자가 되리라는 희망과 기대로 살고 있었다. 개체는 죽더라도 종의 생존을 위해 한데 무리 지어 이동하는 동물들 비슷하게.

트럭의 속도가 느려졌다. 서로의 눈에서 휘둥그레 바삐 돌아가는 흰자위만 보였다. 트럭이 아주 천천히 움직였고 무슨 소리가 들렸다. 트럭은 정차했고 사람들의 목소리, 개 짖는 소리가 났다. 시동은 아직 꺼지지 않은 상태였다. 무슨 근거로 들키지 않을 거라 믿었던 걸까? 얇은 방수포 한 겹 너머에 국경을 지키는 군인들과 개들이 있었다. 그들의 식은땀 냄새, 터질 것 같은 심장 박동을 개들이 눈치 못 챌 리 있나? 트레일러 뒷문은 언제라도 열릴 수 있었다. 이제 군인들이 들이닥치고 빛이 쏟아져들어올 터였다. 공포로 초주검이 된 그들을 찾아내고 말 터였다.

밖에서 무슨 일이 일어나고 있는 걸까? 저들이 왜 웃지? 우리 때문에 웃는 걸까? 천천히 말려 죽이기로 작정했나?

저쪽에서 행동에 나서기 전에 잠깐 안쪽을 들여다보려 한 듯, 트레일러로 빛 한 줄기가 새어들어왔다. 꺼지지 않은 시동 때문에 모든 것이 다 울려댔다. 바깥쪽에서 사람들이 물러나는 것 같았다. 소년이 천천히 몸을 일으켰다. 옆 사람이 그를 말리려 했지만 이미 늦었다. 소년은 화물 더미 사이를 헤치고 나아가 방수포에 몸을 착 붙였다. 발돋움을 하고 구멍으로 살짝 밖을 내다보았다가 황급히 고개를 뒤로 뺐다. 그 후에 다시 한 번, 이번에는 좀 더 길게 바깥을 염탐하고서 다시 화물 더미 사이를 헤치고 넘어지지 않게 조심해서 제자리로 돌아왔다. 심장이 살아 있는 개구리처럼 펄떡펄떡했다. 소년은 앉아서 두 팔에 얼굴을 묻고 숨을 골랐다. 문이 다시 닫히는 소리가 났다. 희망이 거세게 되살아났다. 또 밖에서 말소리가 났다. 개들은 피 냄새를 맡기라도 한 것처럼 그악스럽게 울어댔다.

국경 보초병들은 이제 무슨 말을 하는지 다 들릴 만큼 가까이와 있었다. 아, 차라리 자기 발로 박차고 나가 이 날카로운 불안을 끝내버렸으면. 진 빠지는 불확실성을 끝장냈으면. 재채기 한 번, 발작적으로 터지는 기침, 그럼 다 골로 간다! 그들의 목숨이 벼랑 끝에 매달려 있었다. 추락을 하든, 저편으로 건너가든, 그들은 할 말이 없었다.

누군가의 외침, 그리고 트럭 문 닫히는 소리! 다시 움직인다! 느리게 출발해서 차츰 속도가 붙었다. 타이어들이 아스팔트를 무탈하게 달리는 소리. 아무도 이 불가능한 전개를 감히 꿈꾸지 못했다.

그들은 어둠을 더 깊숙이 파고들었다. 이제 국경을 넘었다는 것만은 분명했다! 그들은 정말로 운이 좋았다는 생각을 조심스레 스스로에게 허락했다.

한 남자가 소년 쪽으로 몸을 기울이고 귓속말을 했다. "뭘 봤니?"

"군인들요." 소년이 속삭였다.

소년은 잠시 더 생각을 해보고 다시 남자의 귀에 대고 말했다. "바리케이드와 차들도 봤어요."

남자가 이 소식을 다른 사람들에게도 전했다. 은처럼 맑고 고운 노랫가락이 입에서 입으로 전해지듯이. 어둠이 흥분으로 가득 찼다. 환희를 몸속에 억누르고 있기가 힘들었다.

저마다 어둠 속에서 상상에 빠져들었다. 하루빨리 밀입국자의 삶에서 벗어나 인생을 스스로 결정하는 자의 삶을 살고 싶어 마음이 급했다. 어디로 가고 어디서 멈출지, 언제 말하고 언제 입을 다물지 스스로 결정하는 삶이라니.

트럭이 속도를 늦추고 커브를 돌더니 어떤 길로 들어섰다. 그 길은 요철이 심했다. 다시 영원처럼 긴 시간을 달려간 트럭이 마침내 멈추었다. 누군가가 발로 쾅쾅 차는 소리, 드디어 뒷문이 열렸다. 시원한 밤공기가 트레일러 안에 확 퍼졌다.

"어이! 나와요. 다 왔습니다."

그들은 쥐가 난 다리를 흔들고, 기지개를 켜고, 자유를 향해 화물 더미 사이로 기어나왔다.

서늘하고 청명한 밤이었다. 운전사가 사람들에게 담배를 나눠주었다. "와, 오줌 지릴 뻔했네요!" 운전사는 이 말을 몇 번이나 했다. "아니, 당신들이야 당연히 겁나 죽을 지경이겠죠. 하지만 당신들 태우고 가는 나는 어떨 것 같습니까?"

봄날에 외양간을 떠나온 가축들처럼 그들은 어리둥절했다. 별이 가득한 맑은 밤하늘 아래서 아예 다시 태어난 기분이었다.

15. 이름의 이면

"발 들어봐요." 지타가 베그에게 말했다. 베그가 발을 들었다. 청소기가 먼지를 휘리릭 빨아들이고 지나갔다.

"이건 뭐예요? 정리할까요?" 조금 있다가 지타가 또 물었다.

베그가 그쪽을 쳐다보았다. 탁자 위에 신문지로 싼 꾸러미 하나가 있었다.

"당신 거야. 선물."

"폰투스!"

"대단한 건 아냐."

지타가 눈살을 찡그렸다. "나는 당신이 아무리……."

"난 아무 생각 없어."

"며칠 남았어요."

"알아."

"알면 됐어요."

지타가 포장을 풀었다.

"헤어드라이어네! 좋은 거네요!"

"당신은 그 정도 가져도 돼."

지타가 잠시 베그의 어깨에 손을 얹었다. 그러고는 헤어드라이어를 들고 주방으로 갔다. 베그는 그녀의 균형이 잘 잡힌 예쁜 엉덩이를 훔쳐보기 좋아했다. 그녀의 검은 머리칼에는 이제 세월의 잿빛이 군데군데 섞여 있었다. 이제 조금만 더 있으면, 그땐 지타도 아이 생각을 단념해야 하리라. 그는 가끔 정사 중에 애원조로 말하곤 했다. "아이를 갖자. 당신이랑 내가 아이를 만들면 되잖아? 왜 안 돼?" 그녀의 웃음소리가 슬프게 들렸다. "폰투스, 그런 말은 말아요." 그녀가 돌아누우면 그는 그녀에게 착 붙어 잠옷 아래 젖가슴에 한 손을 얹었다. 베그는 성욕을 채우는 것보다 그렇게 한 손으로 그녀의 젖가슴을 감싸고 자신의 하복부를 그녀의 엉덩이에 기분 좋게 밀착한 채 지타의 숨결을 느끼는 게 더 좋았다. 그러면 마음이 놓여 스르르 잠이 왔다. 하지만 지타와 자는 날은 어김없이 한밤중의 잠꼬대를 들어야 했다. 지타와 저세상 사람이 된 어머니는 별의별 시답잖은 얘기를 다 나누었다. 베그는 지타의 모든 것을 참을 수 있었으나 이 아닌 밤중의 홍두깨 같은 험담성 잠꼬대만은 참기 힘들었다. "바이다가 또 애 가진 거 알아요? 이미 일곱인데! 박복한 여편네! 그래도 용케 잘도 버티지. 시련을 주시면 그 시련을 이길 힘도 주신다더니!"

옆에서 이런 잠꼬대를 할 때는 어떤 귀마개를 써도 다시 잠들 수 없었다. 그래서 거실로 나가 모녀의 잡담이 끝나기를 기다리곤 했다. 그는 어둠 속에서 담배를 피우고 술을 한 잔 더 했다. 그러는 동안 침실에선 지타가 떠드는 소리가 들렸다.

"폰투스, 전화요!" 지타가 욕실에서 소리를 질렀다. 베그는 이미 거실에서 집 전화를 뚫어져라 보고 있었다. 집 전화가 울리는 게 얼마 만인지. 그는 의자에서 일어나 전화기로 다가갔다. 수화기를 들려는 순간 벨 소리가 거짓말처럼 뚝 끊어지기를 내심 기대하면서.

조개껍데기에서 파도 소리를 듣듯이 그는 수화기를 귀에 갖다 댔다.

"폰투스, 에바 누나야."

누나의 음성이었다. 괜히 울컥했다. 그의 과거에서 살아남은 유일한 타인. 베그는 누나에게 글자를 배웠다. 아니, 그가 아주 어릴 때 누나에게서 배우지 않은 게 있기나 한가?

"폰투스, 말 좀 해봐."

"안녕, 누나. 잘 지내지?"

"전화했다면서? 타데우시가 그러더라."

"응, 맞아…… 주소록을 뒤적이다가…… 아주 오래전부터 쓴 수첩인데…… 누나 이름을 보니까 생각이 나서…… 전화를 하면 어떨까 했어." 그는 잠시 사이를 두었다가 이렇게 덧붙였다. "그게 다야."

"아! 그랬구나. 우린 다 잘 지내. 이런 상황에서 이 정도면 잘 지내는 거지."

남매는 한동안 아무 말이 없었다.

"타데우시는 정비사 교육을 받고 있어. 보안 사업은 걔한테 잘 안 맞았거든."

베그는 누나가 조카처럼 자신에게 거리를 두지 않는 것 같아서 안도했다.

"계속 잠만 자."

"누가?"

"타데우시. 밤에 일을 하거든. 너무 힘들다고 난리야."

제 아빠를 닮아 실속없이 허우대만 좋은가 보군, 베그는 생각했다.

에바는 여전히 트램 운전을 하고 있다고 했다. 불규칙한 근무 시간표에 맞춰 일하면서 혼자 애를 키우려니 고생도 많았지만 이제 타데우시가 성인이 되어서 자기만의 시간도 조금 생겼단다.

"남자는 두 번 다시 안 만날 거야. 남자들은 다 덩치만 커다래진 애들이지."

남매는 서로 멀어지게 된 그 일에 대해서는 아무 말도 하지 않았다. 두 사람 다 그 일은 모른 체하고 싶었다. 어쩌면 불화의 원인은 이제 중요하지 않겠구나, 베그는 생각했다. 누나도 동생만큼 외로웠을지 모른다.

베그는 리브카와 장미 노래 얘기를 꺼냈다. "나 가끔 이 노래

불러. 웃기지? 이 노래가 갑자기 생각나더라고. 누나는 기억나?"

누나의 웃음소리가 반가웠다. "그 노래 잊고 산 지 오래됐는데."

"얼마 전에 이 노래가 무슨 뜻인지 알았어. 누가 사랑 노래라고 가르쳐줬거든. 엄마가 어떻게 이 노래를 알고 우리한테 불러줬을 까? 누나는 알지도 모른다고 생각했어. 누나는 그런 거 기억 잘 하잖아. 유대인들이 부르는 노래야."

"이디시 어●야. 그래, 엄마가 불러줬지."

"엄마가 어디서 유대 노래를 배웠을까 궁금하더라고."

잠시 침묵이 감돌았다. "혹시 그거 때문에 전화했니?"

베그는 말문이 막혔다.

"나도 몰라. 그런 일로 연락을 하다니 정말 웃기는구나. 사람이 늙으면 옛일이 자꾸 생각나는 법이지. 자기 의지와는 상관없이 그렇게 돼. 너도 그래서 옛날 노래가 생각난 거 아니겠니, 폰투스?"

누나와 통화를 하고 나니 지타의 넉넉한 궁둥이에 착 붙어서 그녀의 머리칼에 얼굴을 묻고 싶은 마음이 간절했다. 하지만 그에게 허락된 시간은 아직 오지 않았다. 한번은 그런 시간을——하룻밤만 더——돈으로 사려고 해봤다. 지타는 무심하고 냉담하게 쏘아붙였다. "난 창녀가 아니거든요, 폰투스. 돈만 주면 몸을 파는 여

● 고지 독일어에 히브리 어, 슬라브 어 따위가 섞여서 된 언어. 유럽 내륙 지방과 그곳에서 미국으로 이주한 유대인들이 쓴다.

자라고 생각했나요?"

"아니, 아니, 물론 아니지." 그는 황급히 둘러댔다. 하지만 그는 어떤 점이 다른지 잘 몰랐다. 모든 면에서 미묘하고 까다로운 상황이었지만 베그는 너무 깊이 생각하고 싶지 않았다.

누나와 대화의 물꼬는 텄지만 그 노래에 대한 의문은 풀 수 없었다. 사실 중요한 의문도 아니잖아, 라는 생각이 들었다. 삐져나온 실밥, 단지 그 정도였다. 자꾸 눈에 거슬려 뽑든가 정리해야 직성이 풀리는 실밥. 사소한 사건, 가벼운 기분 전환. 하지만 그 실밥 한 올 때문에 오랫동안 연을 끊고 살았던 누나와 얘기를 나누게 됐다. 누나는 수확 폐기물을 밭에서 태울 때 시커멓게 올라오던 연기를 그와 함께 기억하는 유일한 존재였다. 숨이 턱턱 막히게 하고 태양을 가리던 연기. 비 오는 날이면 전쟁에서 돌아온 포로들처럼 고개가 푹 꺾이던 해바라기들……. 누나도 어머니가 리브카의 노래를 어디서 어떻게 배웠는지는 몰랐지만 어쨌든 그 노래를 기억하고 있었다. 과거는 그 모든 것을 덮어버렸다. 남매는 결코 답을 얻지 못할 크고 작은 의문들이 있음을 실감하면서 살아야 했다.

콜레르가 화물 운송 회사에서 전화가 왔다고 알려주었다.

"회사 측에서 운전사를 데리고 가겠답니다. 변호사를 보내겠대요."

"그거야 그 사람들 권리지."

콜레르는 이 말을 어떻게 해석해야 할지 몰라 상관의 얼굴만 바라보았다. "어떻게 할까요?"

베그가 컴퓨터 모니터에서 고개를 들었다. "조서도 아직 작성하지 못했는데 어떻게 내보내? 조서 썼어? 그 작자가 무슨 말이라도 했어? 아니잖아. 그러니까 못 내보내."

콜레르는 유치장의 사내를 생각했다. 그 사내도 베그 뺨치게 고집불통 복종으로 보였다. 나뭇결과 반대 방향으로 잘라야 하는 나무토막이랄까. 둘 다 발작적으로 분노를 터뜨리는 타입이었다. 베그는 무관심으로 트럭 운전사의 의지를 꺾으려 했다. 필요하다면 무력을 동원할 마음도 있었다.

다음 날 아침, 콜레르는 출근하자마자 상사의 지시를 들었다.

"그 친구, 이제 심문을 할 수 있을 거야."

콜레르가 유치장에 들어가보니 운전사는 침대에 태아의 자세로 누워 있었다. 경사가 철문을 곤봉으로 탕탕 쳤지만 운전사는 미동도 하지 않았다. 콜레르는 그가 죽은 게 아닐까 조금 걱정되어 그의 어깨를 흔들어보았다. 운전사가 얼굴을 가리고 있던 팔 사이로 고개를 들었다. 눈가에 피멍이 들고 퉁퉁 부어올라 눈동자가 안 보일 지경이었다. 가혹 행위가 있었음은 분명했다. 눈썹 한쪽에도 큰 상처가 있었다. 콜레르는 그에게 물을 한 잔 건넸다. 운전사가 천천히 몸을 일으키고는 물을 마셨다. 물잔을 입으로 가져가는 손이 심하게 떨렸다. "심문하러 올라갈 거야. 심문에 응하면 여기서 나갈 수 있어." 콜레르가 말했다.

경사는 잔을 다시 받아들었다. 고통으로 일그러진 얼굴. 다음 순간, 콜레르는 자기 눈을 의심했다. 하지만 운전사는 분명히 고개를 가로저었다. 응하지 않겠다는 뜻이었다. 운전사가 찢어진 입술을 앙다물었다. 콜레르는 이 독한 저항에 내심 감탄했다. "자네는 일을 더 어렵게 만들고 있어. 이건 아니지, 현명하게 처신하라고."

운전사가 콜레르를 똑바로 쳐다보았다. "옳지 못한 일이에요."

잠시 후, 콜레르는 다시 서장실 눈치를 보고 있었다. 손은 문고리를 잡고 있었으나 몸은 아직 복도에 있었다. "그 바보 녀석이 계속 고집을 부립니다만."

베그는 고개를 끄덕이고 간단하게 대꾸했다. "썩 좋은 일은 아니군."

콜레르는 이 말을 듣고 바로 물러났다. 그는 미적미적 자기 자리로 돌아갔다. 목숨 걸고 전쟁을 치른 나라처럼 심신이 피폐했다. 내일은 병가를 내야겠다고 생각했다.

베그는 콜레르의 그림자가 간유리 너머에서 사라지기를 기다렸다. 그 후에 비로소 그날 오후 내내 그를 흥분에 몰아넣었던 종이를 서랍에서 꺼냈다. 야노츠 우르반 교수의 저서 『이름의 이면』에서 한 페이지를 복사한 종이였다. 베그는 노파 몇 명이 운영하는 작은 동네 도서관에서 이 책을 발견했다. 칙칙한 채광의 창 아래서 진주 장식 줄 달린 안경을 쓰고 책을 읽는 것이 그 부인네들의 소일거리였다. 도서관에 마지막으로 갔던 때가 언제였더라? 도서관이란 일상의 삶과 한참 동떨어진, 일종의 낯선 평행 우주였다.

노파 중 한 명이 족보학 서가 위치를 알려주었다. 우르반 교수의 책은 옛날부터 거기 있었지만 아무도 읽지 않았다. 베그가 책을 펼치는 순간 책등의 제본풀이 쩍 갈라졌다. 가장 흔한 성씨들의 기원을 연구 조사한 이 책에는 그 가문들이 어디서 유래했고 오늘날 어떻게 되었는지 나와 있었다. 베그는 사냥개가 희미한 냄새의 흔적을 붙잡고 늘어지듯 일말의 가능성을 추적했다. 잠들기 직전 몽롱한 정신 상태에서 그 가능성이 떠올랐다. 그 몇 분을 제외하면 진지하게 그 가능성을 고려한 적은 없었다. 하지만 누나에게서 아무 단서도 얻지 못한 이상, 그쪽으로 알아볼 수밖에 없었다.

그는 『이름의 이면』에서 'M'을 찾았다.

마르코프스키(Markowski). 마르틴(Martyn). 마슬라크(Maslak). 마툴라(Matula). 마침내 그가 찾던 이름이 나왔다. 메드베디(Medved)——어머니의 처녀 시절 성. 동유럽의 거의 모든 곳에서 쓰이는 성이지만 이름으로도 곧잘 쓰였다.

메드베디: 곰. 몸집이 크고 힘이 세고 행동거지가 서툰 사람을 가리킨다. 경우에 따라서는 우크라이나 및 벨라루스에서 '메드베데프(Medvedev)'의 축약형으로도 쓴다. 아슈케나지 유대인●들도

이 이름을 쓴다.

그의 눈길은 이 항목의 마지막 문장으로 자꾸만 쏠렸다. '유대인들도 이 이름을 쓴다.' 이 문장이 그가 흥분한 이유, 그의 귓불이 달아오른 이유였다. '유대인들도 이 이름을 쓴다.'

그는 고유 명사나 족보학에 조예가 깊지 않았지만 이제 어머니가 현지에 동화된 유대인이었을 거라는 확신이 들었다. 어린 시절의 노래와 처녀 시절 성을 제외하면 어머니는 유대 혈통을 드러내는 모든 것을 차단하고 살았을 것이다.

잘만 에데르 랍비를 찾아가 자신의 발견을 어떻게 생각하는지 그에게 물어보아야겠다. 어머니가 유대인이라면 그 역시 유대인이기 때문이다. 유대교 율법이 그렇다는 것 정도는 베그도 알고 있었다.

● '아슈케나즈'는 히브리 어로 '독일'을 가리키는 말이다. 따라서 '아슈케나지 유대인'의 문자 그대로의 뜻은 '독일계 유대인'이다. 시간이 지나면서 11~19세기 동안 많은 아슈케나지 유대인들이 헝가리, 폴란드, 벨라루스, 리투아니아, 러시아, 우크라이나 등을 포함한 동유럽 국가들로 이주하여 비독일어권 지역에서 공동체를 형성하였다.

16. 비탈리

비탈리는 똥개로 태어났고, 똥개로 죽으리라는 것을 의심해 본 적도 없었다. 그날이 올 때까지 폭력 행위, 공갈, 야유를 인생의 지침으로 삼고 살아가면 그뿐이니. 혹은, 상대가 자기보다 더 센 놈이라면 꾀바른 기회주의와 신속한 도피가 필요할 터였다. 그랬다, 비탈리에게는 좋게 말할 구석이 거의 없었다. 그 모든 것을 겪고도 살아남았다는 점이 다였다. 그의 흉터 하나하나에는 사연이 있었다. 칼 맞은 자리, 야구 방망이로 두들겨맞은 자리, 죽도록 구타를 당하고 버려졌을 때 부러진 자리. 하지만 망가졌을지언정, 폭력성 외의 감정을 느끼지 못하는 상태로라도, 그는 살아 남았다.

사람들이 뒤엉켜 사는 곳, 도시가 그의 현장이었다. 비탈리는 기생충이 숙주를 필요로 하듯 도시를 필요로 했다. 타인은 그에게 이익을 안겨줄 수단에 불과했다. 비탈리가 이름을 기억한 자는 단단히 조심해야 했다!

사회적 출신을 감안하면 그는 성공한 축에 들었다. 비탈리의 세상에서는 한 살을 더 먹는다는 것 자체가 일종의 승리였다. 그의 또래 중 상당수는 전후(戰後)에 철거되지도 못한 폐건물의 음습한 지하실에서 죽었다. 본드, 헤로인, 스피드 중독으로 맛이 가거나, 에이즈, 약물 과용, 메탄올 중독으로 뒈졌다. 요컨대, 소비에트 제국 몰락 이후의 밑바닥 사회 하면 딱 떠오르는 이미지 그대로였다.

비탈리는 수요보다 공급이 재미가 좋다는 것을 일찌감치 간파했다. 그도 중독자였지만 머리는 말짱했다. 비탈리는 늘 집게를 가지고 다녔다. 돈을 안 갚는 사람은 직접 찾아가 금니를 뽑았다. 금니가 없으면 손가락을 하나 잘랐다. 비탈리는 금니와 손가락 들을 기념으로 모아두었다.

비탈리 자신도 빅보스 돈을 꿀꺽했다가 손가락 두 개를 잃은 전력이 있었다. 그는 고통에 울부짖으며 잘못했다고 용서를 빌었지만 몇 달 후에 또 헤로인 1킬로그램을 꿍쳐서 그날 바로 팔아넘겼다. 난 정말 구제 불능이구나, 비탈리 자신도 좀 놀라서 그렇게 생각했다. 그러고서 바로 그 도시를 떴다.

비탈리는 나세르 쿨의 트럭을 타고 국경을 넘어갔다. 소년과 마찬가지로, 다시는 돌아올 수 없다는 것을 잘 알고 있었다. 그에게도 길은 앞으로 나가는 길밖에 없었다.

그 여행을 하면서 마약을 끊었다. 그 때문에 비탈리의 기분은 늘 엿 같았다.

비타민 결핍증 때문에 그는 다리가 군데군데 헐었다. 주삿바늘을 자주 꽂았던 자리에——주로 팔과 사타구니 쪽에——크고 시퍼런 멍이 들었다. 트럭을 타고 가는 동안 덜덜 떨다가 담즙을 토하기도 했다. 트럭에서 내린 후에도 그는 혼자 저만치 가서 토악질하기 바빴다.

운전사는 그들에게 길을 가리키면서 서쪽으로만 계속 가면 된다고 했다. 두세 시간만 걸어가면 사람 사는 동네가 나온다고 했다. 바리케이드와 검문 때문에 걸어서 가는 편이 더 낫다고, 일단 도시에 도착하거든 알아서 흩어지라고 했다.

초원에는 안개가 베일처럼 드리워져 있었다. 얼마 지나지 않아 그들의 등 뒤로 지평선이 진홍빛 띠가 되었다. 불확실하게 흔들리는 보랏빛 새벽이 그들을 맞아주었다. 너무 피곤하고 너무 좋아서 머리가 어질어질했다. 그들은 안심할 수 없는데도 행복했다. 새로운 세계가 곧 그들 것이 될 터였다. 해가 높이 솟아오르자 서늘한 기운은 거짓말처럼 사라지고 무더위가 기승을 부렸다. 물은 이제 없었다. 그들은 뜨겁고 가없는 하늘 아래, 눈이 시뻘게지도록 지평선만 보며 걸었다. 그들의 꿈은 현실이 되기를 야멸차게 거부하고 있었다. 운전사가 말한 두세 시간은 이미 지난 지 오래였다.

드디어 의심이 고개를 들었다. 처음에는 조용히, 그러다 이내 대놓고서. "우리가 당했어!" 한 남자가 외쳤다.

그 외침에 그들은 차라리 안도했다. 가장 두렵고 불안한 생각을 말로써 부정할 수 있었으니까. "그럴 리 없어요! 우리가 길을 잘못 들었을 거예요! 저리로 가야 해요!"

그들은 손가락을 들어 각기 다른 방향을 가리켰다.

이제 모두가 동시에 떠들고 있었다. 안심되는 말, 자기를 편드는 말 아니면 귀를 기울이지도 않았다.

"뭘 봤니? '정확히' 뭘 본 거야?" 그들이 소년을 다그쳤다.

"막사를 봤어요." 소년은 겁에 질렸다. "개들이랑, 군인들이랑. 총을 찼어요, 여기에." 그가 손으로 허리춤을 짚었다.

"또?"

"불빛이랑 차 몇 대랑 본 것 같아요." 아이는 모두의 눈빛에 움츠러들었다.

소년의 대답은 그들을 안심시켰다. 그 말대로라면 국경을 넘은 것만은 확실했다. 운전사가 단지 길을 잘못 가르쳐줘서 이 사달이 났을 것이다.

일부러 그랬겠지, 한 사람은 그렇게 생각했다.

그 길이 맞는 줄 알았나 보지, 다른 사람은 그렇게 생각했다.

"출발 지점으로 돌아갑시다. 거기서부터 흔적을 잘 찾아봅시다." 몇 사람은 이렇게 주장했다.

여기에 반대하는 사람들도 있었다. "이미 하루 종일 걸었어요! 이대로 쭉 걸으면 뭐가 나와도 나오겠지!"

흑인은 이 아수라장에서 멀찍이 떨어져 있었다. 그는 턱을 꼿

꽂이 들고 들판을 바라보았다. 남들에겐 보이지 않는 먼 곳에서 등장한 그 무엇을 바라보는 것처럼. 소년은 그에게서 눈을 떼지 않았다. 에티오피아 인은 소년이 맨 처음 만난 신기한 존재였다. 숱 많고 곱슬곱슬한 머리는 먼지를 잔뜩 뒤집어써서 회색으로 보였다. 그가 얼마나 오래 걸어왔는지는 아무도 몰랐다. 본인도 자기 행선지를 알기나 할까? 누가 그에게 길을 가르쳐줬을까? 어쩌다 이 무리에 끼었을까? 의문이 늘어날수록 흑인은 더욱더 수수께끼처럼 다가왔다. 소년의 눈에 비친 흑인은 동화 속의 인물, 수수께끼의 방랑자가 분명했다. 그러나 착한 편인지 악한 편인지는 알 수 없었다.

뒤에서 누가 고함을 질렀다. 계속 전진하느냐, 돌아가느냐, 여전히 그것이 문제였다. 남자 몇몇이 보란 듯이 서쪽으로 걷기 시작했다. "그쪽은 아무것도 없어! 가면 다 죽는다고! 보면 몰라!"

남녀 한 쌍이 마지못해 따라나섰다. 여자와 소년도 그 뒤를 따랐다.

남자 둘은 반대쪽으로 걸어갔다. 그 둘을 따라가는 사람은 아무도 없었다.

서쪽을 택한 자들은 무리를 이루었다. 소년이 고개를 돌려보니 흑인도 그들 무리를 따라오고 있었다.

그 모든 일이 벌써 까마득하게 느껴졌다. 날짜 감각이 사라진 후부터는 들판에 버려두고 온 낙오자들도 잊었다. 소중한 가방을 두고 오면서 울었던 여자는 그래도 무덤에 묻혔다. 남편이 자기 손으로 무덤을 파서 묻어주었던 것이다. 다른 낙오자들은 그냥 못 본 체 남겨두고 왔다. 산 자들의 고민은 죽은 자들의 고민보다 무거웠다.

그들이 비탈리에 대해서 알고 있는 것은 무엇인가? 일단, 요란한 문신에서 순탄치 않은 인생이 짐작되었다. 우악스럽고 불만 많은 도시 젊은이, 비탈리가 딱 그랬다. 그들은 비탈리에 대해서 아는 게 별로 없었고, 알고 싶지도 않았다. 무엇을 알게 될지 두려웠기 때문이다.

낙오자의 시체를 맨 처음 턴 사람도 비탈리였다. 그는 다음 날부터 여분의 신발 한 켤레를 보란 듯이 목에 걸고 다녔다. 사람들은 수군댔고, 몇몇은 아예 그를 피해다녔다. 그다음 낙오자에게는 새벽부터 세 명이 들러붙었다. 낙오자는 흙바닥에서 몸부림치며 다 죽어가는 소리로 말했다. "도와줘요……. 괜찮아질 겁니다……. 일단 일어설 수만 있으면……." 다시 한 번 쓰러진 그는 죽음에 대한 공포가 가득한 눈으로 사람들을 쳐다보았다. "갈 거야……. 가고 말 거야……." 세 남자가 헐떡거리는 낙오자에게 달려들었다. 비탈리, 아슈하바트 남자, 키다리가 그 셋이었다. 키다리는 낙오자의 고개를 한쪽으로 돌리고 코와 입을 손바닥으로 덮었다. 나머지 둘은 외투, 신발, 그리고 주머니 속에 있던 현금과 귀중품을 털었다. 라이터. 담배. 낙오자는 젖 먹던 힘까지 짜내어 저항했다. 약탈자들은 코웃음을 치며 욕설을 퍼부었고, 끝은 금방

났다. 약탈자들은 곧 철수했다.

반쯤 벌거벗은 시체만 들판에 덩그러니 놓여 있었다. 눈에서 흘러내린 눈물이 귀를 타고 머리칼에 스몄다. 해가 솟았다. 눈꺼풀 너머에서 붉은빛이 아른거렸다. 파리들이 그의 몸뚱이에서 왔다 갔다 했다. 벌써 그의 눈, 귀, 코에 알을 낳은 참이었다. 낙오자는 끊어져가는 숨을 내쉬어 입술 위에서 오가는 파리를 쫓았다.

창공에서 지옥의 태양이 내리쬐던 오후에 그가 죽으면 그의 시신에서 효모, 균류, 박테리아가 부서운 속도로 번식할 것이다. 다음 날 아침에는 파리 알이 벌써 부화 단계까지 와서 구더기들이 피하 조직에——그들의 먹잇감에——바글바글한다. 시신은 방탕한 잔치의 무대, 미친 듯이 번식하는 미생물들의 에너지원이 된다. 셀 수도 없는 구더기들이 물렁해진 몸뚱이 속에 길을 내고, 결국에는 붉은 여우 새끼 한 마리까지 살을 뜯어먹으러 온다. 시체는 자색이 감도는 푸른색으로 변하고, 살과 뼈는 이미 분리된다. 입술은 뜯어먹히고 없다. 그 얼굴은 무표정한 하늘을 쳐다보며 섬뜩하게 웃는 것 같다.

이제 비탈리가 쓰러질 차례였다. 그는 여자를 두고 아슈하바트 사내와 싸워서 패배했다. 다리의 헌 상처가 악화됐다. 비탈리는 천으로 다리를 싸매고 다녔는데 가끔 상처에 들러붙은 천을 떼어내면서 비명을 지르곤 했다.

그는 이 냄새를 잘 알았다. 이골이 나도록 잘 아는 냄새였다. 지하실이나 골방에 거적때기 둘러쓰고 처박혀 있던 마약 중독자들이 이 냄새를 풍겼다. 당시 그에겐 이 절망의 냄새가 '장사 개시' 신호였다. 고객 대부분은 알아서 찾아왔고 몇몇은 그가 만나러 갔다. 갈 데까지 가서 제 발로 그를 찾아올 수조차 없는 손님들이었다. 독일 수용소의 '수감자'처럼 텅 빈 눈을 한 사람들이 누운 채로 그를 기다렸다. 그들이 주사 한 방의 대가로 바친 물건들만 가지고도 전당포를 차릴 수 있었으리라. 비탈리는 골동품은 달갑지 않았다. 물건 가치를 감정할 줄 몰랐기 때문이다. 그래서 현금과 귀금속만 받았다. 고객 사망률은 대단히 높았지만 신규 고객이 알아서 불어났다. 할 맛 나는 장사였다. 광고를 할 필요가 있나, 비위를 맞추거나 굽실거릴 필요가 있나.

이제 밀렵꾼이 선두를 이끌 때가 많았다. 그의 지구력은 남달랐다. 그는 지배권 싸움에 절대로 끼어들지 않았다. 밀렵꾼은 자급자족이 되는 사람이었다. 다른 사람들은 밀렵꾼 뒤에서 부채꼴 대형으로 키 큰 풀을 헤치며 걸어갔다. 비탈리는 팔꿈치 위쪽의 상처를 긁었다. 그날 아침에 웃옷을 벗으면서 보니 상처가 깊은 데다 고름도 나왔다. 그 상처는 인광 물질이 묻기라도 한 것처럼 어느 날 갑자기 생겼다. 상처 주위는 달무리 지듯 둥글게 벌게져 있었다. 지난번에 흑인이 건드린 바로 그 자리였다. 쿠르간 꼭대기에서 흑인이 먼 곳을 가리키다가 손끝으로 정확히 이 지점을 만졌다. 다른 곳, 가령 배나 엉덩이에는 이런 상처가 난 적 없는데 흑인과 접촉한 부분만 이렇게 된 것이다. 저 흑인이 요사스러운 손가락으로 그의 팔에 화농성 상처를 낸 것이 틀림없었다. 비탈리는 이제 흑인 근처에도 가지 않았다. 흑인이 눈빛만으로도 자기에게 화를 입힐 것 같았다. 저 시커먼 낯짝의 원숭이가 자기 몸에 손을 대는 것은 물론이고 자기를 바라보는 것조차도 끔찍했다. 검둥이는 사악한 눈과 요망한 마법을 부리는 손을 지녔다. 그놈이 저주를 몰고 왔다. 그들의 불운은 다 그놈 때문이다. 대놓고 망조가 들지 않았던가? 처음부터 시금까지 줄곧. 곧바로 저놈을 때려 죽였어야 했는데, 대갈통을 부숴버렸어야 했는데. 그러기는커녕 그들은 길에서 점점 더 멀리 떠나왔고 이제 스텝은 그들을 다 황천길로 보낼 터였다.

비탈리의 상념은 그의 발걸음과 보조를 맞추어 꼬리에 꼬리를 물고 이어졌다. 죽어가는 기계가 만들어내는 것은 미움과 공포뿐이다.

17. 거듭난 영혼

"유대인의 자궁에서 나왔는가, 그렇지 않은가를 알아야
지. 모든 것이 거기 달렸거든. 나머지는 중요치 않다오. 기유르
(giyur), 즉 유대교에 귀의하는 절차 외에는 다른 가능성이 없으니
까. 하지만 기유르는 정말 힘들기 때문에 권하고 싶지 않소. 랍비
슈티펠께서도 나쁜 유대교인보다는 선한 이교도가 낫다고 하셨소.
모세의 613가지 법보다는 노아의 7가지 법이 실제로 지킬 확률도
높을 거요."

폰투스 베그는 당황해서 이렇게 대꾸했다. "저는 우리 어머니가
과연…… 유대 여자였는지가 궁금할 뿐입니다."

그는 '유대 여자'라는 단어를 말하면서 살짝 주저했다. 모욕적
인 단어는 아닐까. 랍비 앞에서 신성 모독을 범한 거나 다름없지
는 않을까. '유대인'이라는 단어는 지독한 고통의 세계를 끌고 온

다. 모든 조롱은 뿌리 깊은 몰이해를 담고 있다. 오만을 담고 있다. 그는 이 단어를 자기가 아는 바대로 썼다. 하지만 여기, 세상의 더러움에서 정화된 에데르 랍비의 주방에서, '유대 여자'라는 단어는 '이스라엘 민족의 딸'이라는 본래의 의미를 되찾았다.

랍비가 화급히 고개를 저었다. "어머니 일이지 내 일은 아니다, 라는 입장이라면 질문 자체를 제기하지 말았어야지! 경찰 양반은 어머니에 대한 의문을 제기함으로써 자기 자신에 대한 의문도 제기한 거요. 그래서 내가 설명하지 않았소. 어머니가 유대인이면 당신도 유대인이오! 심지어 이스라엘 여권도 신청할 수 있을 거요. 그걸 경찰 양반이 원하는지는 모르겠지만."

베그는 이해력 더딘 학생 역할에서 벗어나려는 듯 허리를 곧추세웠다. "신앙심이 별로 없는 사람은요? 그런 경우도 마찬가지입니까?"

"이성이 우리를 신 앞에 인도하기도 하지. 자궁 속 태아가 토라를 읽을 때와 같은 자세를 취한다는 거 아시오?"

"저는 주로 동양 사상가들의 책을 읽습니다. 신이 등장하지 않는 책들을요."

"영원자 없이도 유대인은 유대인이오. 우리는…… 수많은 실들이 엮어 이루어진 밧줄과도 같소. 우리는 한 가닥 한 가닥 별개의 실이지만 하나의 밧줄을 이루지. 유대인들은 그런 식으로 이어져 있소. 우리를 이어주는 것은 우리의 존재라오." 랍비가 손가락으로 수염을 빗었다.

베그는 문득 자신이 느끼는 압박감의 원인을 알아차렸다. 그곳
엔 창이 하나도 없었다. 아무것도 씌우지 않은 알전구가 그 공간의
유일한 광원이었다. 햇살도, 바람도 전혀 들지 않는 공간. 회벽이 여
기저기 일어나 있었다. 습기 때문이었다. 죽은 건물의 냄새가 났다.

베그는 나머지 공간들이 궁금했다. 미궁의 전체 설계도를 보고
싶었다. 거리 쪽 문은 유대교 회당 출입구였다. 랍비는 유대교 회당
에 딸린 집에 살고 있었고 이 집 출입구는 골목으로 나 있었다. 동
방의 시장인 '수크'처럼 신기한 건물이었다. 랍비의 침대도 어딘가
에 있을 터요, 회당 안 기도실로 통하는 문도 어딘가에 있을 터였다.

"에데르 랍비님, 밥은 누가 해주나요?" 베그가 물었다.

"동네에서 사먹지." 랍비가 시무룩하니 대꾸했다. "매일 저녁 중
국 음식을 먹는다오. 내 눈도 점점 찢어지는 것 같소. 요리사가 죽
은 후로 난 유대인 축에도 못 끼게 됐지. 주방은 유대인들의 대성
당이지, 암."

베그는 고개를 끄덕거렸다.

"난 한 그릇 가지고 사흘을 먹지." 랍비가 한마디 했다.

베그는 매일 저녁을 중국 음식으로 때우면서 유대교의 식사 율
법을 어떻게 지키는지 감히 묻지 못했다. 어쩌면 자기 뒤를 이을
사람이 없다는 이유로 다 놓아버렸는지도 모른다. 지켜보는 사람
이 없으면 그런 게 별로 중요하지 않은지도 모른다.

랍비가 갑자기 다시 입을 열었다. "모친께서 유대인이었는지 그
렇지 않았는지는 내가 말해줄 수 없소. 경찰 양반이 알아볼 일이

지. 아직 살아 있는 분들에게 물어보시구려. 그럼 답이 나올 거요. 그런데 어쩌다 그런 생각을 하게 됐소?"

"처녀 때 성이 메드베디거든요."

"아, 그래."

"그 노래도 그렇고."

"무슨 노래?"

"리브카가 나오는 사랑 노래 있잖습니까?"

랍비가 고개를 저었다. "리브카가 나오는 노래가 뭔지 모르겠는데."

"불러보라고 하셔서 부르기까지 했잖아요!"

"다시 불러보시구려, 그럼 생각이 날지도 모르지!"

이리하여 폰투스 베그는 생애 두 번째로 늙은 랍비 앞에서 이디시 어 사랑 노래를 부르게 되었다.

"잘 불렀소." 랍비가 노래를 다 듣고 흡족해했다. "우리는 노래를 통해서도 신께 다가갈 수 있다오." 랍비는 무도회에 온 사람처럼 시름을 잊고 쾌활하게 고개를 흔들어댔다. "그러니까 이 노래를 어머니께서 불러주셨다? 경찰 양반이 어릴 적에? 아, 그것 참 희한하구려! 왜 이디시 어 노래를 불러주셨을까? 이유는 알고 계시오?"

베그가 눈을 비볐다. "그것 때문에 여기 왔습니다만."

"뭔가 더 알아내야 할 것 같소. 단서들이 있어야지."

"이름이 있잖아요, 처녀 때 성이, 여기 보면……."

베그는 우르반 교수의 책을 꺼내서 해당 페이지를 펼쳐 랍비 앞으로 밀어놓았다.

"어딜 봐야 하는데?"

베그는 어머니의 처녀 때 성을 콕 짚어주었다.

"안경 없이는 아무것도 안 보이는걸. 내가 안경을 어디 뒀더라?" 랍비가 성가시다는 듯 말했다.

"거기 있네요."

랍비는 이마에 걸치고 있던 안경을 콧등으로 내리고 중얼거렸다. "앞서가지 말고 침착하게 봅시다, 경찰 양반!" 그는 고개를 숙이고 베그가 짚어준 대목을 읽었다. "유대인들도 이 이름을 쓴다, 아슈케나지 유대인, 그렇군, 고지(高地) 독일어."

랍비가 고개를 들었다. 그의 빛바랜 푸른 눈이 베그의 얼굴을 훑어내렸다. "모친은 아버지 성을 물려받았겠지. 하지만 그건 증거가 되지 않소. 모친의 어머니만 유대인이었다고 해도 당신 모친은 유대인이고, 따라서 당신도 유대인이 된다오. 내 말은, 경찰 양반 외할머니도 중요하다는 거요. 외할머니 한 사람만 유대인이라도 경찰 양반은 유대인이지. 외조부모에 관해서는 뭘 좀 아시오?"

"딱히 잘 알지는 못합니다. 저야 한 번도 뵌 적 없는 분들이니⋯⋯. 어머니는 두 분이 애국자라고 말씀하셨죠. 외할아버지는⋯⋯ 전쟁 마지막 해에 나이세 강● 유역에서 돌아가셨어요. 최

● 독일과 폴란드의 국경을 흐르는 강.

후의 맹공을 펼칠 때였죠. 그래서 어머니는 외할머니 손에서 자랐어요. 외할머니가 재혼을 하시긴 했는데 그 상대에 대해선 제가 잘 모르고요⋯⋯. 기억나는 것도 없습니다. 제 기억이 틀리지 않다면 아마 장교였을 겁니다."

"그럼 어떻게 살아왔소? 그럭저럭 무탈하게? 우리 유대인들은⋯⋯ 아주 민감한 민족이오. 우리의 기억은 4,000년을 거슬러 올라가지! 자신의 뿌리를⋯⋯ 알고 싶어 하지 않는 사람들이 있지. 그들은 평생을 아무 밑 없고 꽁꽁 삼추기만 하고 산다오. 그러다 그들이 죽으면 누군가가 불쑥 나타나 유대교식 장례를 해야 하지 않느냐고 말하는 거요. 황당한 일이지, 아무도 고인의 생전에는 그가 유대인인 줄 몰랐으니까. 왜 그런지 아시오? 이유야 널렸지. 영원자는 우리에게 축복뿐만 아니라 저주도 내리신다오." 랍비가 잠시 말을 멈추었다. "그런데 왜 당신은 그게 알고 싶소? 유대인이면 뭔가 달라지는 거요? 경찰 양반에게, 실질적으로 무슨 차이가 있소?"

"있습니다." 베그는 자기가 뭐라고 설명할 건지도 모르면서 다짜고짜 딱 잘라 말했다. "차이가 있지요." 그는 잠깐 주저하다가 이렇게 덧붙였다. "그 차이가 뭔지는 모르지만요."

그는 대답을 찾기 위해 평소 익숙지 않은 자기 내면의 깊은 곳까지 내려가야 했다. 거기서 뭔가를 찾게 되리라는 예감이 왔다. ──한쪽 발이 시리고 이명이 들리는 나날 못지않게 익숙해져버린 고독을. 오래전에 그는 자기 능력 밖의 것을 바라지 않고 생의 무게를 견디기로 작정했다. 더욱이 체념은 동양 철학에서 권고하는 생활 양식이기도 했다. 그러나 가끔은 씨앗 하나가 콘크리트 포석 틈에 비집고 들어가 싹을 틔운다.──그곳에 떨어지지 말아야 했을 씨앗이 그래도 어떻게든 자라서 콘크리트에 뿌리를 내리고야 만다…….

그의 뿌리 찾기는 어떤 욕망에 부응하고 있었다.

"급할 것 없소. 때가 되어 주어지는 답이야말로 유일하게 만족스러운 답이지. 그런 답은 절로 나타난다오."

랍비는 그렇게 말하고 일어나 어기적어기적 싱크대로 향했다. 그는 떨리는 손으로 차 농축액을 따르고 사모바르●의 더운 물을 첨가했다. 얇고 누런 피부 아래 푸른 혈관이 도드라져 보였다. 손톱이 길고 손등에 검버섯이 피어 있었다.

"뭐가 좀 더 있어야겠지, 서류라든가. 반박할 수 없는 증거 말이오. 서류가 제일이지. 구할 수 있으시오?"

"어떤 서류 말입니까?"

"당신이 유대인이라는 것을 입증할 수 있는 서류 말이오. 행정 서류에는 대개 부계 혈통밖에 나와 있지 않소. 그래서 어려운 거지."

랍비는 유대교 회당을 둘러보고 싶은지 묻고는 앞장서서 회색 타일 바닥을 천천히 걸어갔다. 해가 들지 않는 지하 방공호들이 다닥다닥 붙어 있는 것 같았다. 그 어둠의 왕국에서 사람은 육신

● 러시아와 동유럽 일대에서 쓰는 주전자의 일종.

이 점점 옅어지고 허깨비가 되어간다. 지우개로 지우고 남은 연필 흔적처럼. 랍비가 어느 문 앞에 멈추더니 덧옷 안주머니에서 열쇠 꾸러미를 꺼냈다. 그는 알전구 빛에 열쇠를 하나하나 비춰보며 확인하고는 마침내 그 문에 맞는 열쇠를 찾았다.

"잠시만."

그는 안에서 키파*를 하나 들고 나왔다. "이걸 쓰시오."

베그는 그것을 정수리에 얹고 만지작거리다가 랍비를 따라 들어섰다. 그 방은 천장이 높고 휑했다. 어두운 데서 갑자기 하늘이 확 트인 곳으로 나간 듯한 착각이 들었다. 천장을 떠받치는 기둥들은 로열블루와 금빛 모자이크 타일로 장식되어 있었다. 높은 창으로 저물어가는 오후의 햇살이 비쳤다. 사람이 오래 드나들지 않은 곳 특유의 냄새가 났다. 긴 의자들과 벽면의 집기들은 회색빛 거미줄에 덮여 있었다. 랍비는 고대 유물을 구경 온 관광객처럼 주머니에 손을 찔러넣은 채 주위를 둘러보았다. 베그는 중앙의 기도단을 따라 천으로 덮인 집기 앞을 지나가다가 계랑(階廊)**으로 올라가는 계단 앞에 멈춰 섰다. 그는 여기서, 수천 년 전까지 거슬러 올라가는 여행의 기억을 보존하는 이 수수께끼의 공간에서, 무슨 말을 하고 어떻게 행동해야 하는지 전혀 몰랐다. 여행은 이제 끝에 다다랐다. 마지막 여행자는 손님이 이 모든 것을 볼 때

---

* 유대인 남자가 착용하는 빵모자.
** 회당이나 성당의 벽면에 튀어나와 있는 부분.

까지 기다리고 있었다.

랍비가 손짓을 했다. 그들은 문을 통과해 좁은 복도를 따라 또 다른 문 앞까지 갔다. 랍비가 문을 열었다. 캄캄했다. 랍비가 불을 켜자 작은 층계참 공간과 벽면에 붙어 있는 긴 의자들이 보였다. 탈의실 비슷한 느낌이었다. 랍비는 쭉 걸어가 맞은편 돌계단으로 내려갔다. 돌계단은 심하게 마모되어 있었다. 바닥 안쪽으로 직육면체 공간이 파여 있었다. 돌을 파서 만든 욕조였다. 욕조 위 둥근 지붕은 벽돌을 붙여 만든 것이었다. 욕조에 담긴 물은 꿈결처럼 맑고 미동조차 없었다. 계단은 수면 아래 바닥까지 이어져 있었다. 기도의 집 자체보다 더 중요한 장소로 이어지는 계단이었다. 신비 의식의 거룩한 핵심. 층계참에 있는 불의 빛이 수면에 반사되었다. 베그는 물을 만지고 휘저어보고 싶었다. 하지만 거룩한 물이 그의 불순한 살갗을 태우고 불경죄를 벌할지도 몰랐다.

벽에서 물이 방울방울 스며나오고 있었다. 회색 돌이 번들거렸다.

"선조들께서 샘을 찾아서 그 위에 이 집을 세웠다오. 일찍이 모세가 그랬듯이 바위에서 물이 샘솟게 하셨다고나 할까."

여기서 유대인 남자와 여자는 홀로 알몸이 되어 계단을 내려갔다. 옷은 물론, 몸에 반창고 하나 붙일 수 없고 장신구도 금지되었다. 손톱에 낀 티끌조차 용납되지 않았다. 그러한 조건에서만 그 사람은 정화될 수 있었다.

"일종의 세례군요." 베그가 말했다.

랍비가 못마땅한 눈으로 그를 쳐다보았다. "고작 몇 방울과 비교가 되나! 그게 아냐, 완전히 물속에 들어가야 한다고. 머리끝까지! 한 번으로도 안 돼! 더러움을 거듭 씻어내지 않고서 어찌 정결해질 수 있겠소?"

그들은 아무 말 없이 매끈한 수면을 바라보았다. 두 사람은 세상에서 벗어나 땅속 깊은 곳에 와 있었다. 랍비의 음성이 조금 누그러졌다. "세례도 아니고 '물과 비누로 하는' 목욕도 아니오. 미크베(mikveh)에 몸을 담그는 자는 거듭날 거요. 그는 새로운 영혼을 얻게 된다오."

물 한 방울이 뚝 떨어졌다. 베그는 가슴이 철렁했다. 그처럼 평온한 소리는 실로 오랜만이었다. 수면에 주름이 잡혔다가 이내 사라졌다. 그는 옷을 벗고 계단을 따라 내려가고 싶었다. 온몸을 물에 담그고 세상의 더러움을 씻어내고 싶었다. 결코 지워지지 않을 더러움까지도 지울 수 있을 텐데. 새로운 영혼이라. 땅속 깊은 곳, 마법의 물 옆에선 그게 다 가능한 일처럼 생각되었다. 얼마나 솔깃하고 위안이 되는 발상인가……. 올이 다 풀리도록 너덜너덜해진 영혼을 옷처럼 싹 벗어놓고 새 영혼을 받아간다? 누가 이걸 거부할까? 그럴 수만 있다면 누가 마다하겠는가?

● 유대인들이 정결 의식에 사용하는 욕조.

18. 심판

비탈리가 팔을 걷어붙이고 상처를 보여주었다. 소년은 구역질이 나서 얼른 고개를 돌렸다. 상처가 어느덧 기분 나쁜 초록색으로 뒤덮여 도저히 봐줄 수 없었다.

요컨대, 흑인에겐 힘이 있었다. 소년은 줄곧 그렇게 믿었다. 그 힘이 이로운 것인지 사악한 것인지는 몰랐지만 말이다. 비탈리에게 해를 입혔다면 마술을 부린 게 틀림없다. 못된 개를 발로 뻥 차준 셈이었다.

여자도 다른 사람들에게 말했다. "그 사람이 만진 자리가 헐고 곪기 시작했대요. 그건 마치…… 그렇긴 해도……." 그녀는 뭔가 말을 하려 했지만 적당한 단어가 생각나지 않았다.

소년은 반응하지 않았다. 그는 여자에게 맞은 따귀를 잊지 않고 있었다. 소년은 주위를 두리번거렸지만 흑인을 찾을 수 없었다.

만약을 위해 당분간 흑인을 피할 것이다. 그 대신, 눈을 크게 뜨고 지켜봐야 하리라.

잘 봐, 정신 똑바로 차리고. 소년은 다짐했다.

옛날에, 아주 어릴 때 엄마가 했던 말이 생각났다. 엄마 말로는 여동생이 태어났을 때 소년이 이런 말을 했단다. "아기들이 말을 못하는 건요, 천국의 비밀을 얘기하면 안 되기 때문이에요."

그래, 난 천국의 비밀은 알지 못할 거야, 하지만 이 땅의 비밀은 반드시 알아낼 테야, 소년은 그렇게 생각했다.

이전의 삶에서보다 이 여행에서 보고 배운 것이 더 많았다. 여기서 살아남기만 한다면 이 여행이 자신을 만들었다고 말할 수 있을 터였다.

"그는 가장 마지막에 나타났지." 아슈하바트 사내가 말했다.

"그 사람이 우리도 건드리면 어떻게 되는 거야? 우리가 잠들었을 때 그러면?" 여자가 물었다.

아슈하바트 사내는 대답할 말이 없어 고개만 절레절레 저었다.

"그 사람은 나중에 오지 않았어요. 처음부터 있었다고요. 우리랑 같이요." 소년이 말했다.

"왜 그런 말을 하지? 거짓말해서 뭐하려고?" 여자가 날카롭게 쏘아 붙였다.

"흑인이 마지막에 온 거 맞아. 아무도 그가 어디서 왔는지 모르지. 우리를 불행에 빠뜨리려고 뚱딴지처럼 나타난 거야." 비탈리가 말했다.

"요사스러운 정령처럼." 여자가 거들었다.

여자가 아슈하바트 사내에게 뭔가 말을 하는 모습을 보기는 이 번이 처음이었다. 여자는 그에게 밤마다 유린당했다. 전에는 그에 게 침을 뱉고 할 수만 있으면 그를 죽일 거라고 하더니, 이제 언 제 그랬냐 싶었다. 소년은 입을 다물었다. 그편이 자기에게 이롭 지 싶었다. 그 세 명이 갑자기 일심동체가 됐으니 반대 의견을 용 납할 리 없었다.

평소처럼 밀렵꾼이 그제야 대화에 끼어들었다. 그가 키다리에 게 말했다. "네가 흑인을 우리에게 도로 끌고 왔지. 우리가 기껏 그 를 떨어뜨렸는데 네가 데리고 돌아왔잖아. 내 말이 틀려?"

"내가 그를 따라왔어. 그가 앞장섰고, 그게 다야. 흑인이 당신 들 발자국을 따라왔어."

밀렵꾼이 어깨를 으쓱했다. "난 내가 본 대로 말했을 뿐이야."

비탈리는 불안하고 열에 들뜬 눈을 희번덕거리며 고개를 끄덕 끄덕했다. 그의 목숨은 풍전등화였다. 이미 숨이 간당간당했다. 이 제 자기에게 화를 입힌 자에게 복수하겠다는 일념밖에 없었다. 흑 인을 벌해야 한다, 망해도 그놈이랑 같이 망한다. 달리 그가 할 일 도 없었다. 그가 아직도 품고 있는 독은 죄다 이 일에 쓰일 것이다.

그날 저녁, 일행은 축축한 모래에 앉았다. 그들의 머리 위로 크 고 둥그런 구름들이 뭉쳐 있었다. 청보랏빛 하늘에서 저 먼 곳으 로 떨어지는 번갯불이 보였다.

"어이, 키다리! 당신하고 저 검둥이하고, 도대체 무슨 수를 써서 돌아온 거야?" 비탈리가 큰소리로 물었다.

키다리의 어깨가 엉겁결에 움츠러들었다.

"죽으라고 버린 사람이 아무 일 없었다는 듯 멀쩡하게 살아 돌아왔단 말이지. 어떻게 그런 일이 가능한지 설명을 좀 들어야겠어."

다른 사람들도 닦달했다. "맞아, 맞아, 무슨 일이 있었던 거야?"

키다리가 시선을 떨어뜨리고 중얼거렸다. "아무 일도 없었어."

"개소리! 숨넘어가던 인간이 휘파람을 불면서 다시 나타났는데 아무 일도 없었다고?" 비탈리가 성을 냈다.

여자가 외투를 단단히 여몄다. 소년은 남자들의 홀쭉해진 얼굴을 관찰했다. 다들 수염 위로 광대뼈가 튀어나왔고 눈은 퀭했다. 누더기를 걸친 심판관들이 키다리를 쏘아보았다. 그는 돌아오지 말았어야 했다. 돌아왔다는 것이 그의 죄목이었다. 가장 지독한 의심은 아직 표명되지 못했지만 이미 그림자를 드리운 채 기회를 엿보고 있었다. 이게 다 마법 때문이다, 어둠의 음모가 있다, 라는 의심이. 재판이 그러한 방향으로 돌이킬 수 없이 흘러갈 것을 소년은 직감했다. 키다리는 빠져나가지 못할 것이다. 변호는 통하지 않았고, 의혹과 선고는 다르지 않았다. 피고 앞에 버틴 그림자들은 공포와 분노로 똘똘 뭉쳐 있었으니까. 키다리는 주춤 물러났다. 한 손으로 돌멩이를 집었다. 근시가 심한 두 눈 바로 옆으로 돌멩이를 치켜들었다. 해변의 조개껍데기처럼 하얗고 매끈한 돌이었다. 스텝도 먼 옛날에는 바다였을까? 검은 물고기들이 소리 없이 그의 몸을 스치고 지나갔다. 망망대해에서 난파한 가엾은 이의 눈앞에서 바닷말의 그림자들이 휘청거렸다.

"나에게 먹을 걸 줬어."

"그래서 뭘 드셨나? 흰 빵에 수프를 곁들여 드셨나?" 비탈리가 빈정댔다.

"통조림을 가지고 있더라고."

"무슨 통조림? 캐비어?"

"개 사료. 확실히는 모르지만 개 사료 통조림이었을 거야."

"그놈은 어디서 그걸 꿍쳤지?"

키다리가 고개를 저었다. "내가 무슨 수로 알겠어……."

"그 흑인, 당신 친구 맞지?" 여자가 소리쳤다.

키다리는 힘없이 대꾸했다. "친구 아니야."

"흑인이 당신을 도와줬잖아! '아무 이유 없이' 그랬다고?"

그들의 뒤편으로 번갯불이 번쩍 구름을 갈랐다. 천둥이 울렸다. 그러고는 후드득 빗방울이 떨어지기 시작했다.

비탈리는 자기 팔을 가리키면서 흑인이 키다리의 몸도 만진 적 있는지 물었다.

"맙소사, 도대체 무슨 말을 하고 싶은 거야?" 키다리가 물었다.

"이거 봐! 그놈이 만져서 이렇게 됐다고!" 비탈리가 툴툴거렸다. 아예 스웨터를 머리 위로 반쯤 벗고는 팔을 들이밀었다. 모두가 새파랗게 질렸다. 빛바랜 문신 사이로 붉게 타오르는 태양을 본 것 같았다. 상처도 더 깊어지고 그 주위의 붉은 기운도 더 넓게 퍼져 있었다.

"아니, 그는 날 만진 적 없어. 아, 나를 부축해 일으키긴 했어."

"보여줘." 비탈리가 말했다.

"비켜!"

"보여줘!"

"제기랄, 그만둬!"

그러나 키다리는 거세게 저항하지 못했다. 비탈리가 일어나 키다리의 옷을 벗기려 했다. "이 새끼야, 빨리 벗어!"

키다리는 주먹을 아무렇게나 휘두르면서 몸을 뒤로 뺐다. 그는 일단 비탈리의 손이 미치지 않는 곳까지 물러나서 겹겹이 걸친 옷을 천천히 벗기 시작했다. 몇 분 후, 그는 앙상한 상반신을 드러낸 채 비 오는 날의 한 줄기 들풀처럼 서 있었다. 일행은 그 모습에 충격을 받았다. 자기들도 그렇게 말라빠졌다는 것을 알고 있었으니까. 흉골이 고스란히 드러났다. 얇은 거죽 너머 갈비뼈가 오르락내리락하는 게 다 보였다. 키다리는 진지하게 자기 몸을 살폈다. 그러다 자기 배에서 벼룩에 물린 자리가 곪아 있는 것을 발견하고 "이런!" 소리를 뱉었다.

"저거 봐! 보라고!" 비탈리가 외쳤다.

다른 사람들은 그 충격적인 알몸, 굶주림 그 자체에서 눈을 떼지 못했다. 거죽, 손톱, 털뿐이었다.

키다리는 뱀처럼 느릿느릿 옷가지를 다시 걸쳤다.

해가 넘어가는 동안에 또 한 번 번개가 번쩍했다.

아슈하바트 사내가 흑인이 누웠던 자리를 가리키며 말했다. "우리가 고생하는 동안 저 자식은 제 속만 채우고 희희낙락했단 말이지."

참기 힘든 생각이었다. 배고파 죽을 지경인 그들에게 그런 생각은 차라리 능욕이었다.

"검둥이한테 먹을 거 있어, 없어?" 비탈리가 물었다.

"나는 못 봤어."

"너한테 먹을 걸 줬다며! 그럼 있다는 거잖아!"

"그래, 그럴 수도 있어." 키다리가 팔을 불안하게 흔들었다. "난 몰라!"

아슈하바트 사내가 일어났다. 그는 비탈리와 함께 에티오피아인의 잠자리로 갔다. 나머지 사람들도 따라갔다. 그들은 자신들이 상상으로 지어낸 힘이 두려워 무척 조심스럽게 굴었다.

"야, 아프리카!" 비탈리가 자기 앞의 형체를 향해 발길질을 했다. 비닐이 들썩였다. 흑인이 그 밑에서 고개를 들었다.

"먹을 거!" 비탈리가 고함을 지르고 손으로 뭔가 집어먹는 시늉을 했다.

흑인이 신경질적인 웃음을 흘렸다.

"너 먹을 거 있잖아!" 비탈리가 그렇게 말하고 한 번 더 비닐을 발로 걷어찼다.

흑인이 비닐을 걷고 일어나 천천히 뒷걸음을 쳤다.

166

그들은 흑인의 가방과 비닐을 뒤엎고 뭔가 감춘 것이 없는지 살펴보았다. 흑인은 영문을 모르고 그의 물건, 통조림 빈 캔, 성경책(그들이 읽을 수 없는 문자로 쓰여 있었지만 표지에 은빛 십자가가 있었다), 둘둘 말린 종이, 다 쓴 라이터, 그가 모아놓은 병뚜껑 따위가 바닥에 나뒹구는 모습을 보았다. 비밀 식량을 기대했던 이들도 이제는 이 보잘것없는 소지품을 믿을 수 없다는 눈으로 바라보고만 있었다. 그들은 이어서 주변의 풀숲까지 뒤졌지만 아무것도 나오지 않았다. 흑인이 키다리를 바라보았다. 도움을 요청하는 눈빛, 긴장을 깨뜨릴 말 한마디를 원하는 눈빛이었다. 그러나 키다리는 시선을 떨어뜨렸다. 그들은 빗물이 뚝뚝 듣는 검은 기둥들처럼 말없이 서서 아프리카 인을 바라보았다. 그러고는 돌아서서 각자의 자리로 갔다.

19. 익명

베그는 랍비를 따라 계단을 올라가는 내내 후회가 사무쳤
다. 지하에서 저 위 세상으로 돌아가면 그의 닳고 닳은 영혼도 돌
아올 터였다. 이제 회당 안은 캄캄했다. 기둥에서 빛나던 로열블
루 색 모자이크 타일도 이제 눈에 들어오지 않았다.

늙은 랍비가 콧노래를 흥얼거리며 토라 두루마리를 보관하는
장식장 앞 커튼을 쳤다. 베그는 답을 찾지 못한 질문들을 팽개치
고 자신의 생활로 돌아가고 싶었다. 랍비는 그를 등진 채 이따금
고개만 살짝 들었다. 베그는 앞줄의 긴 의자에 가서 앉았다. 자기
보다 앞서 여기 앉았던 사람은 누굴까? 그는 어떤 부류였을까?
불현듯, 자신은 절대 그들 중 하나가 될 수 없다는 생각이 들었다.
그에게는 에스키모만큼이나 낯설고 먼 사람들, 그가 모르는 사람
들이었다. 죽은 자들이라고 해야 정확하겠지. 이제 한 명밖에 남

지 않았잖아. 선장이 마지막으로 배를 떠날 테지.

다리를 꼬았다. 밖에선 아무 소리도 들리지 않았다. 귓속에서 맑은 노랫소리가 들릴 뿐이었다. 그의 머릿속은 전혀 밖보다 조용하지 않았다. 앞으로도 그럴 터였다. 이런 상황에서는 금속성의 휘파람 소리가 어김없이 머릿속에 울리곤 했다. 그는 신경 쓰지 않으려고 해봤다. 악화되는 문제들을 회피하며 살아가기, 그게 베그의 전략이었다. 그러나 스텝처럼 적막이 도리어 잡음처럼 들려오는 이 유대교 회당 안에서, 그는 영원히 침묵을 잃었음에 잔잔한 슬픔을 느꼈다.

그는 오랫동안 이명이 청각 상실의 전조는 아닐까 두려워했다. 귀머거리가 된다고 생각하면 겁이 났다. 그는 귀머거리의 고립이 장님의 고립보다 심하다고 생각했다. 귀머거리의 세상은 시각에 한정되기 때문이다. 장님은 뒤쪽이나 위쪽 같은 시야 밖의 낌새를 알아차린다. 귀머거리의 등 뒤는 그냥 낭떠러지다. 귀머거리보다는 장님이 자기 주변 세상에 대해서 많은 얘기를 할 수 있다. 베그는 사무실에서 밀랍 뭉치로 귀를 막고 그 점을 실험으로 검증해보았다. 경찰서 특유의 부산스러움이 마법처럼 사라졌다. 전화벨 소리도 들릴 듯 말 듯했다. 노크 소리도 들리지 않았다. 복도에서 오가는 대화, 옥사나의 바보 같은 수다, 경찰서에 잡혀 들어온 취객의 우는 소리가 사라졌다. 문 여닫는 소리, 안마당의 자동차 소리, 드문드문한 말소리, 창턱에서 구구대는 비둘기 울음소리가 자취를 감추었다. 소리 없는 세상은 입체감 없는 평면이었다.

랍비가 몸을 일으키고 돌아섰다. 그러고는 손님에게 따라오라고 손짓했다. 베그는 출입구 옆에서 태피스트리● 한 점을 보았다. 커다란 촛대가 금실로 표현되어 있었다. 그는 멈칫했다. 떠오를 듯하면서 떠오르지 않는 기억 하나. 베그는 기억을 쥐어짜내려는 것처럼 눈썹에 힘을 주며 인상을 썼다. 어머니의 모습이 떠올랐다. 돼지 여물통에 감자 껍질을 들이붓는 어머니. 땀을 뻘뻘 흘리고 목덜미에 머리칼이 삐져나온 어머니. 사진과는 차원이 다른 '살아 있는' 기억이었다. 인물 사진들은 살아 있는 기억을 서서히 점령하고 결국은 대체해버리는 경향이 있다. 하지만 지금 그는 어머니가 양동이를 내려놓고 허리에 손을 얹고 몸을 일으키는 모습을 '보고' 있다. 어머니가 머릿수건에서 삐져나온 머리칼을 손등으로 젖힌다.

어머니가 돌아가신 후로 그는 어머니 냄새를 잊었다. 그다음에는 목소리를 잊었다. 얼마 지나지도 않아 어머니의 행동들이 기억나지 않았다.

단어들이 망각의 빈자리를 채웠다. 어머니는 다정하면서도 화를 잘 내는 사람, 자식 사랑이 지극하지만 지배적인 사람이었다. 장례식에 참석한 손님들이 어머니는 의지가 고래 심줄 같고 소처럼 일하는 사람이었다고 했다. 어머니의 끈기와 금전 감각이 없었다면 집안이 쫄딱 망했을 것이다(가장은 금전 감각이 전무했으니까,

---

● 여러 가지 색실로 그림을 짜넣은 직물. 벽걸이나 가리개 따위의 실내 장식품으로 쓴다.

어쨌든 사람들 말로는 그랬다.).

어머니는 차츰 몇 가지 특징으로 요약되었다. 어머니의 생은 핵심 단어들로 정리되었다.

그 단어들이 어머니를 대신했다.

그런데 지금 눈을 가늘게 뜨고 밭을 바라보는 어머니가 여기 있다. 아들은 집 뒤쪽으로 기어가 자신의 추억 속으로 몰래 숨어들어간다. 그리고 주방을 지나 어두운 복도를 따라간다. 삐걱거리는 미루판을 빌끝으로 실금살금 디디며, 들어가면 안 되는 부모님 침실로 몰래 들어간다. 침실 구석에 장식장이 있다. 어머니는 그 간유리 격자문 너머에 자신의 보물을 간직했다. 은빛 액자에 든 결혼사진은 어머니의 부모님들과 함께 찍은 것이다. 외할아버지는 보병 여름 군복 차림이고 외할머니는 흰옷을 입고 흑옥처럼 검은 머리에 머리장식을 했다. 옥 카메오와 금빛 머리핀, 시골 아낙네에겐 소중한 재산이었으리라. 뒤쪽으로 어머니의 결혼 베일에 덮여 있는 일곱 갈래 촛대가 하나 보인다.

그 촛대는 지금 베그의 눈앞에 보이는 태피스트리의 촛대와 완전히 똑같다.

베그는 골목으로 나와 모자를 눌러썼다. 중국 식당의 직원용 출입구가 열려 있었다. 노파 한 명이 문간에서 양파를 까고 있었다. 다리 사이에 고정해놓은 양동이로 양파 껍질이 떨어졌다. 노파는 입에 담배를 물고 연기 때문인지 한쪽 눈을 찡그리고 있었다. 다른 쪽 눈으로는 베그를 바라보면서도 손은 기계적으로 양파를 깠다. 노파 뒤쪽으로 네온 불빛 아래서 부지런히 요리를 하는 아시아 인들이 보였다.

베그는 거리 쪽 식당 입구로 들어섰다. 구슬을 꿰어 늘어뜨린 발이 촤르륵 소리를 냈다. 카운터의 남자와 아가씨도 양파 까는 노파 못지않게 심드렁한 표정으로 그를 바라보았다.

그는 창가 쪽 작은 탁자에 앉아 메뉴판을 넘겼다. 요상한 색상과 모양새의 음식 사진들이 비행기에서 재미 삼아 아무렇게나 찍은 풍경 사진들 같았다. 갈색으로 구워낸 오리가 윤기가 도는 것이 먹음직스러웠다. 베그는 고개를 들고 여종업원에게 오리 요리 사진을 가리켰다. "이거요."

여자가 고개를 끄덕했다.

"코카콜라도 하나."

베그는 그녀의 움직임을 눈여겨보았다. 이상야릇하기로는 중국인도 유대인 못지않았다.

그는 탁자 아래서 다리를 가만히 두지 못하고 흔들어댔다.

"이거! 이게 뭡니까?" 조금 전 베그는 촛대를 쳐다보면서 잘만 에데르에게 물었다.

랍비는 메노라(Menorah)라고 하는 이 촛대가 계약의 궤●와 더불어 유대교의 가장 중요한 상징이라고 설명했다.

● 구약 성서에서, 모세가 시나이 산에서 신에게 받은 '십계의 석판' 두 장을 넣어둔 궤이다.

베그는 자기가 느낀 감정을 돌아보았다. 누나와 통화할 때도 이런 감정을 느꼈다. 잃어버린 것이 너무 많구나, 라는 생각이 들었다. 상실은 가끔씩, 숨김없이 제 정체를 드러낸다. 누나의 목소리는 그를 기원으로, 모든 것에 제자리가 있던 시절로, 먼 훗날 제자리를 거의 잊고 살아갈 줄은 상상도 못했던 시절로 데려갔다. 먼지와 바람의 세월. 불명료함과 싸우려면 철통같은 습관이 필요한 법이다. 그와 이따금 발견되는 무명씨들——최소한의 절차를 거쳐 흙으로 돌아간 익명의 사람들——과의 차이는 점점 흐려졌다. 누나의 목소리는 그가 누구인지, 그가 어디서 왔는지 잊지 말라고 과거에서 던져준 구명 밧줄이었다.

촛대는 과거 속의 그의 자리를 가리켜 보였고 현재 속의 한 자리를 그에게 부여했다. 부모님 침실에 몰래 들어가 장식장 속 물건들에 푹 빠졌던 꼬마를 기억나게 했고, 그가 자기 출신을 숨기고 살았던 유대 여성의 아들임을 가르쳐주었다. 메노라가 베일에 가려져 있었듯이 그러한 출신도 가려져 있었다. 이제 베그는 의심하지 않았다. 그는 유대인임에 틀림없었다. 아니, 이미 유대인으로서 '존재하고' 있었다. 그것이 세상 속 그의 자리였다. 그는 한 민족, 어느 한 공동체에 속해 있었다. 그리고 그 공동체의 명맥은 거의 끊어졌다.

소속이 있다는 건 감동적이다.

그는 중국 음식점에서 자신의 생애를 돌아보았다. 둑 위에서 다이빙하던 소년은 유대인이었다. 폰투스라는 아들은 유대인이었다. 경찰 지망생 청년은 유대인이었다. 베그 서장은 유대인이다. 역사라는 침식의 과정이 이번만은 뭔가를 얻어냈다. 변한 것은 없었지만 모든 것이 이전과는 달랐다. 그는 이제 다른 민족에 속해 있었다. 랍비의 말마따나, 선택받은 민족이자 저주받은 민족에.

지난 세기가 그네들에게 너무나 가혹하고 우악스러웠기에 이제는 한 명밖에——사실은 두 명이지만——남지 않았다. 잘만 에데르가 죽고 나면 미카일로폴에 유대인은 그밖에 남지 않는다. 그가 다리를 심하게 건들거리는 바람에 식탁까지 흔들렸다.

포그롬(pogrom)● 다음은 수용소였다. 미카일로폴에도 한때 '라거(Lager)'●●가 있었다. 10만 명인지 20만 명인지가 처형당했다고 했다. 희생자는 주로 유대인들이었으나 적군(赤軍) 포로들도 있었다. 독일인들은 1943년부터 증거 인멸에 들어갔다. 시체 유기장을 열면 존더코만도(Sonderkommando)●●●가 부지런히 시체의 산을 쌓아 말끔히 태웠다. 그 불이 몇 달간 꺼지지 않았다. 전후의 소비에트 연방 보고서에서는 이 지역 토양이 사람 몸의 지방과 체액으로 포화 상태라고 밝혔다.

● 유대인을 위시한 약소민족들에 대한 조직적 약탈과 학살을 뜻하는 러시아 어. 19세기부터 20세기 초에 걸쳐서 제정 러시아에서 경찰이나 그 앞잡이들이 선동하여 일어났다.

●● 독일어로 '잠자는 자리, 숙소, 캠프'를 뜻한다. 여기서는 '수용소'를 가리킨다.

●●● 수용소 포로들로 이루어진 특수 부대. 주로 수용소의 가스실과 화장터 관리, 시체 처리를 담당했다고 한다.

여종업원이 식탁에 푸드워머를 가져와서 안쪽의 초에 불을 붙였다.

수용소 그 자체에서는 나온 게 거의 없었다. 그 자리는 나무와 덤불로 뒤덮였다. '라거'의 출입문이 있던 자리 옆에 몇 년 전 조그만 기념 패가 붙었다. 기념 패는 불에 타고 나치의 갈고리 십자가 낙서로 뒤덮였다. 아직 남아 있는 벽들도 갈고리 십자가 천지였다. 과거를 존중하는 태도란 마카일로폴에서 바랄 수 없는 것이었다.

중국 여사가 국수 접시들을 내려놓고 푸드워머에 오리고기 접시를 얹었다. 베그는 접시를 살짝 기울여 고기와 육즙을 앞 접시에 덜어 먹었다. 어느새 그도 성욕과 식욕의 충족에서만 확실한 행복감을 얻는 나이가 되었다. 나머지는 희미해졌다. 심장은 한 해 한 해 성능이 감퇴하는 모터였다.

그런데도 자신의 뿌리를 깨닫고는 행복 비슷한 감정을 확실히 느낄 수 있었다. 아니, 열에 들뜬 기대, 흥분이라고 해야 했다. 뭔가 시작될 것 같은 느낌. 어릴 적에도 느껴본 기분. 다만, 앞으로 무슨 일이 기다리고 있을지는 상상이 가지 않았다. 그는 유대인이었고, 그게 다였다. 달라진 것도, 해결된 것도 없었다. 기대를 부풀리기보다는 그저 순리를 따라갈 것이고 삶에 뭔가를 더할 생각도 하지 않을 것이다.

카운터의 중국인들은 이 전략에 훈수를 둘 자격이 있을 터였다. 하지만 그들은 외국인에게 말을 걸지 않는 것을 자연스럽게 여긴다. 그들은 눈에 보이지 않는 마법의 비단 장막 너머에서 살아간다.

통계상, 미카일로폴에서 발생하는 범죄에 중국인이 연루되는 경우는 거의 없었다. 베그도 중국인을 체포한 기억은 없었다. 물론 식당 직원 중에서 불법 체류자를 잡아내는 건 일도 아니겠지만 굳이 단속에 나설 이유는 없었다. 중국인 불법 체류자는 누구에게도 피해를 주지 않았다. 그리고 중국인들은 아주 사소한 범법 행위도 삼가는 편이었다.

다른 민족들도 중국인처럼만 행동한다면 경찰 일이 훨씬 편해질 것이다. 아니, 경찰이 일할 필요도 없을 것이다. 사고 현장에나 출동하고, 자질구레한 땅 싸움이나 해결해주고, 그렇게 기원전 6세기 중국 노(魯)나라의 관료처럼 유유자적 살아가도 되리라.

구슬 엮인 발이 촤르륵 소리를 냈다. 랍비가 들어와 식당을 둘러보지도 않고 곧장 카운터로 갔다. 그는 바로 주문을 했다. 베그는 기계적으로 오리고기를 씹으면서 그를 눈여겨보았다. 랍비는 자기 음식이 나올 때까지 카운터에 손을 올려놓고 내처 서 있었다. 중국인 남자가 음식을 회색 종이에 포장해서 비닐봉지에 담았다. 랍비가 천천히 지갑에서 돈을 꺼내 세었다.

랍비가 나가려는 순간에야 베그는 손을 들어 아는 체했다. "에데르 랍비님."

혼자 생각에 빠져 있던 랍비가 고개를 들었다. 그러고는 베그의 자리로 왔다.

그들은 얘기를 주고받았다. 랍비는 베그가 먹던 접시를 내려다보았다. 이제야 베그는 어머니 사진 속 촛대 얘기를 할 수 있었다. 그는 자기가 하는 말을 들었다. 침실, 작은 장식장, 베일. 그러자 랍비가 말했다. "메노라는 우리와 떼려야 뗄 수 없는 물건이라오. 그건 아주…… 중요한 거요. 촛대의 일곱 갈래가 우리를 기원으로 돌아가게 하는 길이거든."

그는 다시 베그의 접시를 내려다보고 말했다. "유대인으로서의 첫 끼니를 느꼈구먼. 그런데 벌써 규율에는 어긋났소."

베그가 놀라서 자기 접시를 내려다보았다.

"햄이 있잖소. 트라이프(Treif)●."

베그는 무슨 말인지 알아듣지 못했다.

"코셔(koscher)●●가 아니라오."

그러고 보니 얇게 채 썬 분홍색 햄이 국수에 섞여 있었다. 베그는 그때까지 햄이 든 줄도 몰랐다.

랍비는 실망스러운 눈길로 자기 비닐봉지를 내려다보았다. "뭐, 괜찮소."

그가 다시 나가려는데 베그가 자리에서 일어났다. "하나만요, 하나만 더 묻겠습니다."

● '불순한, 부정한'이라는 뜻의 이디시 어.
●● '적합한'이라는 의미의 단어로, 전통적인 유대교 식사법에 따라 식품을 선택·요리하는 것을 가리킨다.

잘만 에데르가 걸음을 돌렸다. 몸짓에서 초조함이 묻어났다.

"이게 다 오해라면, 그러니까 다 우연의 일치일 뿐이라면 어떻게 되는 겁니까?"

랍비의 얼굴에 음흉한 미소가 떠올랐다. "내가 물어봅시다. 어느 도시에 정육점이 열 개 있는데 그중 아홉 개는 코셔 정육점이오. 경찰 양반이 길에서 꾸러미를 하나 주웠소. 꾸러미를 열어보니 아주 신선하고 먹음직스러운 고기 한 덩이가 나왔소. 이게 코셔 정육일까, 아닐까? 당신은 랍비에게 문의하러 갔소. 자, 그 고기가 코셔 정육일 확률은 얼마나 되겠소?"

"90퍼센트겠지요."

"코셔 정육이니 마음 놓고 먹어도 될 확률은 90퍼센트란 말이지."

"10퍼센트의 확률은요? 코셔 정육이 아니면 어떻게 됩니까?"

랍비가 웃음을 터뜨렸다. "그럼, 끝까지 그런 척하시구려. 입증보다는 반증이 더 어려운 법이라오."

카운터에 앉은 중국인들은 둘의 대화를 전혀 알아듣지 못했으면서 한통속처럼 실실 웃어 보였다.

20. 그리고 여섯밖에
남지 않았다

소년이 비닐 아래서 나왔다. 그의 눈이 안개와 물뿐인 하루를 맞이했다. 눈에 보이는 가장 먼 곳까지도, 온통 소나기와 구름 떼뿐이었다. 동행들은 여기저기 흩어져 낡은 외투와 비닐을 뒤집어쓰고 있었기 때문에 누가 누군지 알 수 없었다. 아슈하바트 사내와 여자가 가장 멀찍이 떨어져 자고 있었다. 소년은 오늘 걷게 될 너른 들판을 바라보았다. 그 단조로운 풍경은 그들이 매일 똑같은 길을 걷는 기분, 동일성의 영원 회귀를 느끼게 했다. 스텝은 지루하게 늘어지는 노래처럼 반복되었다. 스텝은 그들을 괴롭히고 기력을 앗아갔다. 매일 조금씩 그들을 빨아먹다가 결국은 가루가 되도록 빨아버릴 터였다. 소년은 가끔 이 여행을 홀로 하고 싶었다. 동행들 없이 혼자 운을 시험해보고 싶었다. 그가 혼자서 그곳에 다다를 확률은 얼마나 될까? 다른 사람들이 그 없이 성공

할 확률은 또 얼마나 될까?

스스로 방향을 정할 수 있을 만큼 저들에게서 뭔가를 배웠나? 밀렵꾼의 노하우를 흉내 낼 수 있을까? 어디를 파야 먹을 만한 덩이줄기가 나오는지는 아나? 언젠가 혼자 살아남으려면 정신을 더 바짝 차려야 할 것이다.

해가 뜨기 전부터 길을 나서던 시절은 벌써 오래전이었다. 그때의 그들은 정복자였다. 이제는 아침에 몸을 뒤척일 기운도 없었다. 욕설을 퍼부으면서 겨우 꿈을 털어냈다. 벼룩에 물린 자리를 벅벅 긁고 눈을 비볐다. 아침에 일어나 언제나 똑같은 들판을 바라볼 때만큼 막막한 때도 없었다.

그들은 비닐로 급조한 침낭을 둘둘 말아 어깨에 메고 새로운 하루로 나아갔다. 축축한 풀들이 바지를 적셨다. 서로 아무 말도 하지 않았다. 소년의 다 떨어진 오른쪽 신발로 모래가 들어갔다. 그들은 서로 떨어져, 말라죽은 키 큰 풀을 헤치며 걸었다. 소년은 뒤를 돌아보았다. 아프리카와 키다리가 영 가뭇없었다. "어이!" 소년은 그렇게 외치고 어젯밤 야영지로 달려갔다. 신발창이 타닥타닥거렸다. 소년은 어지러웠지만 쉬지 않고 달렸다.

예감이란.

키다리의 잠자리 옆에 흑인이 무릎을 꿇고 있었다. 비닐은 젖혀져 있었다. 키다리는 무슨 말을 하려다 목을 졸린 사람처럼 입을 벌리고 있었다. 그 말이 입 밖으로 나올 일은 없을 터였다. 금갈색 눈동자는 하늘을 노려보고 있었다. 회색 수염에서 빗방울이 흘러내렸다.

흑인은 눈을 감고 기도하는 중이었다. 두 손은 늘 목에 걸고 다니는 십자가를 잡고 있었다. 소년은 여차하면 도망칠 자세로 조심스레 키다리의 발에서 비닐을 걷어냈다. 바짓가랑이가 약간 올라가 있었고, 뼈밖에 남지 않은 시퍼런 정강이가 벼룩에 물린 상처로 너덜너덜했다. 다른 사람들이 다가오고 있었기 때문에 소년은 빨리 움직여야 했다. 시체도 벌떡 일어날 만큼 악취가 진동하는 낡은 운동화였어도 아직 쓸 만했으니까. 왼쪽은 놔도 오른쪽은 한시가 급했다. 운동화 끈을 어찌나 단단히 묶었는지 쉽게 벗겨지지 않았다. 끈을 풀 시간이 없었다. 소년은 잽싸게 운동화를 잡아당겼다. 얼마나 힘을 썼는지 키다리의 몸뚱이가 들썩거렸다.

'알마티, 오, 알마티! 세상이 어쩌다 이 지경이 되었는가! 오, 슬프고도 슬프도다!'

신발이 벗겨지면서 소년은 뒤로 벌러덩 넘어졌다. 이제 모두 현장에 와 있었다. 소년은 오른쪽 신발을 안고 냅다 뛰었다. 힘은 세지 않아도 달리기는 소년이 제일 빨랐다.

소년은 안전한 곳까지 도망가서 뒤를 돌아보았다. 일행이 시체를 둘러싸고 서 있었다. 흑인은 무릎을 꿇은 채 그들을 올려다보았다. 소년은 신발을 갈아신었다. 그에게 너무 크긴 했지만 끈을 조였더니 그럭저럭 걸을 만했다.

신발은 절대적으로 중요했다. 신발이 없으면 끝장이다. 그들 형편에는 신발 한 켤레가 대단한 재산, 외투나 바지와는 아예 차원

이 다른 재산이었다. 물이 으뜸이고 그다음이 신발이었다. 소년은
이 노획물이 자랑스러웠다. 그 누구보다 영리하고 민첩하게 굴었
으니까. 그들 중에서 제일 교활하다는 비탈리를 이긴 셈이었다. 간
발의 차이였지만 말이다.

소년은 전에도 형과 신발 한 켤레를 같이 신었다. 신발은 학교
가는 날에만 신을 수 있었다. 그 신발은 어떤 날에는 형 차지, 어
떤 날에는 소년 차지였다. 그 신발을 소년은 고향을 떠나오면서 신
고 왔다. 형은 이제 학교에 가지 못할 터였다.

길을 떠나온 이후로 벌써 세 번째 신발이었다. 저 멀리 아슈하
바트 사내가 키다리의 막대로 흑인을 위협하는 모습이 보였다. 아
니, 벌써 때린 건가? 흑인은 바닥을 굴러 피한 뒤 자기 보따리를
들고 도망쳤다. 소년의 시선이 흑인을 좇았다. 펄쩍펄쩍 뛰어가
는 모습이 날아오르지는 못하고 슬쩍 떠오르기만 하는 다친 새
처럼 보였다.

비탈리와 아슈하바트 사내는 비닐을 일부 걷어내고 노련한 눈
으로 시체를 살폈다. 뻣뻣한 시체의 팔을 억지로 구부려 가슴에
손을 올려놓았다. 경직된 시체는 말을 잘 듣지 않았다. 키다리에
게 쓸 만한 물건이라곤 없었다. 아슈하바트 사내가 막대만 챙겼
다. 불을 피우거나 흑인을 때릴 때 요긴할 터였다.

소년은 그들이 시야에서 사라지기를 기다렸다가 다시 걷기 시
작했다. 키다리의 유린당한 시체 옆을 지나가다가 잠시 눈길을 주
었다. 찢어진 셔츠, 무릎까지 내려온 바지. 뼈. 손톱. 털과 머리칼.

다른 약탈자들은 거의 아무것도 건지지 못했다. 치골을 덮은 회색 털 사이에 드러난 창백한 성기. 소년은 그 시체를 일개 '사물'로 보고 싶었지만 그러기 힘들었다.

시체는 날 잡아잡수시오, 라는 무방비 상태로 놓여 있었다. 소년은 자신이 얼마나 자기방어로 똘똘 뭉쳐 있는지 깨달았다. 닥치는 대로 다 막을 태세의 '불끈 쥔 주먹'. 마음 놓아도 되는 때란 없었다. 모든 것이 위험을 그림자처럼 끌고 다녔다. 소년은 신경이 바짝 곤두선 한 마리 동물이었다. 확 트인 늘판으로 먹을 것을 구하러 나갈 때도 그는 여차하면 도망칠 수 있었다. 그런 자세가 제 2의 천성이 되었다. 이 여행에서 배운 자세였다.

소년은 가끔 뒤를 돌아보았다. 키 큰 풀 사이로 아프리카 인이 보였다. 무리를 쫄래쫄래 따라오는 개. 개는 두들겨 맞고도 고집스레 돌아와 관심과 자비를 갈구했다. 그들은 개를 더 흠씬 팰 것이다. 개가 자기가 낄 자리가 없음을 깨달을 때까지. 자신이 수수께끼의 이방인임을 깨달을 때까지. 흑인은 집단에 낄 수 없으니 홀로 이 여정을 감당해야 할 것이다. 키다리가 죽었으니 더욱더 그럴 수밖에. 그는 알아야 할 것이다. 스텝을 혼자 가로지르는 것보다 이 무리가 자신에게 더 위험하다는 것을. 이제 시간이 얼마 남지 않았다는 걸 얼른 알아야 할 텐데.

소년은 그의 우직함이 감탄스럽기도 했고 경멸스럽기도 했다. 왜 모욕을 자초한담? 자기가 당할 거라는 것도 모르나? 소년은 돌아서서 고함을 질렀다. "가요! 가버려요!" 흑인이 그에게 팔을 내밀었다. 그가 다가왔다. 소년은 염소를 쫓을 때처럼 "지지! 지지!" 소리를 냈다. 흑인은 고개를 끄덕거리더니 미소를 지었다.

소년은 돌아서서 씁쓸하게 마음을 다잡았다. 어떻게 되든 저 사람 일이야, 난 경고했어, 저 사람도 인정할걸.

새 신발을 내려다보았다. 어른 신발. 아직 구멍 난 데도 없고 신발창도 튼튼했다. 키다리는 이걸 누구한테서 훔쳤더라? 머리를 쥐어짰지만 지금까지의 낙오자들은 이미 기억에 없었다. 아무튼 이제 신발은 소년의 발을 감싸고 있었다. 전쟁터에서 구해낸 신발이었다. 어머니도 그를 자랑스러워할 것 같았다.

지금은 어머니 생각을 할 때가 아니었다.

어머니의 손은 거칠었지만 가끔 소년의 목덜미를 주물러줄 때는 부드러운 느낌이 들었다.

허튼 생각. 어리석은 생각. 소년은 자기가 흘리는 눈물이 싫었다.

들키지 않고 조금씩 접근해야 했다. 줄곧 뒤에서 잘 따라왔다는 인상을 주어야 했다. 너무 갑자기 등장하면 그가 왜 뒤처져 있었는지 저들이 따질 테니까. 누군가가 "애송이 도둑놈이 신발을 신고 나타났네!"라고 하면서 운동화를 빼앗아갈 수도 있었다. 하지만 일행은 고개를 푹 숙이고 계속 걸었기 때문에 소년과의 간격이 점차 좁아지는 것도 몰랐다. 소년은 그들의 뒷모습을 해석해보려 했다. 긴장되고 공격적인 자세? 그냥 체념한 자세?

비탈리가 신발을 빼앗으려 든다면 상처 부위를 공략하면 된다.

팔꿈치 위를 깨물어버리면 되겠지. 그렇다, 소매에 감싸인 그 더러운 상처를 물어뜯으면 놈은 고막이 찢어져라 비명을 지를 것이다. 때리고, 위협하고, 그의 몫을 몇 번이나 빼앗아먹었으니 그래도 싸다. 비탈리는 쓰레기 중의 쓰레기였다. 그래, 어디 덤벼봐라. 놈의 비명 소리가 음악 같을 거다.

다른 사람들에 대해서는 대책이 없었다. 밀렵꾼은 송장처럼 좋고 싫음이 없는 사람이라서 크게 걱정이 되지 않았다. 아슈하바트 사내는 그가 내 석할 상대가 아닌 데다가 기분파였다. 대체로 괜찮은 사람이었지만 한 번씩 꼭지가 돌았다. 그는 팔뚝이 굵고 힘이 좋았다. 출발할 때는 배가 나오고 뚱뚱한 사내였다. 뚱뚱한 사람들이 곧잘 그러듯 한숨을 자주 쉬었다. 스텝은 그의 뱃살을 앗아갔다. 이제 그도 남들처럼 말라깽이였다. 피부가 착 달라붙는 옷처럼 뼈를 감싼 몰골이었다.

이번에도 불을 못 피웠다. 덫에도 무엇 하나 걸리지 않았다. 땅을 파보았지만 아무것도 없었다. 그들은 며칠째 쫄쫄 굶었다. 차라리 죽은 자들이 부러웠다. 죽으면 걱정은 하지 않아도 되니까.

여자가 얼굴을 가리고 뒤쪽을 슬쩍 가리키며 말했다. "그 사람, 거기 버티고 있었지. 치가 떨려 죽겠어. 피를 마시려고 그랬을까?"

"그들은 원래 그래. 우리 몸을 능욕하는 거지." 아슈하바트 사내가 말했다.

"최후에는 놈도 지옥을 보게 될 거야." 비탈리가 말했다.

"끔찍해." 여자가 한숨을 쉬었다.

밀렵꾼이 어둠 속에서 나타났다. 토끼 굴을 발견하고 오는 길이었다. 그는 아프리카 인을 봤다고, 뒤쪽에 누워 있다고 했다.

여자가 살짝 신음 소리를 냈다.

"어디?" 아슈하바트 사내가 물었다.

밀렵꾼이 손짓으로 가리켰다. "그자가 날 봤어. 난 그냥 지나왔고."

"그자가 또 무슨 짓을 하려고 했지?" 비탈리가 물었다.

"나 참, 무슨 말을 하고 싶은 건데?"

하지만 모두 알고 있었다. 흑인은 시체로 배를 불리고 손끝 하나로 비탈리의 팔을 말라비틀어진 가지로 둔갑시킬 수 있었다. 그들의 형편은 점점 나빠지고 있었다. 그런데 흑인의 사정은 점점 나아지고 있었다. 그들에겐 흑인을 보호하는 마법의 결계가 뚜렷이 보였다. 흑인은 그물 조이듯 그들을 점점 죄어오고 있었다.

21. 레아

랍비는 그의 가족이 원래 어디 살던 사람들인지 물었다. 그 뤼네발트 주, 라고 베그가 대답했다. 그의 어머니 집안은 브르스티체 출신이었고 베그가 알기로는 쭉 거기 살았다. 랍비는 고개를 끄덕거리며 브르스티체 얘기는 들어봤다고, 그 지역 랍비에게 편지를 보내 메드베디 가문에 대한 정보를 구해보겠다고 했다. 그러면 결정적 증거를 얻을 수도 있을 것이다.

"이렇게 된 이상, 증거가 있어야만 하겠지." 랍비가 수수께끼 같은 말을 했다.

베그는 행복에 가슴이 벅찼지만 왜 그런지는 자신도 알 수 없었다.

희망과 기대에 부풀어본 것이 마지막으로 언제였던가? 이 질문은 그를 아주 오래전으로 데려갔다. 베그 경사, 그는 진급이 빨랐다. 포도주색 견장에 이런저런 배지를 자랑스럽게 달고 다녔다. 그때 막 잘해보려던 아가씨와 손을 잡고 다녔다. 산책로에 둘밖에 없었던 건 아니지만 무대 조명은 그들에게만 비쳤다. 부두 아래 어두운 강물은 바다를 향해 흘러갔다. 큼지막한 동물이 수면 밑에서 빙글빙글 돌기라도 하듯 소용돌이가 이따금 일어났다. 노천카페 옆에서 악사들이 오중주를 연주하고 있었다. 클라리넷 소리가 참새 떼의 행복한 지저귐처럼 들렸다. 모두가 이른 여름의 온기에 시름을 잊고 행복해했다. 그녀는 베그의 손을 잡고 말했다. "폰투스, 우리 춤춰요." 그는 거절했다. 경찰 학교에서 몇 번 레슨을 받긴 했지만 춤은 영 젬병이었다. 그녀는 베그가 들고 있던 잔을 가로채고는 "이리 와요."라고 했다. 플라타너스들로 둘러싸인 불빛 아래로 그를 끌고 갔다. 곰의 춤, 그녀가 애써봤자 베그의 춤은 그 수준을 넘지 못했다.

그녀는 팔을 뒤로 뻗어 자기 허리를 붙잡은 베그의 손을 풀었다.

"미안해요." 베그가 말했다.

"눈 감아요, 여기엔 아무도 없어요."

그는 눈을 감았다. 눈꺼풀 너머로 불빛들이 붉은 섬광을 던지며 지나갔다.

그녀는 광산공학을 전공하는 학생이었다. 학위 과정의 일부는 무르만스크의 어느 공장 연구소에서 이루어졌다. 인회석으로 과린산 석회 비료를 만드는 공장이었다. 그녀는 이런 단어들을 써서 재잘재잘 얘기하곤 했다! 베그의 일생에 그보다 더 아름다운 음악은 없었다.

그녀의 아버지는 당의 지역 위원회 지도자이자 볼가 강 근처에 있는 제강 회사 사장이었다. 구체제가 무너지고 국부(國富)가 재분배된 후에 등장한 신흥 귀족이었던 셈이다.

아, 사랑에 빠진 사내는 그러한 황홀경이 생의 자연스럽고 참된 조건이라고 생각한다. 그러한 조건을 박탈당한다면 그보다 부당한 일이 있으랴! 사랑 없이 어찌 살라고? 이제 그는 새로이 눈을 떴다. 실제로 어떻게 해야 하는지도 알고, 재미도 붙일 것이다. 그때부터 그는 그렇게 살 것이다. 그 정념, 그 얼떨떨한 기분 속으로 더욱 깊이 들어갈 것이다.

사랑하는 여인의 입가에 번지는 미소는 그가 위대한 비밀을 통찰했다는 표시다. 그는 입문자, 사랑의 아편에 취해 현실의 칙칙한 베일 너머를 바라본 것이다. 소망의 때다. 늘 같은 음식 냄새가 문틈으로 들어오고, 애들은 늘 복도에서 소리를 지르고, 노병 소리를 듣기엔 아직 너무 젊은 위층 남자가 볼륨을 크게 높이고 군악을 듣는다. 그래도 사랑에 빠진 사내에겐 모든 것이 다르게 보인다. 정말 그런 일이 예전만큼 짜증스럽지 않았나? 소음이 전처럼 시끄럽게 느껴지지 않았나? 이웃집에서 타지키스탄 이민자가 고기를 구우며 뿌린 역한 향신료 냄새가 풍겨와도 견딜 만했나?

28년 후, 폰투스 베그는 다른 도시, 다른 집에서 거실 탁자 앞에 앉아 어두운 유리창에 비친 자기 모습을 보고 있다. 중국의 현자들은 체념과 허무를 말했지만 베그는 행복한 삶이 항상 어떤 기대를 동반한다고 생각했다. 대숲에 앉아 강물이 흘러가는 모습을 관조할 때는 초연해지기 쉬워도, 온수관과 하수도관 소음이 유난스러운 6층에서 그러기는 쉽지 않다. 이웃집에서 변기 물 내리는 소리를 들으면서 그럴 수 있나? 탁자 아래 그의 양말이 널려 있었다. 그가 생을 열망했던 기억들에는 늘 기대와 바람이 있었다. 새 날을 맞이한다는 생각의 도취감. 그도 그런 감정을 느낄 수 있는 인간이었다. 지금은 상상도 할 수 없는 일이지만 그도 한때는──아무도 듣지 않을 때──사랑 노래를 부르곤 했다. 아무도 없는 거리에서 펄쩍 뛰어올라 재주를 피워보기도 했다.

기억도 가물가물할 만큼 오래전의 일이다. 일단 낙원에서 쫓겨난 후로──이 추방은 아주 단계적이었기에 처음에는 무슨 일을 당하고 있다는 자각조차 없었다.──그의 삶은 고통과 불편을 차단하는 데 집중되었다. 접시를 닦고, 질서를 유지하고, 그렇게 혼돈을 다스렸다. 오늘이 어제 같고 내일도 오늘 같은데 굳이 어느 하루를 기억할 필요가 있는가? 그는 과하지도 않고 모자라지도 않게 중도를 추구했다. 그래도 가끔은 알코올 중독자, 마약 중독자들이 부러웠다. 그들은 트램펄린에서 뛰어놀듯 하늘 높이 솟았다가 바닥으로 곤두박질하기를 반복했다. 그러다가 결국은 치아 하나 남지 않은 몰골로, 느리고 비참한 죽음을 맞았다. 베그는 그들로부터 부르주아지를 보호했다(그는 '부르주아지'라는 이 단어를 좋아했다. 하늘의 별들이 그렇듯 모든 것에 정해진 자리가 있는 세상이 연상되었기 때문이다.). 구제 불능인 자들은 가옥과 상점을 턴다. 으슥한 골목에서 지나가던 행인의 목을 딴다. 그들은 도취와 절망에 빠져 질서를 교란한다. 폰투스 베그는 평범한 시민들이 고만고만하게 살아갈 권리를 수호한다. 세상은 미쳤다. 모두가 양심도 없이 제 잇속만 채운다. 중도를 지켜야만 최소한의 질서와 평화를 보장할 수 있다.

그녀의 편지들이 아직 있을까? 당연히 모아두었다. 베그는 저녁에 술을 넉 잔 마신다. 더도 덜도 아닌 넉 잔. 그는 괜히 차가운 발과 뜨거운 발로 집 안을 돌아다니고, 편지를 다시 펼쳐보고, 사진을 들여다보고 싶지 않다. 거짓 추억을 떠올리며 우울한 한숨을 쉬고 싶지도 않다. 우울증에 따른 알코올 의존증, 그거야말로 최악이라고 푸시킨도 말하지 않았던가.

그녀보다 앞서 만났던 여자들도 있었다. 그는 때때로 사랑에 빠졌다. 하지만 마음이 계속 가는 여자는 없었다. 어떤 여자는 입 냄새가 고약했고, 또 어떤 여자는 웃는 게 꼭 하이에나 같았다. 그는 상대의 결점을 깨달을 때의 실망감, 씁쓸한 후회를 기억했다. 상대가 매사에 흠잡을 데 없기를 바랐다.

그는 갑자기 벙어리가 되곤 했다. 꼭 필요한 말 아니면 입을 열지 않았다.

그러면 여자들은 말이 많아졌다. 아, 그 질문들이라니!

무슨 생각해?

왜 아무 말도 안 해?

도대체 왜 말을 안 하는데?

하얀 얼굴에 실망이 떠올랐다. 그녀들은 불확실성에 진저리를
냈다. 그래도 베그는 침묵을 고수했다. 불편하고 당혹스러운 일이
었다. 여자들은 각자 나름의 결론을 끌어냈다. 말다툼과 가식으
로 시간을 좀 끌다가 결국은 끝이 났다. 그는 다시 혼자가 된 것
이 행복했다.

레아는 입 냄새가 고약하지 않았다. 하이에나처럼 웃지도 않았
다. 거슬리는 면이 하나도 없는 여자였다. 완벽한 여자. 할 말이 있
으면 편하게 하고, 교육을 잘 받았지만 컴컴한 강둑에서 섹스를
할 만큼 야생적인 혈기도 있는 여자였다. 그날 밤, 그들은 자유 유
럽 라디오(Radio Free Europe)를 듣고 있었다. 청취가 금지된, 흥미
진진한 채널이었다. 베그도 불법인 줄은 알고 있었지만 어떻게 이
사랑스러운 여자가 하는 일이 나쁜 짓일 수 있겠는가?

여름이었다. 그녀는 「예브게니 오네긴」과 「첫사랑」을 선물했다.
베그가 문학 작품을 읽은 것은 그때가 처음이었다.

그는 시골 출신이었고 아버지는 콜호스●에서 일했다. 아버지는
오후와 저녁 시간에만 자기 땅 농사를 돌보았다. 4분의 1 헥타르
남짓한 그 땅의 소산으로 온 식구가 먹고살았다.

● 소비에트 연방에서 활성화되었던 집단 농장.

폰투스는 망치를 들고 나가 이웃의 모든 농부들을 위해서 밭의 경계를 표시하는 말뚝을 박아주곤 했다. 그는 어깨가 떡 벌어졌고 가슴 근육도 튼실해졌다.

폰투스가 마당을 걸을 때면 병아리들이 삐악삐악 울면서 어미의 날개 밑에 숨곤 했다. 암탉은 가벼운 날갯짓으로 깃털을 한번 털어내고는 다시 웅크렸다. 암탉은 병아리들을 한데 품은 채 머리를 까딱까딱하면서 베그를 따라왔다. 폰투스는 엄마 품보다 더 확실한 둥지는 없다고 생각했다.

겨울이 왔고, 그는 암탉을 잡았다. 배를 갈랐더니 발달 단계가 각기 다른 달걀들이 나왔다. 가장 작은 알은 노른자밖에 없었다. 전부 프라이를 만들어 먹었다. 먹을 수 있는 거라면 아무것도 허투루 버리지 않았다.

아, 레아. 그가 자기 물건을 그녀의 엉덩이에 비벼댈 때 그녀는 고개를 돌리고 속삭였다. "그렇게 세게 안지 마."

그는 물에 빠진 사람이 나무토막 붙잡듯 그녀를 우악스레 껴안았던 손을 풀었다. 자기가 왜 그렇게 힘을 주었는지 이해가 가지 않았다.

베그가 한 번 더 미안하다고 했더니 레아는 "괜찮아, 너무 세게 안지만 마."라고 했다.

그는 다시 혼자만의 상념에 빠졌고, 그녀의 숨은 점차 차분하게 돌아왔다.

레아가 그의 입 냄새를 고약하게 여기지 않기를, 그를 하이에나 같다고 생각하지 않기를! 그는 자신의 미숙함을 숨기려 침묵을 고수하고 싶었다. 하지만 함께 술잔을 기울이다 보니 아무 말도 하지 않겠다는 결심을 깜박했다. 그녀는 베그가 하는 말에 많이 웃었다. 너는 너무 웃겨, 라고 레아가 말했다. 그는 이 여자를 웃길 수 있다면 그저 제일 좋았다.

"유머는 고차원적인 형태의 지성이라고 생각해." 그녀가 말했다.

"지적이지만 유머가 없는 사람들도 있어." 베그가 대꾸했다.

"우리 아버지가 그래!"

그는 그녀의 아버지를 알지 못했다. 아직 부모님을 소개받지는 못했으니까. 그녀는 서두르는 기색이 없었다.

"유머 감각이 풍부한 바보들도 있을까?" 레아가 물었다.

그는 경찰 동료들을 생각했다. 그들은 이따금 함께 왁자지껄하게 폭소를 터뜨리곤 했다. 그는 어깨를 으쓱했다. 유머의 종류가 좀 다르다고 할까.

"종류가 다르다……. 맞아, 그럴 수 있지. 하지만 다행히 넌 정말 재미있어."

그녀에게 재미있는 사람으로 보였다면 똑똑하다고 인정받은 셈이리라. 베그는 조금 주저하면서 그렇게 결론을 내렸다. 자기가 재미있고 똑똑한 사람이라고 생각해본 적은 한 번도 없었다. 경찰학교에서 어렵잖게 간부 양성반에 들어가긴 했다. 지적 역량도 고려하지만 주로 신속한 판단력과 실행력을 보는 시험이었다. 그런 면에서 그는 최고이긴 했다. 하지만 머리가 좋다고 하려면 연구소

에서 일하는 생화학자나 로켓 발사 기지에서 일하는 공학자 정
도는 되어야 하지 않을까. 6년 경력의 경위는 명함도 못 내밀 것
같았다.

1월에──그들의 연애는 세 번째 계절을 맞았다.──그녀는 말이
없어졌다. "겨울이잖아. 겨울은 참 길기도 하지. 난 겨울에 기분
이 많이 처져."

그녀는 전화를 받지 않을 때가 났았다. 때로는 전화벨이 한참
울린 후에 받고는 "이따가 다시 할게."라면서 끊어버렸다.

그는 봄이 오기를 고대했다. 눈의 여왕님께서 봄을 맞아 마음
이 녹기를, 그들의 연애가 전처럼 살아나기를 바랐다. 그를 바라보
는 그녀의 눈동자가 다시 빛나리라. 다시 한 번 그녀가 배를 잡고
깔깔대리라. 지금은 그가 아무리 너스레를 떨어도 크게 웃어주지
않았다. 그녀는 이제 씁쓰레한 미소나 지을 뿐이었다. 집에 혼자
있고 싶다고 할 때도 많았다. "컨디션이 좋지 않아서 그래, 폰투
스. 그 자리는 자기 혼자 가. 내일은 좀 나아지겠지."

다른 여자 친구들을 만난다고 할 때도 많았다. 그가 이름을 들
어본 적도 없는 친구들이었다.

그들의 만남은 늘 '내일'로 미뤄졌다. 이 '내일'은 이를테면 경
찰 학교 바 카운터 뒤에 '내일은 보드카 공짜'라고 써놓은 장난 비
슷했다. 내일은 보드카가 공짜다, 오늘은 말고 내일을 기대해라.

이제 그는 이별을 예감하고 있었다. 그러나 어쩌다 가끔 밤을

함께 보내고 나면 다 잘될 거라는 기대가 살아났다. 이 빌어먹을 겨울만 넘긴다면. 봄이 돌아오기만 한다면. 내일은, 내일은 공짜 보드카를 마실 것이다.

그는 "왜 그렇게 말이 없어?"라든가 "무슨 생각을 하는 거야?"라고 묻곤 했다. 그녀의 마음이 녹지 않을 줄 알면서도 그랬다. 얼음이 녹아 강으로 흘러들기 전에, 그녀는 그를 버릴 터였다.

마침내 그녀가 전화로 이제 그만하자고 했다(정확히는, 뭔가 굉장히 노력이 필요한 일을 했다는 듯이 "이제 못하겠어!"라고 했다). 그는 형식적인 절차라는 느낌밖에 들지 않았고, 자기가 누렸던 그런 행복이 다시는 없으리라는 것을 알았다.

22. 흙

들판에 폭우가 쏟아지는 바람에 소년은 한밤중에 깼다. 빗
줄기가 무섭게 내리꽂히고 있었다. 비닐 아래서 얼굴을 내밀어 지
평선을 살펴보니 동이 트려면 아직 한참 남은 것 같았다. 그는 얼
른 비닐을 다시 뒤집어썼다. 군데군데 구멍이 났기 때문에 젖지
않으려면 자세를 잘 잡아야 했다. 비닐에 탁탁 물 떨어지는 소리
가 울렸다. 뼛속까지 얼어붙을 만큼 추웠지만 불을 피울 방도가
없었다. 그들이 버티지 못할 한계란 없는 것처럼 생각될 지경이었
다. 죽음만이 이 광막한 땅을 헛되이 헤매는 나날에 마침표를 찍
을 수 있었다.

키다리가 생각났다. 하지만 혐오스러운 나체의 기억도 희미해
졌다. 모래가 그의 몸을 거의 덮어버렸다.

소년은 다시 몸을 둥글게 말았다. 그러고는 말똥말똥한 눈으로

새벽을 기다렸다.

혹인은 계속 조금씩 더 다가왔다. 그는 차츰 무리에 병합되었다. 처음에는 팔 한쪽만, 그다음에는 다리 한쪽만, 그런 식으로 서서히.

하지만 그 접근이 눈에 띄지 않았던 것은 아니다. 여자는 자주 뒤를 돌아보았다. 그녀는 늘 아슈하바트 사내 가까이서 걸었다.

비, 쉬지 않고 퍼붓는 비. 다들 터럭 한 올까지 쫄딱 젖었다. 소년은 자기 뒤를 따라오는 구부정한 그림자들을 보았다. 오랜 잠에서 깨어난 죽은 자들의 영을.

어기적어기적 걸어가는 시커먼 형체들이 소년의 꿈에 나오곤 했다.

도로도 마을도 없는 평원을 얼마나 걸을 수 있을까? 지구를 한 바퀴 돌아 제자리로 온 것 같았다. 그들이 모르는 사이에 인간 세상이 사라졌는지도 모른다. 소년은 궁금했다. 아직도 인간들이 있기는 한 걸까? 다들 어디로 숨었을까? 아니, 이 상황에선 염소나 암소 한 마리만 눈에 띄어도 기적이다! 덩실덩실 춤을 출 일이다! 그들은 그 가축에 키스와 축복을 퍼붓고 당장 잡아서 머리부터 발끝까지 먹어치우리라. 암소, 그래, 암소 한 마리만 나타나준다면. 소년이 맨 먼저 소를 발견한다면 그 소를 타고 떠나리라. 다른 사람들은 버려두고, 소를 타고 새로운 세계에 입성하리라. 거리엔 꽃술이 주렁주렁 달리고 모두들 스텝에서 살아남은 자를 환영하

리라. 과자와 지폐, 달콤한 주전부리와 꽃술이 쏟아질 테지. 암소
는 머리채가 풍성한 여인의 집 앞에서 멈출 것이다. 그 여인이 소
년을 목욕시키고 포근한 천으로 감싸주리라. 그러고는 소년이 한
번도 누워보지 못한 푹신한 침대로 데려가리라.

일곱 낮, 일곱 밤을 자리라⋯⋯.

소년은 자기도 모르게 남들보다 한참 앞서 걷고 있었다. 뒤를
돌아보았다. 아슈하바트 사내가 키다리의 막대를 크게 휘저었다.
또 싸움이 났나? 저 사람들은 싸움이 지겹지도 않은가? 한 명만
무리에서 벗어나 혼자 걷고 있었다. 밀렵꾼이었다. 여자가 그다음,
그리고 다른 두 사내가 있었다. 소년이 눈을 가늘게 떴다. 그들의
뒤쪽으로도 뭔가 움직임이 보였다. 흑인이었다. 흑인은 포기를 몰
랐다. 쓸데없는 짓이었다. 흑인은 이제 무리에 낄 수 없었다. 그러
기엔 그들의 공포가 너무 컸으니까. 흑인이 너무 가까이 다가가면
그들 손에 죽을 것이다.

빗물이 고여 여기저기 웅덩이가 생겼다. 소년은 왼손으로 땅을
짚고 오른손으로 흙탕물을 떠먹었다. 한 모금 마시고 잠깐 고개
를 들고, 또 한 모금 마시고 고개를 들기를 반복했다. 말소리가 들
렸다. 일행이 다가온 것이다. 잿빛 빗줄기 사이로 머리칼만 붙어
있는 퀭한 눈의 해골들이 나타났다. 그들은 말없이 소년 앞을 지
나갔다.

소년은 혼자 생각에 골몰한 채 여자 뒤에서 걸어갔다.

여자가 가끔 걸음을 멈췄다. 그녀는 허리를 숙이고 뭔가를 주워

서 입으로 가져가곤 했다. 소년이 그 동작을 알아차리고 얼른 옆으로 달려갔다. "뭐예요? 뭐 먹어요?"

놀랍게도, 그녀는 축축한 흙을 한 움큼씩 집어서 입에 넣고 있었다. 여자의 입가가 모래투성이였다. 힘겹게 목구멍으로 흙을 넘기고 또 한 움큼을 집었다. 소년은 인상을 쓰면서 그녀의 어깨를 잡았다. "그만해요!"

여자는 아랑곳하지 않았다.

"모래는 먹는 거 아니야! 사람은 모래를 먹지 않는다고요!"

여자가 입을 닦았다.

소년은 여자에게 잘 설명하고 싶었다. 왜 모래를 먹었나? 몸에 안 좋으니까 그만둬야만 했다. 이 여자는 죽고 싶어서 그랬나?

여자는 희미하게 미소를 띠고 소년을 바라보았지만 그 눈은 그를 보고 있지 않았다. "날 내버려둬. 이제 괜찮을 거야. 주님이 원하신다면."

그들의 머리 위로 먹구름이 한데 뭉쳐 지나갔다. 소년은 무거운 마음으로 다시 혼자 걷기 시작했다. 그들은 죽음을 선고받았다. 이제 희망은 없었다.

그래도. 그래도 말이지.

소년에게는 꼭 살아남으리라는 묘한 확신이 있었다. 자기는 구조되고 말 것이라는 확신이.

그러나 여자는 모래를 또 움켜쥐었다. 그녀는 끝났다. 모래를 먹으면 안 되는 거다. 여자는 졌다.

소년의 마을에는 여러 집이 살았다. 기록되지 않은 옛날부터 사람들은 산허리를 계단식으로 깎아내고 가슴께까지 돌담을 쌓은 후 그 안에 흙을 채웠다. 그렇게 돌을 층층이 쌓아주지 않으면 흙이 빗물에 산비탈을 타고 다 떠내려가기 때문이다. 고지대는 비옥한 흙이 없기 때문에 골짜기에서부터 흙을 가져왔다. 나귀나 픽업트럭 짐칸, 소형 트럭에도 흙을 싣고, 고생스럽게 걸어서 고지대로 돌아갈 때면 반드시 주머니에 흙을 가득 담았다. 그들은 조금씩 흙을 산허리 마을로 가져갔다. 농사지을 수 있는 흙이다 싶으면 반드시 가지고 올라갔다. 고지대 마을 사람들은 볼품없는 배추, 호박, 감자, 양파라도 키워주는 이 검고 찰진 흙을 가장 귀히 여겼다.

아이들은 나무 발판에 올라가 망을 보았다. 마른 옥수수 잎이 바스락댔다. 아이들은 새총으로 까마귀를 쏘았다. 한 마리라도 잡히면 다른 까마귀들에 대한 경고의 의미로 죽은 새 머리가 아래로 가게 작대기에 매달아놓았다.

산은 사람을 투박하고 구부정하게 만든다. 산에 사는 사람들의 삶과 죽음은 조상들의 그것과 다르지 않았지만 골짜기에서는 새로운 시대가 열렸다. 고지대에는 현대성이 찔끔찔끔 한 방울씩만, 기묘하게 왜곡된 파편으로만 들어왔다. 현대성을 설명하고 논리적으로 이해시킬 수 있는 맥락에서 뚝 떨어져나온 파편으로만. 현대성은 공포와 기대를 자아냈다. 비와 바람에 자꾸 쓸려가는 농토를 보충하려고 수백 년, 수천 년 거듭해온 흙 나르기를 이제 하지 않아도 된단 말인가?

한 집에서 먼 세상으로 개척자를 보냈다. 또 한 명을 더 보냈다. 전에는 그 마을 젊은이들이 불확실한 것을 좇아 집을 멀리 떠난 예가 없었다.

남은 자들은 기도하며 기다린다. 풍요를 알리는 첫 전갈이 오기를 가슴 졸이며 기다린다.

저 멀리서 한 소년이 길을 내며 걸어간다. 그는 땅과의 연합을 방랑 생활과 바꿨다. 바람이 평원을 건너가라고 그의 등을 떠민다. 오늘 그는 흙을 먹는 여자를 보았다. 그가 산허리까지 지고 오른 흙이 얼마나 될까? 그래도 흙을 먹다니? 그런 적은 없었다. 흙은 더럽다. 먹는 게 아니다. 그건 죄악이다. 소년은 이 여행에서 세상에 있을 수 있는 거의 모든 죄악을 보았다. 그 죄악들은 소년이 상상할 수 있는 수준을 넘었다.

그는 고향에 돌아갈 수 없다는 것을 알았다. 그는 열쇠 구멍으로 빠져나왔지만 도로 들어간다는 것은 불가능했다.

"망할." 아슈하바트 사내가 그날 저녁 이빨 하나를 두 손가락 사이에 들고 놀랍다는 듯 내뱉었다. 금으로 씌운 윗니들 사이에 구멍이 생겼다. 그는 치아가 뽑힌 자리를 조심스레 만져보았다. "내가 뽑아버린 셈이 됐네." 그가 우울하게 투덜거렸다.

비탈리는 비닐과 넝마를 칭칭 감고 누웠다. 그는 점점 더 남들과 어울리지 못했다. 통증이 너무 심해서 하루 종일 한마디도 하지 못했다. 온 신경이 활활 타는 듯한 상처에 집중되었다. 고통 이

외에는 아무 생각도 할 수 없었다. 고통은 나눌 수 없는 것, 지독히 외로운 것이었다.

지척에서 인기척이 났다. 그들은 몸을 일으켰다. 흑인이 비를 가르며 다가오고 있었다. 아슈하바트 사내가 외쳤다. "망할!" 그는 막대기를 들었다. "아프리카!" 대답은 들리지 않았다. "어이, 아프리카!" 사내는 두 손을 입에 대고 소리를 모아 외쳤다.

흑인은 비닐을 펼쳐놓고 풀숲 너머로 사라졌다.

"우리가 이렇게 해야 해?!" 아슈하바트 사내가 실실이 뛰었다.

풀 스치는 소리가 났다.

밀렵꾼과 아슈하바트 사내가 그쪽으로 몇 발짝 다가갔다. 하지만 그들 역시 움직일 기력도 없었다. 소년과 여자는 그들의 자신 없는 뒷모습을 바라보았다.

"그 새끼를 죽여! 죽이란 말이야, 제발!" 비닐 더미 아래서 비탈리의 목소리가 들렸다.

아슈하바트 사내가 비탈리에게 말했다. "닥쳐, 쥐새끼 같은 놈아, 죽이고 싶으면 네가 직접 죽여."

"겁쟁이 새끼." 비닐과 넝마 뭉치가 대꾸했다.

소년은 갑자기 미칠 것 같았다. 아슈하바트 사내가 막대기로 넝마 뭉치를 두들겨 패면 좋겠다 싶었다. 더는 추잡하고 역겨운 말을 듣지 않아도 되게끔 끝장을 내주기를 바랐다. 넝마 뭉치에서 피가 철철 흐르면 마침내 평화가 올 터였다.

밀렵꾼은 흑인이 사라진 자리를 뚫어져라 바라보았다. 무슨 생각을 하는지는 알 수 없었지만 그곳에 한참을 그러고 서 있었다.
마치 진창에 발이 빠진 나귀처럼. 어쩌면 그도 같은 생각을 하고
있었을 것이다.

23. 신학 논쟁

"경전을 읽는 것부터 시작하시게." 에데르 랍비가 성가시다
는 듯 말했다. 손님의 질문 공세가 끊이지 않았기 때문이다. 베그
는 유대교 회당에서 책을 바리바리 싸들고 집으로 돌아갔다. 그는
거실 탁자에서 책을 읽기 시작했다. 그동안에도 그의 다리는 잠시
도 가만히 있지 못했다. 머리가 가려웠다. 랍비가 특별히 지침을 주
지 않았기 때문에 그는 아무렇게나 읽어댔고 금세 뭐가 뭔지 모르
게 됐다. 4,000여 년의 역사가——민간 신앙, 도덕적인 우화, 랍비들
의 가르침 등이——이 책들 속에 깃들어 있었다. 가끔 재미있는 대
목도 나왔다. 가령, 여자를 포도주통에 앉혀놓고 입 냄새를 맡아
보면 그녀가 처녀인지 아닌지 알 수 있다든가. 만약 입에서 포도
주 냄새가 나면 그 여자는 처녀가 아니라나. 고대 랍비들은 그 방
법으로 처녀를 감별했다고 한다.

신학적 측면에서는 불협화음을 일으키는 견해, 해석, 주석에 대한 주석이 굉장히 많았다. 합의에 도달한 논제도 없고, 한 방향으로 해결된 문제도 없었다. 난장판이었다. 신의 이름을 불러도 되는지 안 되는지 분명치 않았고, 그 이름이 엘로힘인지 야훼인지 하솀인지도 아리송했다. 책에는 이 이름 저 이름이 엉망진창 뒤섞여 있었다.

토라가 어디서 나왔다는 건지도 이해가 가지 않았다.

이 책에서는 유대인이 신에게 선택받은 민족이라고 주장했고, 저 책에서는 신이 그들에게 성스러운 책을 받도록 강요했다고 주장했다. 그들이 거부하면 산을 무너뜨리겠다고 신이 협박해서 계약이 성사되었다나. 그래도 신비주의자 유다 할레비●의 책을 읽으면서 신이 처음부터 유대 민족을 편애했다는 생각을 따라잡을 수 있었다.

베그는 특히 『쿠자리』를 재미있게 읽었다. 할레비의 이 저서는 유대인 철학자와 하자르 왕의 대화 형식으로 되어 있다. 왕과 하자르 백성은 유대교로 개종했다. 그러나 왕은 개종에 앞서 유대인 철학자에게 궁금한 것을 조목조목 물어봤다. 하자르 왕도 베그만큼 이 종교를 잘 모르는 인물이었다. 왕과 유대인 현자의 대화는 재치 있고 익살맞았다. 왕이 유대인들은 금송아지를 숭배하지 않았느냐고 지적했더니, 현자가 그에 대한 하느님의 진노는 하느님께

● 11세기 스페인에서 활동한 유대교 철학자.

서 유대인을 애지중지하신다는 증거가 된다고 대답했다.

왕이 말했다. "그렇게 말할 수 있겠지요. 그렇지만 금송아지 숭배는 가장 나쁜 죄 아닙니까?"

철학자가 대답했다. "조금만 기다리십시오, 제가 폐하께 신께서 이스라엘 민족을 자기 백성으로 선택하신 이유를 알려드릴 테니까요."

이방인은 개인 자격으로 우리에게 합류하니 축복을 누릴 수 있지만 그래도 우리 유대인과 동등해지지 못합니다. 유대인은 단순히 신이 우리를 창조하셨기 때문에 토라를 받은 게 아닙니다. 신께서 우리를 이집트에서 끌어내시고 선택해주셨기에 토라가 우리에게 주어진 겁니다. 율법이라는 선물이 신이 우리를 만드셨다는 사실의 직접적 결과라면 흑인과 백인은 모두 신의 피조물이니 율법 앞에 평등할 겁니다.

베그는 이 추론을 거듭 읽어보고 누구나 다 아는 빤한 말이라는 결론을 내렸다. 자기 자신을 정의하려는 자는 본래 타인을 깎아내리게 마련이다.

우리는 우리 종교에 귀의하는 자들이 법도에 맞게 말해도 우리와 동등해진다고 생각지 않습니다. 정결 의례, 공부, 할례, 그 밖에도 많은 계율을 준수해야만, 그렇게 수고스러운 실천을 통해서만 우리와 같아질 수 있지요. 나아가, 개종자는 우리와 동일한 생활 방식을 취해야 합니다. 할례는 신께서 친히 마련하신 습속으로서, 우리의 정념을 지배하는 신체 기관을 신께서 다스리시도록 흔적을 남겨 늘 명심케 한다는 목적이 있습니다. (……) 이스라엘 백성의 길을 따르는 자와 그 후손들에게는 신께 더 가까이 다가가는 아름다운 상급이 있을 것입니다.

그러나 개종자가 날 때부터 유대인인 자와 같을 수는 없습니다. 유대인은 예언에 특히 능하고 이방인들은 유대인의 예언을 통해서만 깨달음을 얻어 신과 각별한 사이가 되기 때문입니다. 그들은 율법학자는 될 수 있으나 예언자는 되지 못합니다.

베그가 이런 유의 글에 대해서 생각해보지 않은 지는 아주 오래됐다. 그는 글자들이 눈앞에서 춤을 출 때까지 오래도록 이 글을 들여다보았다. 안락의자에 풀썩 앉아 담배 연기를 천장에 뿜었다. 그는 이 괴상한 무리에 끼고 말았다. 유대 민족의 특권이 솔깃하면서도 짜증스러웠다. 그리스도교도나 이슬람교도는 마음먹기에 따라 될 수 있지만 유대교인은 그렇게 안 된다는 뜻 아닌가. 완전한 유대교인은 못 되는 거다. 개종자는 나머지 몫이라도 고생해서 차지해라. 신자가 되든가, 율법학자가 되는 방향으로. 하지만 개종자가 열망하는 최종 단계, 즉 노른자는 유대인 차지다. 상당히 불공평한 이론이지만 그 자신은 선택의 따뜻한 빛을 받는 입장이었다. 그는 유대인 어머니에게서 태어났으니 그런 불공평을 걱정하지 않아도 된다. 기억의 광산에서 은빛 연기가 솟아나 표면으로 떠올랐다. 그는 그 연기에서 새어나온 노랫소리를 들었다.

한쪽 발이 차가워진 후로 너무 많은 것이 생각났다. 꿈속에서, 몽상 중에, 떠오르는 일화와 장소가 참 많기도 했다. 모든 것이 발이 차가워지면서 시작됐다고 말해봤자 차가운 발과 추억은 직접적으로 아무 상관이 없겠지만, 어쨌든 지금 그는 책을 쌓아놓고 유대교를 연구하는 중이었다.

사징이 시나 있었나. 다니오를 겨롱시노 않았는데.

폴라넨 거리 사람들은 보도 옆에 세워진 흰색 라다에 익숙해졌다. 골목으로 경찰이 지나가도 중국 식당 사람들은 그러려니 하게 되었다. 베그는 손에 비닐봉투를 들고 유대교 회당으로 통하는 계단 밑에서 기다리곤 했다. 그는 랍비에게 차나 케이크를 선물로 가져왔다. 그 정도는 자기가 해야 한다고 생각했으니까. 종교를 논하면서 가벼운 간식과 향기로운 크라스노다르산 홍차가 빠질 수 있나.

그는 랍비가 왜 이방인 개종자는 온전한 유대교인이 못 되고 이급 신도에 머물러야 하는지 설명해주기를 원했다.

"그 문제에 대해서는 다양한 시각이 있소." 주방 탁자에 서로 자리를 잡고 앉았을 때 랍비가 말했다.

"그럴 줄 알았습니다." 베그가 실망을 내비쳤다.

"일반적으로 정통파 유대인들이 그렇게 생각하지."

"할레비의 책에서 봤습니다만."

"위대한 자 할레비."

"어젯밤에 다 읽었죠."

"아주 중요한 저작이라네."

"그 책에도 그렇게 나와 있더군요."

"내 생각도 다르지 않네. 개종자는 99퍼센트 유대교인이지. 그래도 부족한 건 부족한 거야."

"할레비는 그걸 예언적 요소로 보더군요."

"족장들을 거쳐 우리에게 전해온 것이지. 아담에서 셋에게로, 라멕에서 노아에게로, 아브라함에서 이삭에게로, 이삭에서 야곱에게로, 야곱에서 그의 아들들에게로. 모세와 아론은 40년간 광야에서 그 빛을 받들었다가 후계자에게 물려주었네. 이방인이 어떻게 그 빛을 누릴 수 있겠나? 이방인은 유대 백성의 족장들과 무관한 자일세." 랍비가 시선을 들었다. "경찰 양반은 이급 유대교인 운운하면서 분란의 소지를 만들고 있네. 나는 단지 유전적으로만 전달 가능한 특성이 있다고 말하고 싶군. 다른 집안에서는 볼 수 없고 어떤 집안에서만 특징적으로 나타나는 붉은 머리 같은 거라네."

베그는 눈을 감았다. 생각에 집중할 필요가 있었다. "랍비님은 그러니까…… 거리가 남는단 말씀이죠? 예언자들은 유대인들입니다. 그들은 신과 가깝고 신묘한 것을 보고 듣습니다. 개종자는 그 감수성을 타고나지 않은 탓에, 신에게 다가갈 수는 있으나 결코 완전한 유대교인이 되지 못합니다. '1퍼센트의 어떤 것'은 신이 비유대인에게 고수하는 약간의 거리죠. 그 거리는 뛰어넘을 수 없는 거고요."

"신은 우리 가까이 계시지. 역으로, 우리도 신과 가까이 있고. 이방인은 다리를 건너갈 수 있으나 강 너머로 완전히 넘어가진 못한다네. 안달루시아의 랍비 할레비와 미카일로폴의 랍비 에데르가 그 점에는 의견의 일치를 보지. 차를 좀 더 드시겠나? 늘 차를 가져오는데 당연히 좋아하시겠지?"

베그가 고개를 끄덕거렸다.

"이제 알았나? 바로 그 점을 비유대인들은 못 참는 거라네. 하느님은 우리를 불쌍히 여기시고 이집트에 재앙을 내려 우리를 탈출시키셨지. 광야에서는 구름기둥, 불기둥을 앞세워 우리를 인도하셨고 시나이 산에서 우리와 계약을 맺으셨네! 엄청난 말씀을 주셨어!"

랍비는 찻잔에 더운 물을 따랐다. 그의 수전증은 섬세한 동작을 할 때 더 심해졌다.

"아버지가 예뻐하는 아들은 온 집안에 질투를 불러일으키지." 랍비는 베그를 등진 채 계속 말했다. "야곱은 요셉을 편애했네. 다른 아들들은 요셉을 죽이고 싶어 했지. 질투란 그런 거야! 요셉도 예언적인 꿈을 꾸었지. 장차 닥칠 현실을 꿈으로 꾸었던 걸세. 예언적 요소를 그가 물려받았던 게야. 비록 요셉은 박해받았지만 그런 빛은 쉽게 꺼지지 않는다네. 감옥에서도 그 빛은 파라오의 처소까지 비추어주었어……"

베그는 어머니와 누나가 읽어줬던 구약 성서의 이야기들을 기억하고 있었다. 이야기들이 뒤죽박죽되어 어떤 분위기, 몇몇 이름, 어떤 사건의 발단 부분밖에 떠오르지 않았지만. 그래도 우물에 빠진 요셉과, 그가 파라오에게 흉년을 대비해 짓게 했다는 곡물 창고는 기억났다.

"이제 우선 토라를 읽어야 할 것 같네. 모든 것이 토라에 있으니까. 나머지는 해석일 뿐이야." 랍비는 숨 쉬기가 좀 힘든 것 같았다.

그가 찻잔을 탁자에 내려놓을 때 뜨거운 찻물이 약간 손가락에 튀었다. "모세는 약속의 땅에 들어가지 못했지만 요셉의 뼈는 그 땅에 묻혔다네. 요셉이 이스라엘의 아들들에게 이집트에서 돌아갈 때 그의 뼈를 반드시 가져가겠다는 맹세를 받았거든. 이스라엘 백성은 그 뼈를 가지고 40년간 광야를 건너 약속의 땅에 들어갔지. 우리의 기억은 우리의 신앙도 낳았지. 하지만 우리 중 대부분은…… 아마 약속의 땅에 결코 다다르지 못할 걸세. 최후의 심판이 있을 때까지. 경찰 양반은 내가 랍비 헤르츠의 무덤에 흙을 뿌리는 걸 보지 않았나? 이스라엘의 흙, 우리 계약의 징표라네. 예언자 에제키엘이 꿈에서 보았듯이 우리의 뼈는 온 세상에 흩어져 있지.

사람의 아들아, 이 뼈들이 이스라엘의 모든 족속이다. 뼈는 마르고 희망은 사라져 끝장났다고 넋두리하던 것들이다.

이제 너는 이들에게 나의 말을 전하여라. "주 야훼가 말한다. 나 이제 무덤을 열고 내 백성이었던 너희를 무덤에서 끌어올려 이스라엘 고국 땅으로 데리고 가리라.

내가 이렇게 무덤을 열고 내 백성이었던 너희를 무덤에서 끌어올리면, 그제야 너희는 내가 야훼임을 알게 되리라.

내가 너희에게 나의 기운을 불어넣어 살려내고 너희로 하여금 고국 땅에 가서 살게 하리라. 그제야 너희는 나 야훼가 한번 선언한 것을 그대로 이루고야 민다는 사실을 알 것이다. 야훼가 하는 말이다.●

보시게, 그들이 큰 무리를 이루었으니." 랍비가 중얼거렸다.

랍비는 곱은 손가락으로 잔을 감싸쥐고 힘주어 되뇌었다. "너희로 하여금 고국 땅에 가서 살게 하리라……. 나 야훼는 한번 선언한 것은 그대로 이루고야 만다……."

● 「에제키엘」 37장 12~14절.

24. 그리고 다섯밖에
남지 않았다

키다리는 긴 다리로 경중경중 뛰어다니는 곤충 비슷한 데
가 있다. 곤충 다리를 10만 배쯤 확대한 것 같은 그 다리가 하늘
에 닿아 있다. 물론 그의 얼굴은 다리보다 높은 곳에 있다. 침울하
게 고개 숙인 얼굴은 생이 그에게 마련한 환멸들을 예감케 한다.
키다리의 깊은 발자국에 물이 고여 웅덩이가 된다. 그들은 하나
둘 그 웅덩이에 빠지고 거기서 몸부림치다가 결국은 바닥으로 가
라앉는다. 풀은 물결처럼 출렁거린다.

그 꿈 때문에 소년은 잠에서 깨어났다. 소년은 축축한 흙에 누
워 있었다. 폭우가 퍼붓고 있었다. 그는 벌떡 일어났다. 이마에 땀
방울이 맺히고 다리가 후들거렸다. 소년은 현기증이 가실 때까지
잠시 기다렸다.

소년은 동물처럼 공기 냄새를 맡았다. 스텝에서 감각은 날카롭

게 벼려졌다. 사람이 너무 배가 고프고 지치면 신경이 과민해진
다. 그는 잠든 동행들에게서 벗어나 조만치 떨어진 모래 언덕으로
올라갔다. 소년이 언덕을 오르는 동안 모래가 계속 부서져내렸다.
주위를 휘 둘러보았다. 시야의 경계에서 땅이 움직인 것 같았다.
뭔가가 땅에서 하늘로 솟았다고 해야 하나, 하여간 거대한 뭔가를
흐릿하게 본 것 같았다.

그는 언덕에서 뛰어내려와 풀을 헤치고 다니며 먹을 것을 찾기
시작했다. 전에도 이민 식으로 뱃토씨 시세를 찾은 석이 있었나.
그는 뼈에 말라붙은 고기 지스러기를 긁어먹을 수 있었다.

소년이 야영지 주위를 돌면서 조금씩 중심으로 접근했다. 그러
다 흑인의 잠자리용 풀 더미를 발견했다. 소년은 걸음을 멈췄다.
소년과 흑인 사이의 거리는 잠깐 사이에 엄청나게 벌어져 있었다.
얼마 전까지만 해도 나란히 앉아 불을 쬐던 사이였건만.

"이봐요!" 소년은 소리 죽여 외쳤다.

잠시 후, 조금 더 큰 소리로 불러보았다. "이봐요, 아프리카!"

소년은 작은 돌을 주워 에티오피아 인에게 던졌다. 돌멩이는 그
의 바로 옆에 떨어졌다. 소년은 무릎을 구부리고 다시 돌멩이를
찾으면서도 흑인에게서 눈을 떼지 않았다. 드디어 목표물을 맞힌
순간, 공포와 흥분이 소년의 온몸으로 퍼졌다. 하지만 흑인은 잠
이 깊이 들었는지 미동조차 하지 않았다. 소년은 조심스레 그에게
다가갔다. "이봐요, 아프리카!" 몇 걸음 더 가보았다. 흑인의 상반
신이 드러나 있었다. 소년은 비명을 질렀다. 그러나 비명은 입 밖

으로 터져 나오지 못했다. 모래에 널브러져 있는 것은 시체였다. 한쪽 눈은 피범벅이었고 다른 쪽 눈은 안구가 터져서 속이 비어 있었다. 소년은 숨 쉬는 것도 잊었다. 찢어진 입술 사이로 부서진 치아들이 보였다. 피가 말라붙어 있었지만 벌어진 상처의 속살은 소년의 살과 똑같은 붉은색이었다.

이 광경을 소년은 한눈에 알아보았다. 그는 모래에 털썩 주저 앉았다. 그의 시야 가장자리로, 피로 검게 물든 돌조각 하나가 들어왔다. 소년은 다시 일어나려고 했지만 땅이 푹푹 꺼지는 것만 같았다.

소년은 숨을 헐떡거리며 기다시피 그 자리에서 도망쳤다. 자기 심장이 뛰는 소리가 귀에 들렸다. 그자들이 아프리카를 죽였어! 아프리카라는 단어가 머릿속에서 쉴 새 없이 메아리쳤다. 처음 듣는 단어처럼 해괴한 느낌이 들었다. 그 흑인만큼 먼 길을 걸어온 사람은 아무도 없는데! 그의 머리통이 돌에 맞아 으스러졌다. 햇살은 그 죄악을 고스란히 드러내 보였다.

그리고 시체를 발견하는 사람은 소년이어야만 했다. 다른 사람 말고! 무슨 조화인지 모를 선택을 또 한 번 받았다!

다른 사람들도 이제 일어나 떠날 채비를 하고 있었다. 소년이 풀숲에서 나타나 그들에게 다가갔다. 그는 목청을 가다듬고 자못 심각하게 말했다. "아프리카가 죽었어요." 그러고는 어깨 너머를 손가락으로 가리켰다. "누군가가 그를 보내버렸어요."

밀렵꾼과 아슈하바트 사내가 소년을 빤히 바라보더니 서로의 얼굴을 바라보았다. 여자는 "하느님, 감사합니다!"라고 소리를 지르면서 무릎을 꿇었다.

비탈리는 땅바닥에 앉아서 이가 딱딱 부딪히도록 떨고 있었다. 이마가 몹시 번들거렸다. 그는 음악을 들을 때처럼 상체를 앞뒤로 까딱까딱 흔들어댔다.

"들었어? 검둥이가 죽었대." 여자가 말했다.

비탈리는 엄지와 검지로 모래를 한 자밤 집어들었다.

"그놈을 죽인 자에게 축복이 있기를!" 여자가 또 외쳤다.

비탈리는 초조한지 시선을 한군데 두지 못했다. 백태 낀 혀로 입술을 핥았다. 그는 다른 사람들이 따라갈 수 없는 어딘가에 가 있었다. 소년은 약해진 비탈리가 전보다 더 경멸스러웠다.

소년은 다른 사람들을 아프리카의 시신이 있는 곳으로 데려갔다. 벌써 파리들이 깨어나 번들번들한 갑옷 차림으로 정찰 중이었다. 놈들이 벌써 눈구멍에 들어가 너덜너덜 찢어진 안구를 점령한 모습에 소름이 끼쳤다. 흑인의 시체는 곧 파리 소굴이 될 터였다. 아슈하바트 사내가 돌을 주워들고 살폈다. 아무도 입을 열지 않았다. 그들은 시체를 내버려두었다. 이 죽음은 지금까지의 죽음들과는 달랐다.

여자가 그들에게 합류했다. 소년은 그녀의 거친 숨소리를 들었다. 여자는 시체에 침을 뱉었다. 흙투성이 입에서 하얀 알갱이가 침에 섞여 나왔다. 여자는 시체를 향해 발길질을 했다. "원숭이 새끼! 더러운 새끼!" 여자는 헐떡거리면서 계속 발길질을 했다.

저 여자의 몸이 흑인에게 닿은 건 처음이군, 하고 소년은 생각
했다.

밀렵꾼이 여자를 뒤로 잡아끌었다. 여자는 계속 허공에 발길질
을 했다. "그만! 이제 저자는 아무런 해도 끼치지 못해!" 밀렵꾼이
붙잡는 바람에 여자는 더는 꼼짝하지 못했다. "태워버려, 다시 돌
아올 수 없게 태워버려." 그녀가 말했다.

밀렵꾼은 여자가 원래 왔던 방향으로 그녀의 몸을 밀었다. "무
슨 수로? 모래와 풀만으로 불을 피워? 나 참, 머리가 어떻게 된
거 아냐?"

여자와 밀렵꾼이 실랑이를 하는 동안 아슈하바트 사내는 가만
히 있었다. 그는 시체에서 눈을 떼지 않았다. 그의 시선이 너덜너
덜한 누더기, 윤기 없는 검은 피부, 팔과 가슴의 흉터, 찢어진 목과
만신창이가 된 얼굴, 먼지 뭉텅이 수염까지 쭉 훑었다.

아, 역겨운 파리들. 아슈하바트 사내는 자기 목과 가슴팍을 피
가 나도록 긁었다. 그는 얼굴, 손, 발목에서 파리를 쫓아내느라 평
생을 보냈다. 하지만 언젠가 놈들이 그의 몸뚱이도 점령하고 말
것이다. 파리들이 입맛을 다시기 시작한 지는 벌써 한참 됐다. 사
내는 쪼그려 앉아 돌을 내려놓았다. 그는 가만히 에티오피아 인
의 셔츠 속으로 손을 넣었다. 겨드랑이 밑으로 흘러내려가 있던
십자가를 꺼냈다. 엄지와 검지로 십자가 펜던트를 늘어뜨렸다. 십
자가의 가로대는 중앙에 고정되어 있었다. 나무는 사람 몸의 피지

가 잔뜩 배어 번들번들했다. 잘 보니 손으로 깎은 듯한 무늬가 있었지만 닳고 닳아 거의 알아볼 수 없었다.

그는 전에 이 흑인이 십자가에 입 맞추는 모습을 보았다. 원숭이 새끼도 신을 믿나 생각했다. 자신이 모욕당한 기분이었다. 신은 나귀, 개, 원숭이를 위해 존재하지 않는다.

그때의 혐오감은 이제 거의 남아 있지 않았다. 사내는 엄지로 십자가를 나뭇결 따라 문질렀다. 그가 불행을 쫓으려고 막대를 휘둘렀다면 흑인에겐 십지기가 있었나.

사실, 그들의 차이가 뭐였나? 아슈하바트 사내는 이제 기억도 나지 않았다. 뭔가 극단적으로 다른 점이 있었으리라. 하지만 그의 손은 허공을 휘저었을 뿐이었다. 이제 환영은 흩어져버렸고 사내는 흑인이 겪어야 했던 고통과 절망이 비로소 낯익어 보였다. 자신이 겪었던 감정들과 너무나 흡사해 보였다.

그는 십자가를 시체의 가슴에 도로 내려놓았다. 전에 겪어보지 못한 이런 감정이 이제 와서 무슨 소용 있을까? 사내는 땅을 짚고 다시 몸을 일으키려 했다. 소년은 이 광경을 줄곧 지켜보고 있었다. 어쩌면 소년은 사내의 생각을 읽었을지도 모른다. 그러한 생각의 의미를 말해줄 수 있을지도 모른다.

그날은 해가 비치지 않았지만 그들은 내처 걸었다. 저마다 속으로는 이제 그들을 따라오지 못할 흑인을 생각했다. 그들 중 한 명이 흑인의 머리통을 박살냈다. 범인을 제외한 나머지 사람들은 어떻게 된 일일까를 상상했다. 어떻게 늑대처럼 소리도 없이 풀을 헤치고 다가가 돌을 들고 내리쳤을까.

자기에게는 희생. 그들에게는 해방.

다음 차례 낙오자는 이미 확정됐다. 맨 뒤에서 앓는 소리, 때로는 혼자 성질내는 소리가 들렸다. 비탈리는 악령에 시달렸다. 자기 안의 원초적 힘에 떠밀려 다른 사람들의 뒤를 따라가고는 있었지만 이미 그림자들이 그를 과거로 잡아당기고 있었다. 그림자들의 지배는 점점 노골적이 되었고, 비탈리와 다른 사람들의 거리는 점점 벌어졌다. 길동무들은 그를 위해 걸음을 늦춰줄 마음이 없었다. 비탈리는 연민조차 불러일으키지 못했으니까. 그 자신도 자비심은 패자의 표시 정도로밖에 여기지 않았으니까. 그들이 그를 버리고 가급적 속히 잊는 것이 마땅했다.

바람의 방향이 바뀌었다. 비가 내리기 시작했다. 여자가 흙을 집어먹었다. 그녀의 턱뼈가 천천히 움직였다. 소년은 장님처럼 텅 빈 눈으로 흙을 한 움큼, 또 한 움큼 퍼먹는 여자의 모습을 보고 싶지 않아서 가급적 멀리 떨어져 걸었다.

저 멀리 구름 사이로 떨어지는 꿀빛 햇살과 바람을 받아 지표면에서 춤추는 반투명한 엉겅퀴와 솔장다리가 보였다. 거대한 신기루가 천천히 스텝을 스치고 갔다. 신기루가 앞으로 박차고 나갈 때면 그들의 가슴이 뛰었다. 그러다가 그들이 손을 내밀면 신기루는 애달픈 갈망만을 남기고 사라졌다. 거대한 바퀴처럼 굴러가는 저 신기루들은 머나먼 금빛 햇살 속 어디로 가려나?

그러나 그들의 고개는 밤이 오기도 전에 수그러들었다. 영원한 반복이 다시 한 번 그들을 잠재웠다. 신기루들의 우아한 춤은 잊혔다. 모든 것이 잊혔다.

25. 굶주림

그 신고 전화는 이른 저녁에 왔다. 어떤 여자가 부랑자들이 거리에서 쓰레기통을 뒤엎고 다닌다고 신고한 것이다. 저녁 8시경에 두 번째 신고 전화가 왔다. 이번에도 어떤 여자가 울면서 무서워 죽겠다고 했다. "시체들 같았어요." 그녀는 부랑자들을 두고 그렇게 말했다.

37호 차량이 출동했다. 8시 15분에 이반 부드니크 경관이 현장에 도착했다. '노숙자 나부랭이들이겠지. 한 번씩 혼내주는 거 말고 다른 수가 있나.'

거리 중간쯤 건물들 사이 으슥한 곳에서 그들을 발견했다. 전조등 불빛이 그들에게 떨어졌다. 부드니크는 자기가 뭘 보고 있는 건지 어리둥절했다. 그림자, 그들은 몸에서 떨어져나온 그림자 같았다. 메가폰에 대고 호통을 치려는데 왠지 목소리가 안 나왔다.

그들의 뺨에서 땟국물인지 눈물인지 모를 액체가 흘러내리는 것을 얼핏 본 듯했다. 눈물 흘리는 유령들. 하느님 맙소사. 뼈에 가죽만 씌워놓은 몰골이 미라와 흡사했다. 퀭한 눈구멍은 또 어떻고.

올이 다 풀린 누더기를 걸친 그들은 수백 년 전 과거에서 튀어나왔다. 그들 중 두 명은 바닥에 주저앉아 로봇처럼 느릿한 동작으로 쓰레기봉투를 뒤지고 있었다. 그들은 음식물 쓰레기를 씹고 있었다. 그들의 머리통에서 허옇게 김이 올라왔다. 부드니크는 생각이 꽉 막혀버린 탓에 일난 자기가 본 것만 정리했다.――이해의 사전 단계랄까. 일단 사내아이로 보이는 어린애가 한 명, 그리고 남자 두 명과 여자 한 명이 있었다. 그들은 부드니크에게 아무런 반응도 보이지 않았다. 잠시 후, 수풀에서 한 명이 더 나왔다. 그 남자도 피골이 상접하고 수염이 가슴께까지 자라 있었다. 그는 눈물이 그렁그렁한 눈으로 전조등을 노려보았다. 그러고는 자기도 쓰레기봉투를 뒤지기 시작했다.

왜 우는 거지? 뭐가 슬퍼서 우는 걸까? 아니면, 다른 이유가 있을까? 부드니크는 차에서 내리고 싶은 마음이 생기지 않았다. 그는 본부에 전화를 걸었다.

"잘 안 들립니다, 37호." 본부에서 전화를 받은 여직원이 대답했다.

"지원 바란다고, 젠장!" 부드니크가 투덜거렸다.

그가 동료들이 도착하기를 기다리는 동안에도 상황은 거의 바뀌지 않았다. 유령들은 쓰레기통을 뒤엎고 쓰레기봉투를 뒤졌다.

도로에 오물이 마구 튀었다. 건너편 보도를 지나가던 행인이 황급히 그 자리를 떠났다.

9시에 두 번째 차가 도착해서 부드니크의 차 바로 옆에 멈춰섰다. 토트 경관이 차에서 내렸다. 그제야 부드니크도 마카로프 권총을 차고 자기 차에서 내렸다.

"오, 성모님, 이 사람들 도대체 뭐야?" 그의 동료도 경악했다.

부드니크는 이미 이 꼴에 익숙해졌다는 듯 고개를 끄덕거렸다. 어쨌든 그는 상황을 지켜봤기 때문에 앞장설 수 있었다. 따라서 뭘 어떻게 해야 할지만 안다면 지휘를 할 수도 있었을 것이다.

경찰 두 사람은 약간 거리를 두고 자동차 불빛을 받으며 서 있었다. "당신들, 누구요?" 부드니크가 고함을 질렀다. 얼어붙은 비닐봉지가 부서지는 소리가 났다. 이따금 누군가가 숨넘어갈 듯 흐느끼는 소리도.

"여기 있으면 안 됩니다." 부드니크가 언성을 낮추어 다시 한 번 말했다.

"저 사람들…… 체포할 수밖에 없겠어." 동료가 한마디 했다.

"그래, 그래." 부드니크가 기계적으로 대꾸하고는 동료를 바라보았다. "무슨 죄목으로?"

저 더럽고 흉측한 사람들에게 손을 대야 한다는 생각만 해도 구역질이 났다. 저자들과 한 차를 탄다? 그래, 좋다, 하지만 무슨 명분으로? 쓰레기통 몇 개 엎었다고? 그런 죄까지 묻기 시작하면 한이 없을 거다. 부드니크는 정신을 집중하려고 애썼다. 위험은 제

거해야 한다. 나중에 그들에게 책임이 돌아오지는 않을까?

"저 사람들, 왜 울지?" 토트가 중얼거렸다.

부드니크는 어깨만 으쓱했다. 그러고는 허리춤의 권총을 꽉 잡았다. 우유부단은 약점이다. 차라리 깨끗이 손 터는 게 나을 수도 있었다. 그는 한 발짝 물러섰다. 후퇴에 들어가는 몸짓이었다.

"어이, 티나의 바에 한잔하러 가세."

그 후 며칠 동안 유령들은 여기저기 출몰했다. 그들이 등장하면 누구나 일단 몸서리를 쳤다. 이 불가촉천민들을 둘러싸고 끈질긴 소문이 돌았다. 시장 골목에서, 도시의 거리에서, 소문은 바이러스처럼 입에서 입으로 퍼졌다. 다들 어찌나 생생하게 묘사를 잘하는지, 소문만 듣고도 자기 눈으로 직접 본 기분이 들었다. 아무도 그들이 누구이고 어디서 왔는지 몰랐다. 스텝 쪽에서 흘러들어왔으리라는 추측이 지배적이긴 했다. 흡사 역병 환자들이라도 유입된 것처럼, 분위기가 흉흉했다. 다섯 명이라는 사람들도 있었고, 열다섯 명이라고 주장하는 사람들도 있었다. 마치 유령들이 이곳저곳에 동시에 존재하는 것 같았다. 사람들은 얼어붙은 미카일로폴 거리를 행진하는 좀비 군단을 상상했다. 목격자들은 이 좀비들을 눈에 불을 켜고 관찰했지만 감히 접근하지는 못했다.

도난 사건이 잦아졌다. 닭이나 거위를 도둑맞았다는 신고가 늘었다. 밤에는 기온이 영하 20도까지 내려갔다. 유령들은 어디서 잠을 자는지 알 수 없었다. 시장에서는 열쇠와 자물쇠가 날개 돋친 듯 팔렸다. 때는 12월 중순이었다. 금속성의 푸른색 지평선에 차가운 태양이 떠 있었다. 폰투스 베그의 사무실로 전화가 한 통 왔다. "시장님이 전화하셨어요." 옥사나가 말했다.

세미온 블로크는 재선에 성공한 시장이었다. 이 인물은 슬롯머신으로 자신의 왕국을 건설했다. 그의 슬롯머신은 어디서나 볼 수 있었다. 그는 상류 사회의 일원이 되기 위해서, 볼쇼이 극장을 가까이 하고 슬롯머신은 거의 볼 일이 없는 사람들과 어울리기 위해서 정계에 진출했다. 미스터 캐시(Mister Cash)가 그의 별명이었다. 선거 운동원들에게는 코인 묶음으로 보수를 지급했다. 그가 시장으로 당선된 것도 미스터 캐시였기 때문이다. 뻔뻔한 민낯의 배금주의를 대표하는 인물로서 그는 서민들이 우러러볼 만한 본보기였다. 볼쇼이 단골들이 그를 자기네 일원으로 받아줬는지 어땠는지는 아직 확실치 않았지만 말이다.

"폰투스, 내가 들은 얘기가 있는데."

"말씀하십시오."

"부랑자들이 돌아다닌다던데? 한 무리가…… 뭐라고 해야 하나……. 아사 직전으로 보인다고, 뭐 그런 말이 내 귀에까지 들어왔네. 그들이 도둑질도 한다며? 그런 사람들은 정말 처음 봤다고 말들이 많더구먼. 그들의 정체를 아나? 그자들이 여기서 뭐 하는 거지? 폰투스, 우리가 알아야겠네. 어떻게 그들에 대해서 아무것도 모르고 있을 수 있나? 우리가 도대체 어떤 인간들을 상대하는지는 '반드시' 알아야지. 투명하게, 명명백백하게, 폰투스, 그게

226

내 신조야. 그들을 잡아들이게, 당장 뭐라도 하라고!"

블로크 시장도 아타만 치오프처럼 베그를 늘 이름으로만 부르고 반말을 썼다. 강아지를 심복으로 부리려면 머리에 오줌을 한 방 갈겨줘야 한다는 듯이 그를 하찮게 여겼다. 함부로 대하지 말아달라고 정식으로 말해보면 어떨까? 가령, 편지를 쓴다면? 베그는 어찌 될지 짐작이 가지 않았다.

"저희도 알고 있습니다. 엄중히 감시하고 있습니다."

땅이 꺼질 듯한 한숨. "그런데 뭐 하는 거야? 감방에 처넣어. 쓸어버리라고."

베그는 시장의 속마음을 알고 있었다. 시장은 자기 경호원 몇 명을 써서 빨리 처리해버리고 싶을 터였다. 사실 그 편이 더 신속하기도 할 것이다. 경찰이라는 관료 사회보다는 민간 분야의 일처리가 더 효율적이다.

베그는 그 사안을 최우선으로 처리하겠다고 말하고 전화를 끊었다.

티나의 바주카 바에서 부드니크와 토트는 그들의 모험담——유령을 만난 사연을——늘어놓았다. "얼마나 굶주렸으면……. 진짜 그런 광경은 처음 봤어." 부드니크가 말했다.

"그 사람들이 눈물을 줄줄 흘리는 걸 봤는데, 그게 정말…… 진짜 울음이란 게 저런 거구나 싶었지. 사람이 그렇게 울 때는……. 아, 그만하세." 토트가 거들었다.

사람들은 각자 허공을 바라보면서 그들의 얘기에 귀를 기울였다. "일어날 수도 있는 일이지." 한 사람이 이렇게 말했고 다른 사람들은 뭐라고 말해야 할지 몰라 가만히 있었다. 그들 중에는 말로 표현하기 힘든 광경을 목격하고 그 자리에서 내뺐던 자가 둘이나 있었다. 부드니크와 토트는 이 세상에 그렇게까지 버림받은 존재가 있는가를 환기시킨 참이었다. 차마 형용할 수도 없는 공포가 번졌다.

그들이 감당할 수 없는 일이었다.

"티나!"

티나가 병을 들고 와서 모두의 술잔을 채워주었다.

"분위기 좀 띄워요, 다들 왜 이렇게 심각해." 티나가 말했다.

부드니크와 토트가 희미하게 미소를 지었다. 티나의 젖가슴을 보니 확실히 위안이 됐다. 그녀가 카운터를 드나들 때 꼭 붙는 가죽치마 속에서 꿈틀대는 그 육체도 더없는 위안거리였다. 두 경관은 아직 젊어서 티나의 전성기를 몸으로 겪어보지 못했지만 경찰서 선배들에게 주워들은 얘기들로 상상을 키워왔다. 티나의 전설은 그들의 피를 끓게 했고 왜 이토록 그녀를 늦게 알았을까 땅을 치고 후회하게 만들었다.

당국의 공격이 시작됐다. 부랑자들이 도시 전역에서 잡혀들어왔다. 지하 유치장이 미어터졌다. 싸움판도 자주 벌어졌다. 죄수 한 명이 송곳에 찔리는 부상을 입었다. 누가 송곳을 몰래 숨겨들어갔는데 간수들은 몰랐던 것이다. 거리에서 부랑자들은 거의 다 사라졌다. 하지만 정작 당국에서 찾는 자들은 용케 빠져나가고 없었다. 그들은 흡사 지표면에서 자취를 감춘 듯했다. 그들에 대한 소문은 워낙 제각각이어서 믿을 만하지 않았다.

베그와 콜레르는 회의를 하던 중에 이런 생각에 미쳤다. 어쩌면 그자들은 국경을 넘으려고 했는지도 몰라.

"그럼, 그 사람들 얘기를 다시 들어봐야죠." 콜레르가 말했다.

국경은 엄중히 봉쇄되었다. 자동차, 트럭, 기차는 국경 이편과 저편에서 한 번씩 살벌한 검문을 거쳤다. 저쪽 사람들은 공상 과학 소설에나 나올 법한 첨단 장비를 썼다. 사람이 숨을 쉬는 한 반드시 잡아내는 심박 탐지기, 이산화탄소 측정기, 적외선 카메라, 암시 장치(暗視裝置)가 동원되었다. 과학적 역량을 전부 불법 이민자 잡는 데 쏟아붓는 모양이었다. 비자는 아주 예외적으로만 발급되었다. 따라서 국경을 넘으려는 자는 불법적 수단에 의지할 수밖에 없었다. 국경을 넘으려다 체포된 사람의 수는 셀 수도 없었다. 미카일로폴에도 그렇게 잡혀서 송환 조치당한 자들이 많았다. 대개는 집으로 돌아가지 않고 그냥 되는 대로 눌러앉았다.

베그는 늘 문제가 저절로 해결되길 바라는 편이었지만 그 굶주린 부랑자들의 정체를 모른다는 사실은 아쉬웠다. 부드니크의 보고는 그의 호기심에 불을 질렀다.

"그 사람들, 어머니 무덤이라도 본 듯 철철 울었습니다." 경관은 그렇게 말했다.

"왜?"

"이유는 모릅니다. 저도 머리를 짜내봤습니다만 딱히 설명 가능한 실마리는 없었습니다."

"어디가 아파 보였다든가, 눈에 띄는 부상은 없었나?"

"심하게 아파 보이긴 했습니다. 하지만 곤봉으로 맞았다든가 하는 통증의 문제가 아니고요, 고통의 종류가 다르다고 할까요."

"행색은 어땠나?" 베그는 손으로 턱을 받치고 부하가 산만하게 앞뒤로 몸을 흔드는 꼴을 보지 않으려고 눈을 감았다.

"수용소 유대인이 따로 없었습니다. 그래요, 그 말로 다 설명되겠네요."

베그의 눈이 번쩍 뜨였다. "그게 무슨 뜻이야? 어떻게 보였기에?"

그의 부하는──아직 덩치만 큰 아이라고 해도 과언이 아니었지만──머릿속의 이미지를 설명하려고 적당한 어휘들을 모색했다.

"끔찍했습니다. 솔직히 무서웠어요."

"자네는 고향이 어디지?"

"바르산입니다, 서장님."

"내가 제대로 아는 건지 모르겠네만, 거기도 그뤼네발트 주지?"

부드니크 경관이 수줍게 웃었다. "네, 그렇습니다. 그뤼네발트 주 맞습니다. 브르스티체에서 20킬로미터쯤 떨어져 있죠. 서장님도 그쪽을 잘 아십니까?"

하지만 베그는 부하가 내민 손을 외면하고 그만 가도 좋다고 말했다. 부드니크가 인사를 하고 나갔다. 베그는 사실 그날 밤 일을 두고 근무 태만으로 부드니크를 꾸짖을 작정이었는데 고향 사투리를 듣고 마음이 약해진 것이었다.

베그는 콜레르에게 이 일을 맡기기로 마음먹었다. 이미 겁을 집어먹은 젊은 대원들에게 순찰을 시켜봤자 소용없을 터였다.

26. 좀비들

옛 기차역 별관에서 나무를 태우는 회색 연기가 솟아올랐다. 창밖으로 튀어나온 금속관에서 연기가 흘러나와 지붕까지 똑바로 올라가다가 산산이 흩어졌다. 고철 장수 레프 크라스니크는 스쿠터 트레일러를 벽에 세워놓고 창고로 들어갔다. 그는 호기심을 못 이겨 창문에 얼굴을 바짝 붙였다. 유리가 더러운 데다가 창 안쪽에 뭔가를 세워놓아서 아무것도 안 보였다. 크라스니크는 입구로 가서 문짝을 살짝 밀어보았다. 문짝이 움직이지 않아서 좀 더 힘을 주었다. 안쪽에서 문을 막고 있던 물체가 조금 밀려나갔다. 이제 충분히 안을 들여다볼 만큼 틈이 생겼다. 널찍한 창고 안은 어둑어둑했다. 썩는 냄새가 진동했다.

"여보세요! 안에 누구 있습니까?"

크라스니크는 온몸으로 문짝을 밀고 안으로 들어갔다. 뭔가 썩는 냄새와 똥오줌 냄새, 게다가 연기까지 자욱해서 숨을 쉴 수 없었다. 창가에 둥그런 냄비 같은 것이 놓여 있었다. 타닥타닥 흔들리는 불꽃이 냄비 표면을 비추었고 누군가가 쌓아놓은 판들을 비추었다. 냄비 앞에는 나무판 두 개가 놓여 있었다. 그는 뭐가 뭔지 제대로 볼 수 없었다. 나무판에 누워 있는 사람 몸뚱이. 그리고 뚜껑 열린 관 두 개와 그 안에 든 사람 형상 비슷한 것……. 그는 도망치고 싶었지만 발이 떨어지지 않았다. 어슴푸레한 빛 속에 얼어붙은 사람처럼 꼼짝할 수 없었다. 그제야 냄비 옆에서 자기를 뚫어져라 바라보는 눈동자들이 보였다. 웬 남자가 바닥에 앉아 있었다. 이불을 둘둘 감은 남자는 미동조차 하지 않았다. 오, 성모님, 크라스니크는 성호를 그었다.

이윽고 남자가 상체를 기울여 발치의 나뭇조각들을 줍더니 불에 던져넣었다. 불꽃이 확 일어났다. 그제야 바닥에 여기저기 널린 나뭇조각들이 크라스니크의 눈에도 들어왔다. 땔감으로 쓰려고 관을 쪼개놓았던 것이다.

냄비 옆에 앉은 사내의 입이 움직였지만 뭐라고 하는지 알아들을 수 없었다. 금이 간 그릇처럼 닳고 닳은 목소리. 크라스니크는 힘겹게 침을 꿀꺽 삼키고 이렇게 말했다. "미안합니다. 잘 못 들었습니다."

"문 닫아요. 춥다고요."

"아, 네, 알았습니다, 죄송합니다."

그는 기회를 놓치지 않고 그 자리를 떴다. 문을 도로 닫는 손이 바들바들 떨렸다. 하지만 빗장이 망가졌기 때문인지 아무리 애써도 문은 완전하게 닫히지 않았다. 크라스니크는 안으로 한 발짝 들어가 바닥에 널린 나뭇조각을 주웠다.

그는 허리를 숙인 채 어둠을 응시하면서 말했다. "죄송하지만 문이 말을 안 듣네요."

크라스니크는 다시 나와서 문지방과 문짝 사이에 나뭇조각을 끼웠다. 그러자 문짝이 더는 움직이지 않았다.

가을에 든 흙탕물이 얼어붙어 있는 스쿠터에 오르자마자 그는 경찰서로 질주했다. 도로를 달리는 동안 자신이 왜 그렇게 미안하다는 말을 많이 했을까라는 의문이 들었다. 어쩌면 저물어가는 피조물을 마주할 때면 자동적으로 사과를 하고 싶은 욕구를 느끼는지도 모른다.

경찰차 다섯 대가 기차역으로 출동했다. 다섯 대가 한꺼번에 온 것은 아니었지만 어쨌든 최종적으로는 다섯 대였고, 묘한 긴박감을 주었다. 콜레르 경사가 작전을 지휘했다. 그날 아침에도 그는 심한 요통을 무릅쓰고 출근했다. 오늘은 물리 치료사한테 가봐야겠다 생각하고 있었는데 그가 조퇴 찬스를 쓰기 전에 부랑자들이 발견됐다는 제보가 먼저 들어왔던 것이다.

경찰서는 늘 크고 작은 사연들로 벌집 쑤셔놓은 듯 시끄러웠다. 콜레르는 자신이 요즘 가장 뜨거운 사건에서 주인공을 맡았다는 것을 알았다. 흥미진진한 이야깃거리이긴 하지만 동시에 미신적인 불안과 기우를 자극하는 사건이었다.

콜레르는 차 안에서 건물 밖으로 새어나오는 연기를 주시했다. 행동 개시! 그는 속으로 외쳐보았다. 그래 봤자 새삼 다가오는 것은 자신의 무기력이었다. 그는 건물 안에 최루탄을 터뜨릴까 잠시 생각도 했으나 과잉 진압을 할 명분은 없었다.

잠시 후, 경찰대원 여섯 명이 창고에 진입했다. 손전등의 빛줄기가 어둠을 훑었다. 콜레르가 맨 마지막에 들어갔다. 그가 문 옆에 있던 스위치를 눌렀다. 네온등에 불이 들어왔다.

대원 한 명이 공포에 못 이겨 총을 휘두르며 욕을 퍼부었다. 웬 여자가 관 속에 누워 있었다. "당장 거기서 나와, 염병할!"

부랑자는 모두 다섯 명이었다. 남자들은 수갑을 채웠고 여자와 아이는 관에서 끌어냈다. 그들은 지푸라기와 넝마를 이불 삼아 누워 있었다.

"웩! 냄새!" 경찰관 한 명이 질색을 했다. 콜레르는 고개를 끄덕거렸다. 불길한 악취가 진동했다.

소년은 너무 말라 팔목이 꼬챙이 같았다. 한 마리 늑대 새끼가 따로 없었다. 어찌나 거칠게 저항하고 몸부림치는지 경찰 여럿이서 아이 하나를 제압하는 데 애를 먹었다. 소년은 침을 뱉고 욕을 퍼부었다.

"테이프로 입을 막아." 콜레르가 지시했다.

소년의 입이 테이프에 가려 사라졌다.

어른들은 체포당하면서도 별 저항이 없었다. 그들은 한마디도

하지 않았다. 소년은 테이프에 막힌 입으로 알아들을 수 없는 소리를 냈다. 콜레르는 고개를 갸웃했다. 세상이 어떻게 되려고 애들이 벌써 저런담?

그날 오후, 벌집은 평소보다 훨씬 시끌벅적했다. 모두가 그들을 보고 싶어 했다. 지하 유치장으로 구경꾼들이 몰려들었다. 망가지고 피폐해진 사람 모습이 충격적이지는 않았다. 어차피 이 도시에는 파도에 떠밀려외 비닷기에 비려진 표류물 같은 인산이 한눌이 아니었으니까. 그러나 굶주림의 민낯은 충격적이었다.

베그는 경찰서 사람들이 모두 한 번씩 구경을 다녀온 후에야 지하실로 내려갔다. 그의 발소리가 계단통에 울려퍼졌다. 콘크리트 계단이 군데군데 부서져 있어서 발을 디딜 때 조심해야 했다. 유치장과 사격 연습실이 붙어 있었기 때문에 벽 너머로 총성이 들렸다. 사격 연습실 사용 중에는 문 위의 빨간색 LED 램프가 켜지게 되어 있었으나 이미 고장이 난 지 한참 됐다.

베그가 벨을 누르자 유치장 문이 찰칵 소리와 함께 열렸다.

"그래, 좀 볼까?" 그가 간수에게 말했다.

간수는 그제야 귀마개를 뺐다. "뭐라고요?"

"부랑자들 말이야."

간수가 앞장을 섰다. 그가 베그를 돌아보았다. "여기 두 놈이 있습니다. 저기, 조심하십시오."

문이 열렸다.

"주여, 이 악취라니." 베그가 중얼거렸다.

"콜레르 경사님께서 샤워를 시켜도 일단 서장님이 보신 후에 시켜야 한다고 해서요."

유대인 수용소 운운했던 부드니크의 말은 과장이 아니었다. 살아 있기는 했다. 그러나 살아 있는 게 다였다. 두 남자 중 한 명이 판자 침대에서 고개를 들고 베그와 간수를 바라보았다. 사내의 눈꺼풀은 벌겋게 붓고 곪아 있었다. 다른 한 명은 꿈쩍도 하지 않았다. 시체의 면상이었다. 수염 위 광대뼈만 보였다.

"저자는?" 베그가 물었다.

"누워 있는 자요? 내처 저러고만 있습니다."

"뭘 좀 먹였나?"

"체포한 상태 그대로입니다. 아무 조치도 취하지 않았습니다."

"아직 아무것도 안 먹였다고?"

간수가 시계를 확인했다. "들어온 지 몇 시간 되지도 않았습니다만."

베그는 부랑자들의 모습을 눈으로 사진 찍듯 뚫어져라 바라보았다. 그들은 뼈만 남은 허리에 너덜너덜한 바지 두세 벌을 끈으로 묶어놓고 있었다. 앙상한 모가지는 몇 겹을 입었는지도 모를 티셔츠와 스웨터에 묻혀 있었다. 옷가지는 전부 구멍 나고 올 풀린 넝마에 불과했다. 그래도 저들은 추위에서 살아남았던 것이다.

그들에게서 참을 수 없는 악취가 진동했다.

사격 연습실에서 자동 권총 총성이 울렸다. 베그가 신경질적으로 휙 돌아섰다. "사격 연습실 조용히 하라고 해."

베그는 그들의 누더기, 더러운 손, 얼굴, 특이한 신발을 쭉 눈으로 훑었다. 신발이 발에 신겨진 채로 다 삭아서 철심과 끈밖에 남지 않은 듯 보였다. 그들이 도시의 부랑자들과는 차원이 다른 궁핍을 겪었음을 짐작할 수 있었다. 야생의 자연이 끼치는 궁핍. 저들은 추위 때문에 도시로 왔을까? 저들에게 가족은 있을까? 어쩌다 저들은 함께 다니게 됐을까?

"너희는 누구냐?" 베그가 혼잣말을 했다.

자동 권총 소음이 뚝 그쳤다. 부랑자들은 몸이 아프고 열이 있는 듯했다. 베그는 그들의 가쁜 숨소리를 들을 수 있었다.

간수가 돌아왔다. 베그는 유치장을 나가려다 옆방 감시창을 흘끗 보았다. "말도 안 돼!"

간수 눈이 휘둥그레졌다.

"저자가 아직도 여기 있다니!"

"저 사람 말입니까? 서장님도 참, 저자는 쭉 여기 있었습니다."

베그가 다시 한 번 감시창을 들여다보았다. 수인은 손으로 머리를 받친 채 모로 누워 있었다.

"정말 돌아버리겠구먼."

"내보내야 하는 사람입니까? 그런 지시는 전달받지 못했습니다."

"보내도 돼. 크리스마스 전에는 귀가할 수 있도록."

"그럼 맨발로 나가야겠군요. 신입들이 저 친구 신발을 훔쳤거든요."

"신입?"

"새로 들어온 부랑자들 말입니다. 나 참, 펜으로 저 사람 목을 찌르고 신발을 강탈했다니까요."

베그는 자신이 운전사의 신발을 기억하고 있다는 데 놀랐다. 새하얀 멋쟁이 운동화. 문득 제어할 수 없이 짜증이 치밀어올라 운전사를 풀어주려던 마음이 바뀔 뻔했다. 베그는 심호흡을 했다. "저 사람 풀어줘. 집에 돌아갈 차비는 있는지 챙겨주도록."

그다음 방에는 웬 소년이 판자 침대에 앉아 있었다. 소년과 한 방을 쓰는 사내는 잠들어 있었다.

"뭐야, 어린애잖아!" 베그가 말했다.

꾀죄죄한 꼬맹이의 눈빛이 이글거렸다. 확실히 다른 사람들과는 다른 생명력이 느껴졌다. 아이의 머리칼은 삐죽삐죽 뻗쳐 있었다. 쇠꼬챙이처럼 빼빼 말랐지만 이미 갈기가 있는 사자 새끼였다.

"내 이름은 폰투스다. 네 이름은?"

소년은 콧방귀를 뀌고 제 발가락만 바라보았다.

"배가 고프겠구나. 요깃거리를 가져다주마. 뭐 먹고 싶은 거라도 있니?"

소년의 눈에서 불꽃이 튀었다. 하지만 바로 다음 순간, 소년은 혼란스러운 표정으로 자기 무릎을 끌어안고 얼굴을 묻으면서 많은 것을 말하는 커다란 두 눈을 베그에게서 감추어버렸다.

그 방에 있던 또 다른 사내는 무섭도록 여윈 얼굴에 수염이 덥

수룩했다. 그는 오한이 드는지 이가 딱딱 부딪히도록 떨고 있었다.

베그가 복도에서 지시를 내렸다. "일단 이불과 음식을 가져다주게. 의사는 어디 있지?"

"의사를 불러야 됩니까? 그런 말은 못 들었습니다만."

"젠장, 자네 머리는 폼으로 달렸나?"

마지막 방에는 한 여자가 앉아 있었다. "도와주세요." 여자가 말했다.

그녀는 팔로 사기 배를 감싸고 있었다. 베그는 한 명에게라도 무슨 말을 들었다는 데 안심했다. 그는 과장스럽게 정중한 태도로 물었다. "무엇을 도와드릴까요?"

여자는 더러운 뺨에 눈물을 줄줄 흘리면서 몸을 웅크렸다. "도와주세요."

베그가 간수에게 물었다. "문제가 뭔가?"

간수가 어깨를 으쓱했다. "임신했다고 합니다. 믿기지는 않습니다만, 저기, 서장님께서도 보시다시피……"

27. 만물은 거칠게 들끓는
파도에서 솟아나고

"회소식이군, 폰투스." 세미온 블로크는 전화로 그렇게 말했다. 그는 딴짓을——매우 피곤한 일을——하던 중에 전화를 받았다. 그는 어깨와 턱 사이에 전화기를 끼운 채 나머지 몸뚱이로 하던 일을 하기 바빴다.

"이런 소식을 들으려고 자네에게 월급을 주는 거지."

베그는 그들이 누구이고 어디서 왔는지 아직 보고할 수 없었다. 지금 당장은 그들에게 아무 말도 듣지 못했으니까.

"그들이 입을 다물고 있다고? 그 소리 하려고 전화했나, 폰투스? 외국인들인데 자네 말을 알아듣겠어? 외국인들을 상대할 때는 그게 문제지. 자기네 나라 말을 쓰면 무슨 재주라도 부리겠지. 적어도 잡일은 시킬 수 있을 거야……. 파프리카 따는 일이라도 할 수 있겠지."

수화기 너머로 어떤 남자의 웃음소리가 들렸다. 힘 있는 놈 옆에는 늘 웃을 준비가 되어 있는 사람들이 있지, 라고 베그는 생각했다. 콜레르와 옥사나도 베그가 딱히 웃으려고 한 얘기가 아닌데 웃음을 터뜨릴 때가 많았다.

"할 말이 별로 없나 봐, 폰투스? 언제 자네랑 함께 플라이 낚시라도 가야지 우리 사이가 편해지겠구먼. 어떤가?"

"낚시는 별로……."

"낚시가 중요한 게 아니라 낚시에 따라오는 나머지 전부가 중요한 거지. 내가 물 좋은 데를 좀 안다네. 자넨 그런 송어 구경도 못해봤을걸. 내가 송어를 줄줄이 낚아올리는 모습을 봐야 돼! 취미로 낚시를 하는 놈들은 솔직히 아마추어지! 아니면, 자네는 사냥을 더 좋아하나? 묵직한 사냥총에 취미 있나? 그럼, 곰 사냥을 하러 가자고. 혹시 곰을 쏘아본 적 있나, 폰투스?"

베그는 시장이 전화를 하면서 뭘 하고 있을까 궁금했다. 한 손으로 장작을 패기라도 하나?

"아뇨, 곰을 총으로 쏘아본 적은 없습니다."

"아, 저런, 나는 곰을 셀 수도 없이 많이 잡아봤지. 자네는 아마 나만 한 곰 사냥꾼을 만나본 적이 없을 걸세. 그게 말이지, 어느덧 나도 '곰처럼' 생각할 수 있게 됐어! 곰을 잡을 땐 아주 신중해야 돼. 기다리고, 기다리고, 또 기다려야 해. 기회는 한 방뿐이야. 게다가 이미 총을 맞은 곰도 아주 무시무시하지. 자네 생각엔 어디를 쏴야 할 것 같나? 심장? 미간?"

"심장 아닐까요?"

"그래, 하지만 심장에서도 '정확히' 어디를 겨눠야 하는지 아나?"

"저는 곰에 대해 아무것도 모릅니다."

"알았네, 그래도 '정말로' 어디를 쏴야 할 것 같나?"

베그는 아무 말하지 않았다. 그는 창밖 건물들 사이의 좁은 통로로 시선을 던졌다. 누군가가 지나갔는지 발자국이 눈에 들어왔다.

"어이, 폰투스? 생각나는 대로 말해보게. 시원하게 말해봐."

"하늘과 땅 사이의 인생은 금 간 벽으로 새어들어오는 햇살과 비슷하니 한순간이면서도 무한하도다."

"무슨 소리야, 폰투스?"

"만물은 거칠게 들끓는 파도에서 솟아나고 끊임없는 흐름 속에 사라져간다. 모든 것은 한순간이요, 다 지나간다."

"폰투스, 술 마셨나? 내가 곰을 잡으려면 어디를 쏴야 하는지 물었잖아?"

베그는 잠시 전화기를 노려보았다. "정면에서 가슴 한복판을 쏴야 하지 않을까요?"

"땡! 곰 사냥 경험이 없는 사람들은 다 그렇게 말하지. 가슴 한복판을 쏴서 한 방에 곰이 쓰러질 확률은 15퍼센트에서 30퍼센트밖에 안 된다네. 그랬다간 큰일 나, 이 친구야. 앞발 위쪽, 그러니까 어깨 가까이를 겨냥해야 해. 왼쪽, 오른쪽은 중요치 않아. 그러면 흉부강, 다시 말해 심장과 폐가 한꺼번에 나가지. 빵! 그리고 한 방 더!"

세미온 블로크는 자기가 한 말에도 박수를 치는군, 베그는 전화를 끊고서 그렇게 생각했다. 시장은 자화자찬에는 두 손을 아낌없이 동원했다. 자기 얘기를 고분고분 들어주는 사람만 있으면 승리감이 폭발하는가 보다. 시장을 행복하게 해주는 데 그 이상은 필요치 않았다. '좋은 물을 아는' 이 사내와 낚시 혹은 사냥을 간다는 생각만 해도 죽도록 불쾌했다. '낚시에 따라오는 나머지 전부'는 또 무슨 뜻이람? 염병할, 호모처럼 말하고 지랄이야.

단조로운 맑은 회색 눈송이가 조금 흩날렸다. 옥사나가 점심을 가져왔다. 고기와 국수, 그리고 크바스 맥주 한 잔이 다였다. "돼지고기는 뺐어요." 옥사나는 까다로운 식단 주문도 서장이 좀 괴짜라서 그러려니 하고 받아주었다. 베그는 알았다는 뜻으로 편지를 작성 중이던 메모장에서 잠시 고개를 들어 보였다.

친애하는 블로크 시장님께,
~~곰 사냥과 플라이 낚시에 대해서~~ 우리가 나눈 전화 통화 때문에 한 말씀 올립니다. ~~제 이름을 그 입에서 꺼내지 않으셨으면~~ 저를 더는 이름으로 부르지 않으셨으면 좋겠습니다. ~~그런 호칭은 듣는 사람에게 거슬리고~~ 친구나 가족끼리는 그런 호칭이 정겹고 좋지만 ~~제가 알기로 우리는 친구도 아니요, 가족도 아니니~~ 시장님과 저는 친구라고 할 만한 사이는 아닌 것 같습니다.

저는 우리가 격식을 갖추어야 아랫사람들에게 우리가 서로 독립된 권한을 행사한다는 점을 분명히 보여줄 수 있으리라 생각합니다. 기타 등등. 기타 등등.

오후가 끝나갈 무렵에 편지 초안이 나왔다. 물론 완성은 아직 멀었지만 말이다. 베그느는 지하 유치장에 다시 내려갔다. 간수는 부랑자들이 '굶주린 이리처럼' 음식을 먹어치웠노라 보고했다.

샤워장에 맨 처음 들어간 죄수가 옷을 벗었다. "옷은 비닐에 넣는다!" 간수가 얇은 비닐장갑을 끼면서 말했다. 퉁퉁한 손가락에 비해 장갑이 너무 작았기 때문에 그는 일단 후 하고 바람을 불어넣었다. 죄수는 벌거벗은 채 간이 의자에 앉았다. 간수가 이발기로 위잉위잉 머리칼을 미는 소리가 콘크리트 벽에 부딪혔다. 예리한 칼날이 두피를 스쳐간 자리에 붉은 띠가 생겼다. 단단하게 뭉치고 엉킨 더러운 머리칼이 수북하게 땅에 떨어졌다.

"턱 들어."

전기면도기가 지나간 자리에서 수염에 가려 있던 초췌한 얼굴이 드러났다. 간수는 이발과 면도를 끝내고 저쪽에 가 있으라고 지시했다. 남자는 그곳에 구부정하게 서 있었다. 빛은 창백하고 쪼글쪼글한 피부를 노골적으로 비추었다. 뼈와 가죽. 우묵하게 쑥 들어간 치골. 간수는 비닐장갑을 벗어서 쓰레기통에 넣고 샤워 호스를 켰다. 남자는 좀 더 몸을 떨며 웅크렸지만 두 손으로는 여전히 은밀한 부분을 가리고 있었다. 다음 순간, 물줄기의 수압이 어찌나 셌던지 남자가 벽에 부딪쳤다.

"뒤로 돌아!"

남자는 이제 엉덩이가 없었다. 엉덩이가 있어야 할 자리에는 쭈글쭈글한 주름뿐이었다.

물줄기가 멎었다.

"비누칠해, 거기 비누가 있어."

남자는 맥없이 비누칠을 했다. 그는 나무토막처럼 뻣뻣했다. 비누 조각을 는 손으로 부릎을 분질렀다. 그 이상 몸을 구부렸다가는 사람이 두 동강 날 것처럼 위태위태했다. 간수는 위치를 옮겨 남자의 고환 쪽에 샤워 호스로 물을 뿌렸다.

샤워가 대충 끝나자 간수가 수건을 건네주었다. 사내는 허벅지보다 무릎 관절이 굵어 보였다. 얇은 피부 아래 힘줄들이 고스란히 잡힐 듯했다.

구호 단체에서 보내온 의복이 지급되었다. 술 달린 스웨터와 낡은 운동복이었다. 윗도리 등짝에는 '에네르기 콧부스(Energie Cottbus)'●라는 로고가 들어가 있었다.

여자를 제외한 나머지 사람들은 모두 이발과 샤워를 거쳐야 했다. 베그는 자기 사무실에서 의사가 오기를 기다렸다. 그러는 동안 신문을 읽고 담배를 한 대 피웠다. 그의 책상에는 보안 요원 구

● 독일 프로 축구 리그인 분데스리가 소속 클럽.

인 광고가 놓여 있었다. 보안 쪽은 전망이 있었다. 얼마 전부터 그 분야가 잘나가는 눈치였다. 일단 보수가 좋았다. 보안 업무 종사자들은 권한이 적은 대신 가능성이 많았다. 보안 전문 인력에 대한 수요는 갈수록 늘어나는 추세였다. 부자들은 경찰에게 별 기대를 하지 않았다. 그들은 자기 재산을 지킬 방도를 알아서 구축했다. 그런 부자들이 점점 늘고 있었다. 그리고 부자들의 그늘 아래서 겉옷 아래 데저트 이글 권총을 소지하고 이어피스를 착용한 장정들의 사업이 번성하는 중이었다. 베그 밑에 있던 젊은 친구들도 여러 명 경찰복을 벗고 그쪽으로 넘어갔다. 베그도 가끔 경찰을 때려치울까 생각했지만 욱해서 한 번 해보는 몽상 이상은 아니었다. 습관은 그를 제자리에──그 자리의 안락함에──매어놓았다.

간수가 마지막 한 명을 남겨두고 서장실로 베그를 데리러 왔다. 그 마지막 부랑자의 핏기 없는 몸은 문신으로 뒤덮여 있었다. 전과자가 분명했다. 견갑골 사이에는 교회 문신이 있었고 장딴지에는 만(卍) 자가 새겨져 있었다. 하트와 가시철사 무늬는 곳곳에서 찾아볼 수 있었다. 전형적인 감방 암호들이었다. 베그는 그의 등짝에 새겨진 교회의 돔 개수로 그가 빵에 몇 번 들어갔다 나왔는지 알 수 있었으나 나머지 문신들의 의미는 잘 몰랐다.

의사는 여자였고 신참이었다. 어쨌든 베그는 처음 보는 의사였다. 그는 대체로 가방끈이 긴 여자들을 불편해했다.

의사는 여자를 보러 들어갔다가 금방 다시 나와서 걱정스럽게 물었다. "혹시 라텍스 장갑 있나요?"

잠시 후, 의사가 서장실에 들어왔다. "아기가 언제 나올지 몰라요! 여기 둘 수 없어요!" 베그는 의사가 분노를 억누르려 애쓰고 있음을 눈치챘다.

"당장 입원시켜야 해요. 여기 들어온 지 얼마나 됐어요?"

"몇 시간 안 됐습니다." 베그가 대답했다.

"다른 사람들두 좀 볼게요."

한참 뒤, 지하 유치장에서 올라온 의사는 말을 잃은 듯했다. 그녀는 "마실 것 좀 있나요?"라고만 했다.

간수가 병을 따서 큰 잔에 물을 따라주었다.

"저 사람들, 누구예요?" 의사가 물었다.

베그는 으쓱 어깻짓만 하고 말았다.

"아이도 입원시켜야 해요. 영양실조가 심각해요. 뭐, 다른 사람들도 다 영양실조이긴 한데 여자와 아이는 당장 링거를 맞아야 할 만큼 위중해요. 나머지는 당분간 여기 있어도 됩니다. 모두 몸이 정상이 아니에요. 제가 두고 볼 수만은 없어서 일단 해열제를 줬어요. 특별식을 제공해야 해요. 아무거나 먹으면 큰 문제가 일어날 수 있거든요. 이 전화기, 써도 될까요?"

소년과 여자는 그날 바로 죄수들을 감금 치료할 수 있는 정신병원으로 이송되었다. 의사는 다른 수인들의 식단을 짜주고 다음

날 다시 오겠다고 했다. 그녀의 구두 굽 소리가 계단통에 또각또
각 울렸다.

"여장부네요." 간수가 한마디 했다.

거의 같은 시각에 도착한 뉴스가 벌집을 완전히 들쑤셔놓았다.
부랑자들의 소지품에서 사람 머리가 나왔단다. 무슨 수를 써도
감방과 복도에서 악취가 가시지 않아 결국 그들이 가지고 들어온
물건들을 뒤질 수밖에 없었고, 한 번 얼었다가 녹은 사람 머리통
을 결국 발견하고 말았다. 경찰들은 손수건과 손으로 코와 입을
틀어막고 보랏빛이 도는 그 시커먼 물체를 관찰했다. 그 요상한 물
체는 비닐에 둘둘 싸여 있었는데 꺼내보니 사람 코와 입술 모양을
알아볼 수 있었다. 찢어지고 쳐들린 입술 안쪽으로 부스러진 누
런 치아들이 보였다. 눈구멍도 찢어지고 속이 비어 있었다. 대원
한 명이 토악질을 했다.

그들이 책상에서 뒷걸음질을 치는데 마침 서장이 들어왔다. 베
그는 대원이 내미는 수건으로 코와 입을 막았다. 머리가 저절로
뒤로 젖혀졌다. 이건 자기 의지로 적응할 수 있는 문제가 아니었
다. 체면상 표정 관리는 할 수 있을지 몰라도 내상(內傷)은 피할
수 없었다.

몸에서 떨어져나온 목 주위에 깊게 벤 상처들이 있었다.

머리만 달랑 있었다. 신체 다른 부위는 발견되지 않았다.

젠장, 머리통이라니. 지금 세상에도 머리를 잘라서 들고 다니

는 인간이 있단 말이야? 칠흑같이 시커멓고 기분 나쁜 물건을? 암 덩어리인 줄 알겠네. 암 덩어리도 저렇게 구역질 나진 않겠지.

흑인의 머리일까, 아니면 부패로 인한 변색일까? 지구 상에서 이쪽 지역만큼은 아직도 흑인을 보기 힘들었다. 그들이 살기에는 조건이 열악했다. 도시에 흑인이 한 명 나타났다 하면 반드시 폭행 사건이 일어났다. 타로 클럽에서 디제이로 일하던 흑인은 길에서 칼에 맞았다. 이곳은 흑인들이 살기에 만만한 동네가 아니었다. 그래서 어쩌다 흑인이 흘러들어와도 결코 오래 사는 법은 없었다.

베그는 그 머리의 특징을 꼼꼼하게 파악하고 정리했다. 위쪽과 뺨에 심한 상처가 많았고 눈 아래도 크게 찢어져 있었다. 날이 워낙 추운 데다가 비닐로 꼭꼭 싸맨 탓에 지금까지는 부패가 더디게 진행됐지만 이제 금방 썩어문드러질 터였다. 베그는 복도로 완전히 나간 후에야 겨우 코를 틀어막은 수건을 치울 수 있었다.

28. 이것이 나와 너희 사이에
세운 계약의 표다

베그는 영원자가 당신의 백성에게 당부하신 말씀을 읽다가 잠이 들었다. 그는 자기가 알아야 할 경전을 다 읽고 나서 진짜 유대교인이 될지 그냥 유대인 혈통을 물려받은 보통 사람이 될지 결정하기로 다짐했다. 그 모든 책과 기록에서 저절로 답이 떠오르리라는 순진한 기대를 품었던 것이다. 그런데 읽어야 할 글이 산더미였다. 그는 아무것도 건너뛰지 않고 찬찬히 읽어나갔다. 무엇이 그의 궁극적 소명을 밝혀줄지 모르는 일이었으니까.

그런 연유로, 그는 토라의 세 번째 책을 읽다가 까무룩 잠이 들었던 것이다. 책에서 곰팡내와 향내가 솔솔 났다. 아브라함, 이삭, 야곱의 생애는 꽤 재미있게 읽었다. 약속의 땅에 뜨는 태양이 그의 얼굴도 비춰주었다. 그는 희생 제의에 바칠 염소들이 매애매애 우는 소리를 들으면서 바위에 잠시 머리를 기댔다.

「레위기」는 그의 주의력을 오래 붙잡아두지 못했다. 여기서는 영원자의 요구가 참 세세하기도 했다. 우연에 맡겨도 되는 부분이 하나도 없었다. 지루하고 꼼꼼한 당부가 자장가처럼 베그의 눈꺼풀을 잡아당겼다. 입가에서 새어나온 침이 탁자에까지 흘러내렸다. 그는 거칠게 숨을 쉬다 결국 너무 불편해서 잠에서 깼다. 무음 상태로 켜놓은 텔레비전에서는 여장 남자가 웃음거리가 되고 있었다. 관객들은 입이 찢어져라 웃어댔다. 아, 남자가 여자 옷 입은 게 뭐 그리 웃기다고 다들 한장을 하지? 도대체 서치가 안 나오는 방송이 뭐야? 고독한 카니발, 시끄럽고 천박한 실패한 광대, 피해자 신세로 태어난 인간. 마음대로 때리고 상처 줘도 괜찮은 동네북이자 속죄양. 여장 남자는 몸을 뒤틀며 비명을 질러댔지만 폭력에 어지간히 면역이 되어 있는 듯 보였다.

밤 열한 시가 넘었다. 베그는 손등으로 입을 닦았다. 텔레비전으로 다가갔다. 그는 자고 일어날 때마다 아킬레스건에 통증을 느끼곤 했다. 그가 잠든 동안 누군가가 아킬레스건을 짧게 줄여놨나 싶을 정도였다. 힘줄이 파열된 건 아닌지 걱정이 됐다. 텔레비전 소리를 켰다. 방 안에 왁자한 웃음소리가 확 퍼졌다. 여장 남자가 스튜디오를 가로질렀지만 무대 뒤로 숨기 전에 우스꽝스러운 체조복 차림의 보디빌더에게 붙잡혔다. 관객들이 또 한바탕 웃음을 터뜨렸다. "여러분! 여러분!" 진행자가 언성을 높였다. 그가 카메라를 떨떠름하게 곁눈질하면서 말했다. "제가 이분을 '신사분'라고 해야 할까요, '숙녀분'이라고 해야 할까요?"

다시 관객석에서 요란한 웃음소리가 폭포처럼 쏟아졌다.

베그는 때때로 잔인하고 가학적인 것에서 즐거움을 얻고자 하는 것이 없는 자들의 속성인가 하는 생각을 들곤 했다. 시집살이도 당해본 사람이 시킨다고, 고통을 좀 안다는 사람들이 더했다. 남의 고통은 자신의 괴로운 사정, 살아갈 걱정을 잠시 잊게 한다. 하지만 콜레르의 주장에 따르면 일본 방송에는 가학적인 프로그램이 훨씬 더 많단다. 콜레르는 인터넷에서 그 예들을 찾아보았다. 그렇지만 일본인은 문명 수준이 높고 경제적으로도 풍요롭다. 콜레르는 일본만큼 남의 괴로움을 웃음의 소재로 삼는 곳은 세상 어디에도 없다면서 베그에게 반론을 제기했다. 베그의 주장은 현실의 벽에 부딪혀 푸딩처럼 무너져내렸다.

양치질을 하고 거울을 들여다보았다. 눈알을 굴려보고 입을 벌렸다. 오른쪽으로 한 번, 왼쪽으로 한 번, 최대한 고개를 꺾어보기도 했다. 아무 이상도 없었다. 최소한 아직은 아무 이상도 없다고 말할 수 있었다.

오후 늦게 부검 보고서가 도착했다. 부랑자들의 소지품에서 발견된 머리는 흑인의 머리였다. 벌레들에게 손상된 점으로 볼 때 한동안 실외에 방치되었던 것은 분명하나 그 기간은 정확히 알 수 없었다. 이 흑인은 타박상을 입힐 수 있는 흉기——법의학자가 즐겨 쓰는 표현이었다.——에 살해된 것으로 추정되었다.

부랑자들은 심신이 매우 약해져 있었기 때문에 하루 이틀 더

기다려줘야 했다. 그들은 본래 공공질서 파괴라는 죄목으로 체포되었다. 하지만 살인 사건이 있었다면 관심의 열기는 더해질 수밖에 없었다.

그는 침대에 누워서도 폭주하는 생각들을 좇기 바빴다. 범죄는 그들을 결속하고 붙잡아주었다. 그들은 증거를, 그러니까 피해자의 머리를 가지고 다녔다. 그 머리는 자기들의 악행을 자꾸만 생각나게 했을 것이다. 왜 굳이 그들은 기억하려 했을까? 무슨 목적으로? 베그는 궁금해서 잠이 오지 않았다. 그의 시선이 1킬로미터, 혹은 그보다 더 먼 곳에 있을 희미한 점을 포착하려는 듯 천장을 헤맸다. 언젠가 머리가 발견되리라는 사실을 그들이 몰랐을리 없다. 그들은 자기네 행동이 불러올 결과를 감내했다. 그 결과보다 훨씬 더 중요한, 다른 목적이 있었을 것이다. 머리의 의미. 그머리는 뭔가를 상징할 것이다.

베그는 이 바닥에서 온갖 종류의 크고 작은 범죄들을 보았다. 사람이 행동의 결과를 생각지 않게 되는 순간이 늘 닥친다. 무슨 벌을 받든 상관없다는 심정으로, 본능에 따라 움직이는 순간이 온다.

작년 겨울에는 노숙자 두 명이 개를 잡아먹었다. 누군가에게는 애틋한 반려동물이지만 누군가의 눈에는 먹음직한 고기로밖에 보이지 않는다. 지켜야 할 선이라는 것이 모두에게 똑같지가 않다. 개주인은 공원에 달려가 그 노숙자들의 머리를 도끼로 내리쳤다. 그는 현장에서 순순히 체포에 응했다. 마음 가는 대로 일을 저지른

대가를 치를 각오가 되어 있었던 것이다. "그 새끼들은 더러운 손으로 내 개를 건드리지 말았어야 했어요." 경찰서 사람들은 개 주인의 마음을 헤아리고도 남았다. 이 추잡한 세상에서 아이와 반려동물은 마지막 남은 순수가 아닌가. 아이와 동물은 건드리면 안 된다!

베그는 도끼로 살인을 저지른 개 주인이 전반적으로 동정받는 분위기가 걱정스러웠다. 자기 개를 잡아먹었다고 도끼로 남의 머리통을 쪼갠 사람 편에 여론이 선다면 세상이 개판되는 거다. "엄지와 검지를 빛이 통과하지 않게 꼭 붙여보게. 그러면 카오스가 얼마나 가까이 있는지 알게 될 걸세." 베그는 부하들에게 그렇게 말했다. 경찰은 바로 그 여린 빛, 미세한 틈을 감시하기 위해 존재했다.——좋은 일이든 나쁜 일이든 말이다.

상념들은 점점 더 크게 파문을 그리며 표류했고, 베그는 마침내 잠이 들어 다음 날 기억나지 않을 꿈을 꾸었다. 그는 꿈을 기억하는 법이 없었다.

아침에 일어나 샤워를 하고 물 빠지는 구멍에 오줌을 누었다. 아침의 첫 소변만큼은 오줌발이 예전 못지않았다.

만약 유대교에 귀의한다면 할례를 받아야 할 터였다. 영원자의 요구는 명명백백했으니까.

이것이 너와 네 후손과 나 사이에 세운 내 계약으로서 너희가 지켜야 할 일이다. 너희는 포경을 베어 할례를 해야 한다. 이것이 나와 너희 사이에 세운 계약의 표다.●

258

아브라함은 아흔아홉 살에 이 명을 받았다. 그는 자기 집안의 모든 사내에게 할례를 해주었고 자신의 포피는 자기 손으로 직접 베었다. 영원자는 자기 백성의 몸에 표식을 남기기 원했고 그들의 피와 고통을 요구했다. 계약은 영적인 것일 뿐 아니라 육체적인 것이기도 했다.

포피가 갑자기 없어지면 지타가 어떻게 생각하려나? 벌써부터 다다다다 잔소리가 들리는 듯했다. 그렇잖아도 거실 탁자에 왜 이렇게 책을 쌓아놓고 사느냐고 한 소리 들었는데.

"이거 뭐야, 책을 앞장에서 뒷장으로 읽어야지…… 맨 뒤에서부터 읽는 거예요?"

그녀의 눈은 신기하다 못해 미심쩍은 신문물을 구경하는 것 같았다.

그 책들은 이제 돼지고기를 먹지 않겠다는 선언, 나아가 할례를 받겠다는 선언의 예비 과정이 될 것이다. 베그는 지타에게 랍비와의 만남이나 자신이 유대인 혈통이라는 사실을 말하지 않았다. 그런 얘기도 차차 털어놓아야 할 것이다. 베그는 점진적 전략이 제일 좋다고 생각했다. 가랑비에 옷 젖듯 해야지, 다짜고짜 와르르 쏟아놓으면 일을 그르칠 공산이 크다. 그랬다가는 이런 말밖에 안 나온다. "순리대로 해요, 폰투스. 나는 가톨릭이고 유대인과는 동침할 수 없어요! 그 정도는 당신도 알 텐데요, 그렇지 않나요?"

● 「창세기」 17장 10~11절.

베그는 고민하고 있었다. 그는 무엇보다 지타의 돌아가신 어머니가 두려웠다. 그 망할 여편네가 저승에서 지타에게 배라먹을 충고를 하면 어쩌나. 저승에서 이승에 감 놔라 배 놔라 할 수 있다니 얼마나 고약한 노릇인가. 죽은 자들은 죽은 자들대로, 산 자들은 산 자들대로 살았으면 좋겠구먼.

지타를 잃을 수는 없다. 돈으로 살 수 있는 여자들도 있다. 모리스 사창가에 그런 여자들은 널리고 널렸다. 하지만 지타와의 관계처럼 편안하고 친밀한 사이가 될 수는 없다. 그런 여자들은 신경에 거슬리는 습관을 못 버린다. 추잉껌. 육감적인 몸뚱이. 그가 알아듣지 못하는 단어들.

창녀들의 무심한 태도도, 그는 못 견딜 것이다.

티나! 티나가 있었다. 하지만 그녀는 매춘을 그만뒀다. 이제 미트로프만 전문으로 한다.

지타는 베그의 집에 오면 항상 신발을 벗고 복도 벽장에 넣어두는 실내용 슬리퍼로 갈아신었다. 그녀는 베그의 주방을 자기 주방처럼 편하게 여겼다. 스토브를 닦고 수프를 끓일 물을 준비했다. 그녀가 청소를 하는 동안 수프는 뭉근하게 끓는다. 그렇게 몇 시간 후면 수프와 지타가 동시에 준비를 끝낸다. 그 어느 쪽도 서두르는 법 없이.

지타는 빳빳하게 풀 먹인 제복들을 옷장에 걸어놓고, 바지 허릿단에 멜빵 단추를 달고(베그는 바지가 삐뚤어지는 걸 싫어해서 벨트와 멜빵을 함께 착용했다.), 두 달에 한 번은 벽장의 좀약을 갈아줬다.

지타가 자고 가는 날이면 식탁에 술병이 올라온다. 가벼운 취기 속에 나머지 일이 오간다. 그녀는 베그가 이미 해줬던 사건 얘기, 추격전 얘기를 숨을 죽이고 흥미진진하게 듣는다. 그는 가끔 상황이나 사건을 윤색해서 새로운 이야기처럼 들려주기도 한다. 효과는 그 자신도 놀랄 정도다. 그런 다음에는 둘이서 함께 텔레비전을 보다가 잠자리에 든다.

그녀는 욕실에 들어갔다가 잠시 후 발목까지 내려오는 꽃분홍색 잠옷을 입고 나타난다. 화장실에 늘렀다가 이불 속으로 들어산다. 베그도 같은 코스를 거치지만 시간은 지타의 반밖에 안 걸린다. 그녀는 베그가 올 때까지 기다려준다.

불을 끈다.

이제 이불 스치는 소리밖에 나지 않는다. 자세가 잡히고 몸과 몸이 맞붙는다. 어둠 속의 다급한 탐색, "폰투스, 잠깐만요."라는 말. 베그는 다시 한 번 묵직한 욕망을 느낀다. 뒤집히는 한 척 선박이 된 기분. 그가 지타 위로 올라가 배를 맞춘다. 가벼운 떨림, 그가 속삭인다. "제군, 준비됐나?"

그녀의 목소리가 들린다. "폰투스, 당신이 기마병이라도 되나요?"

아무렴, 그는 기마병이다. 이제 막 전쟁터에서 돌아온 병사, 여자를 안아본 지도 까마득한 병사다. 그는 사랑에 주린 연인, 단 몇 분 만에 놀라운 무공을 세운다.

29. 쉼 없는 다리

취조실은 3층에 있었다. 주물 라디에이터가 펄펄 끓었다. 첫 번째 심문 대상의 파일에는 '남성, 성명 미상, 연령 미상'이라고 적혀 있었다.

남자는 취조실에 혼자 있었다. 그는 다리를 잠시도 가만두지 못했다. 몸은 취조실에 앉아 있지만 다리는 여전히 끝없는 길을 걸어가는 중이었다. 수갑 찬 두 손은 무릎에 얌전히 놓여 있었다. 그의 손은 꿈쩍 않고 제자리를 지켰다.

베그가 취조실로 들어설 때 남자의 다리가 멈칫했다. 하지만 베그가 의자에 앉기도 전에 그는 다시 다리를 달달 떨었다.

베그는 앉아서 파일을 열고 서류를 몇 장 꺼냈다. 남자 앞에 서류를 쭉 펼쳐놓고 웃옷 안주머니에서 볼펜을 꺼냈다. 검정색 볼펜. 그는 빨간색 볼펜과 파란색 볼펜도 늘 가지고 다녔다.

찰칵하고 볼펜 누르는 소리가 났다.

"자, 일단 이름부터. 이름이 뭐지?" 베그가 남자를 쳐다보았다.

남자는 아무 말이 없었다.

"이름이 없으시다." 베그가 심호흡을 하고 몸을 앞으로 내밀었다. "내 이름은 베그요. 여기 경찰서장이지."

남자는 베그 뒤의 어느 한 점을 응시하고 있었다. 어깨가 뼈밖에 없어서 그가 걸친 운동복은 흡사 옷걸이에 걸려 있는 것처럼 보였다. 살집이 좀 붙으면 어떤 모습일지 전혀 상상이 가지 않았다.

베그는 그의 몸에서 비에 씻기고 퇴색된 문신들을 보았다. 빵을 좀 드나든 자의 표식들. 주삿바늘 자국도 보았다. 그래서 이 남자가 첫 번째 취조 대상이 되었다. 마약꾼들과는 협상이 좀 되니까.

"그럼……." 베그는 잠시 끊겼던 대화를 재개하듯 운을 띄웠다. 남자는 반응이 없었다. 아직 이름조차 모른다는 게 짜증 나긴 했다. 이름을 알아야 비위를 맞추든지 두들겨 패든지 할 텐데. 이름은 이해의 표지판이다. 이름을 알아야 게임을 시작할 수 있다. 그래야 협상이 된다. 하지만 이들의 소지품에서 신분증은 발견되지 않았다.

"사람 머리가 나왔단 말이지. 당신들 중에서 누가 가지고 다녔지?"

침묵.

"당신 가방인가?" 베그가 손가락을 딱 소리 나게 튕겼다. "이봐, 사람이 말하면 봐야지!" 남자의 시선이 잠깐 벽에서 떨어지는가 싶더니 제자리로 돌아갔다.

"문제는 이거야, 당신들 속셈은 내가 판단할 필요 없어. 하지만 사람 머리가 나온 이상은……."

남자는 아무 말도 하지 않았다. 그는 가끔 눈을 감았다. 오랫동안 잠을 자지 못한 사람처럼 보였다.

베그는 경찰 학교 교재에서 읽었던 문장이 떠올랐다. "피해자는 머리가 몸과 영구적으로 분리되어 사망한 상태이다."

'영구적으로', 그래, 그 단어 때문에 얼마나 배를 잡고 웃었나!

베그는 책상 표면에 살짝 일어난 거스러미를 손톱으로 밀어냈다. 그들이 마주 앉은 지 10분이나 됐다. 하지만 베그는 걱정하지 않았다. 입 다물고 기다리는 것만큼은 자신 있었다. 침묵하고 기다릴 것. 시간은 충분했다.

베그가 경찰 학교에서 배운 대로라면 상대는 지금 자기 죄를 곱씹고 있을 것이다. 자기가 저지른 죄는 속에서 점점 더 크게 메아리치는 법. 죄는 밖으로 터져나올 구멍을 찾는다. 큰 소리로 공포될 방법을. 아무리 감쪽같은 죄라도 지금 자기 눈에는 그 죄가 훤히 보일 것이다. 그러다 차츰 다른 생각을 전혀 할 수 없게 된다. 시도 때도 없이 살인 장면이 눈앞에 펼쳐진다. 몸은 자기 죄에서 벗어나려 몸부림쳐도 정신은 계속 저항한다. 그러다 몸이 포기하는 순간이 온다. 정신과 손잡고 백기를 드는 순간이 온다.

맞은편에 앉은 남자를 바라보았다. 문득 의심이 들었다. 이 사람은 아예 여기 있는 것 같지도 않았다. 아주 먼 곳에 가 있는 사람 같았다.

"담배 한 대?" 베그가 말했다.

그는 자기 담배에 불을 붙이고 담뱃갑을 사내 쪽으로 밀었다. 라이터도 담뱃갑에 올려놓았다. 원래 마약하는 놈들은 이것저것 다 중독된다.

남자는 담배를 향해 손을 내밀었다. 수갑과 연결된 체인이 탁자 상판에 고리로 고정되어 있어서 손이 닿을락 말락 했다. 남자의 오른손은 손가락이 세 개뿐이었다. 그는 담배를 입에 물었다. 라이터 톱니바퀴가 돌면서 불꽃을 일으켰다. 타닥타닥 담배 만 종이가 타들어갔다. 사내는 눈을 감은 채 담배 연기를 폐로 깊이 들이마셨다. 그의 삶에 쾌감이 다시 고개를 들이밀었다. 맞은편에 앉은 남자 덕분이었다. 그는 이 사내를 몰랐지만 속에서는 고마움과 의존 심리가 슬며시 일어나고 있었다. 당근과 채찍을 겸비한 체계가 어느새 성큼 다가와 있었다. 그는 이 체계를 감사히 받아들일 터였다. 상과 벌을 함께 받을 터였다.

탁자 상판의 거스러미는 끈질겼다. 아무리 손톱으로 밀어도 깔끔하게 떨어지질 않았다.

취조실에는 재떨이가 없었다. 베그의 담배에 기둥 모양의 재가 아슬아슬하게 매달려 있었다. 베그는 잠시 일어나 문을 발로 열고 재떨이를 가져오라고 지시했다.

담배가 반쯤 타들어갔을 때 남자가 갑자기 무시무시하게 기침을 했다. 당장 숨이 넘어갈 것 같았다.

"오랜만에 피웠나 보네?" 베그는 남자의 기침이 가라앉기를 기다렸다가 그렇게 물었다.

남자가 고개를 끄덕거렸다. 눈에는 눈물까지 맺혀 있었다.

"얼마나 됐나?"

남자가 살짝 미소를 지으며 어깨를 으쓱했다. 정말 오랜만이었다.

"몇 달? 한 여섯 달?"

미소가 사라지고 설움에 북받친 표정이 나타났다. 사내가 상체를 기울여 담배를 재떨이에 껐다. 베그의 질문은 담배 연기와 함께 날아가버렸다.

"자네는 어디서 왔지? 자네가 여기 있다고 알려야 할 사람들이 있나? 처자식이라든가, 가족은 있나? 그래도 소식을 알고 싶어 하는 사람이 누군가 있겠지?"

"가족은 없습니다." 남자의 목소리는 맥이 없었다.

"그럼, 어디서 왔어?"

남자가 도리질을 했다. "공포의…… 덤불."

"뭐라고?"

"밀렵꾼이 그랬죠……. 거길 넘어야 한다고, 그럼 집에 갈 수 있다고."

"밀렵꾼이 누구야?"

남자는 입을 다물었다.

"지금 여기가 어디인지는 아나?"

하지만 남자는 이미 베그가 다다를 수 없는 곳으로 도로 가버린 듯했다.

"당신들 짐에서 사람 머리가 나왔기 때문에 여기 있는 거야. 당신들은 모두 용의자야. 누가 당신들 짐에 몰래 사람 머리를 넣었다면 모를까. 혹시라도 그런 경우라면 당신들은 금방 풀려날 거야."

남자는 여전히 말이 없었다.

"그래, 그 덤불은 어떻게 생겼지?"

남자는 말이 없었다. 베그는 손기릭으로 탁자를 두들겼다. 취조실 위쪽 창문은 텔레비전 화면처럼 짙은 회색이었다. 간밤에 또 눈이 왔다. 오늘 아침에 출근할 때는 날이 춥고 맑았다.

사내의 고개가 푹 꺾였다. 숨소리가 깊었다. 이 자식, 잠이 들었나?

오전에 경찰서에 도착했을 때의 일이다. 옥사나가 "시장님이 오셨어요."라고 했다.

하루의 시작이 이보다 더 엿 같을 수는 없었다. 옥사나의 눈알이 바쁘게 돌아갔다.

"시장님은 지하 유치장에 내려가셨어요."

베그는 옥사나가 저렇게 눈을 굴릴 때면 골치 아픈 일이 있다는 것을 잘 알고 있었다.

블로크는 수행원 둘을 데리고 경찰서에 다짜고짜 쳐들어와 유치장으로 안내하라고 했단다. 베그가 내려가보니 시장은 수인들을 한 줄로 세워놓고 있었다. 그들은 시장 앞에서 파들파들 떨고 있었다.

"폰투스!" 블로크가 큰 소리로 그를 불렀다.

문이 둔탁한 소리를 내면서 닫혔다. 베그는 그 자리에 서서 상황을 살펴봤다. 단지 바라보는 것만으로 상황의 흐름을 더디게 할 수 있다. 따라서 생각할 시간을 그만큼 벌 수 있다.

"뼈다귀들의 행진인가! 나 참! 내가 무슨 말을 들은 건가? '머리'를 가지고 다녔다고? 사람의 '머리'를? 이보게, 폰투스…… 그런 일이 있었는데 왜 전화를 안 했나? 전화 한 통 하는 게 그렇게 어려워?" 시장은 엄지와 검지로 전화번호 누르는 시늉을 해 보였다. 베그는 머릿속으로 정리했다. 말이 많은 흥분 상태. 충혈된 흰자위. 열쇠 구멍 같은 동공.

수인들은 불쌍하게도 다닥다닥 붙어 선 채 박박 민 머리통을 푹 수그리고 있었다. 줄기가 부러진 해바라기들이 연상되었다.

베그는 간결한 몸짓으로 수인들을 들여보냈다.

"뭐야, 폰투스, 젠장, 지금 뭐 하자는 거야?"

폰투스가 돌아섰다. 세미온 블로크가 그를 밀치기라도 할 듯 바짝 다가와 있었다. 위스키 냄새가 훅 끼쳤다. 밤새 술과 코카인●에 절었다가 스트레스 해소를 해보겠다고 여기로 들이닥쳤을 것이다. 파티는 계속되어야 하니까.

● 마약의 일종.

"이제 모두 나가주십시오. 여긴 패션쇼장이 아닙니다." 베그가
말했다.

블로크가 베그의 코앞에 삿대질을 했다. "아, 폰투스, 맛이 갔
구먼. 이건 월권이야, 알아?"

베그는 그 자리에서 꿈쩍도 하지 않았다. 분노가 그에게 길을
보여주었다. 이제 그는 물러설 수 없었다. "자, 나가주세요!"

"폰투스, 폰투스." 세미온 블로크가 도리질을 했다. 하지만 이제
흥은 깨졌고 그는 급격히 피곤해졌다. 어디 좀 누워 있을 데 없나?

"폰투스, 감히 건방을 떤다 이거지. 더럽게 건방지구먼."

시장은 그렇게 말하고 수행원들에게 손짓을 했다. 간수가 벨을
누르자 문이 열렸다. 시장은 기가 찬다는 듯 가벼운 미소를 띠고
패배를 원숭이처럼 짊어진 채 그 자리를 떠났다.

간수가 헛기침을 했다. "서장님, 수인들을 엉뚱한 방에 넣으신
것 같습니다만."

베그가 검지를 들어 보이자마자 간수는 파리를 삼키는 개처럼
재빨리 입을 닫았다.

블로크는 이 모욕을 결코 그냥 넘기지 않으리라. 언제고 베그가
무방비 상태에 놓일 때 역공이 들어올 것이다. 고로, 베그는 오늘
아침 일을 잘 기억해둬야 한다.

세미온 블로크는 시장으로서 거의 절대적인 권력을 쥐고 있었
다. 미카일로폴은 그의 사유 재산이었다. 시장의 검정색 캐딜락 에

스컬레이드는 보도에 주차해도 오케이, 제한 속도를 무시해도 오케이, 신호를 무시해도 오케이였다. 시장 임기 동안 그가 소유한 땅은 두 배가 되었다. 아무도 그를 건드릴 수 없었다. 블로크가 법보다 위에 있었다.

특혜, 뇌물, 족벌주의. 솔직히 이 모든 것이 하나의 체계를 이루고 있었다. 근시안적이고 잘못된 체계를. 베그는 최근 10년, 15년 동안 전반적인 퇴락을 지켜보았다. 편파성과 탐욕은 경제를 통째로 말아먹었다. 이제 뒷돈과 미심쩍은 허가 없이는 땅 한 평 팔 수 없었고 집 한 채 지을 수 없었다. 오죽하면 아예 집을 짓지도 않게 됐을까? 사회적 인간관계는 부패의 똥통에 처박혀버렸다. 어차피 모두 손에 똥을 묻혔기 때문에 남에게 손가락질할 수도 없었다. 사리사욕 그 이상을 생각하는 자는 없었다. 장기적 안목이 있는 지도자나 정치인도 없었다. 체계는 모두에게 협력을 요구했다. 이걸 거부하는 자는 체계 밖으로 밀려났다. 체계는 눈처럼 순전한 영혼마저 기어이 타락시켰다. 그렇게 모든 것이 썩었다.

오늘 아침, 그는 세미온 블로크의 자만심에 흠집을 냈을 뿐 아니라 체계를 흔들어놓았다. 아주 잠깐이었지만 말이다. 시장은 복수할 것이다. 언제가 됐든, 어떤 식으로든, 시장은 머지않아 그를 체계 밖으로 밀어낼 것이다. 그는 힘을 잃을 것이고, 결국은 쫓겨나리라. 베그는 훤히 내다볼 수 있었다. 체계는 자기에게 장단을 맞추는 자들만을 보호한다.

그는 차분히 받아들였다. 어차피 일어날 일이었다. 블로크에 대한 적개심을 분출하고 나니 도리어 일종의 안도감이 들었다. 앓던 종기를 메스로 터뜨린 기분이었다. 구역질 나는 고름 냄새가 오래 전 그가 잃어버린 존엄성을 다시금 생각나게 했다.

그의 편지는 오후 늦게 블로크에게 도착할 것이다.

베그는 수인들을 따로따로 떼어놓으라고 지시했다. 그들은 일단 고립되어야만 그들을 하나로 묶는 기묘한 마법의 힘에서 풀려날 성싶었다.

30. 아톰

정신 병원이 드리운 그늘 아래로 베그는 정문을 향해 걸어
갔다. 뽀드득뽀드득 눈 밟는 소리가 났다. 병원 건물은 칠이 다 일
어나 건선 환자를 떠올리게 했다. 키 큰 아치형 창들이 보였다. 정
문 양쪽으로 벽이 파인 부분에 기사상이 있었다. 기사의 얼굴은
투구에 완전히 가려져 있었다. 미카일로폴까지 미치는 빈 예술계
의 영향력에 베그는 늘 놀라곤 했다.

소년은 천장이 높고 볕이 잘 드는 방에 누워 있었다. 고칼로리
영양 수액이 한 방울씩 소년의 혈관으로 흘러들어갔다. 아이는 지
금 베개에 머리를 받치고 잠들어 있었다. 살갗이 집시나 아랍인처
럼 가무잡잡했다. 간호사들은 소년을 귀여워해서 사탕이나 하트
모양 각설탕 따위를 주곤 했다. 침대 머리맡에 있는 탁자에 짝퉁
이 아니라 진짜 코카콜라가 한 병 놓여 있었다. 콜라를 마셔본 적

이 한 번도 없대요, 라고 간호사가 말해주었다. 간호사들은 알록 달록한 사슴이나 해적 그림을 병실 벽에도 붙여놓았다. 소년은 그런 걸 좋아하기에는 꽤 자란 아이였는데도 말이다. 건실한 간호사들의 마음은 소년의 사연 앞에 무너졌다. 이 아이가 쓰레기통을 뒤져서 음식 찌꺼기를 먹고 살았다는 사연 말이다. 사람 머리가 발견됐다는 소식을 듣고도 간호사들은 이 소년이──그네들의 어린 새가──나쁜 짓을 저질렀을 거라고는 상상할 수 없었다. 같은 층 다른 복도에 입원한 임신부도 그런 일을 할 사람으로는 보이지 않았다. 너구나 소년과 여자 말고 남자들이 있다고 하지 않았나? 이 세상 문제는 다 남자들이 일으킨다.

베그는 병실 문에 난 작은 창으로 소년을 잠시 살펴보았다. 갑자기 다른 병실에서 정신병자들이 동시에 괴성을 질러댔다. 동물원에 와 있는 기분이었다. 소년이 자다가 얼굴을 찡그렸다. 실성한 자들의 질러대는 소리가 골수까지 파고들었다.

아이는 너무 말라서 곧 죽는다고 해도 이상하지 않았다. 창백하다 못해 속이 비쳐 보일 듯했다.

"애가 말은 합니까?" 베그는 간호사에게 물었다.

간호사가 고개를 끄덕였다. "가끔요."

"이름이 뭐예요? 말을 하던가요?"

"아뇨, 그래도 입을 열긴 했어요. 부탁하신 대로 다 기록해두었어요. 음, 특별한 얘긴 없었지만요. 이렇게 푹신한 침대에는 처음 누워본다고 하더군요. 아, 그리고 형이 있대요. 부모는 농사를 지었나 봐요. 애는 착해요."

간호사가 열쇠로 문을 열고 앞장서서 병실로 들어갔다. "손님 오셨다." 소년이 눈을 크게 뜨고 베그를 처다보았다. 간호사는 영양수액을 확인하고 병실에서 나갔다.

베그는 소년에게 주려고 가져온 만화책 몇 권을 침대에 내려놓았다. "너, 심심하겠구나." 아톰이 등장하는 일본 만화였다. 아톰은 진짜 심장을 가진 소년 로봇이다. 베그는 이미 한 권을 훑어봤다. 아톰은 지구와 우주를 무대로 악과 싸운다. 공중으로 날아오를 때는 전투기처럼 다리 아래서 불꽃이 나온다. 소년은 만화책을 이불 속으로 감추었다.

가난이란, 베그는 생각했다.

침대 옆에 의자가 있었지만 그는 앉지 않았다. 그는 뒷짐을 지고 격자창 너머를 바라보았다. 정원이 눈부시게 하얬다. 북쪽 면으로는 나무들이 설탕처럼 고운 눈을 뒤집어쓰고 있었다. 어쩌면 그는 경찰을 그만둔 후에 정원사가 될지도 모른다. 작은 이륜 수레와 괭이를 가지고 다니는. 그는 식물과 계절을 웬만큼 알았다. 그의 화단은 환자들의 기운을 북돋아줄 것이다.

"눈이 왔어. 앞으로 계속 내릴 거다. 너희를 늦지 않게 찾아내서 다행이야."

베그는 돌아서서 침대로 다가와 앉았다. 소년의 아무 감정 없는 차가운 눈빛이 마음에 들지 않았다. 그는 이따금 아이들에게 열등감을 느꼈다. 자기가 어른이 되었다는 사실이 흡사 배신 같았다. 둑 위에 있던 그 꼬마, 어린 시절의 자기 자신이 생각났다. 빼빼 마르고 '쌩쌩하게 잘 돌아가던' 몸의, 체지방도 별로 없고 기억도 별로 없던 아이. 자세를 잡아야 할지 다이빙을 해야 할지 엉거주춤 서 있던 그 아이. 쉰세 살 사내의 시선이 열세 살 소년에게 머물렀다. 그 간격은 가깝고도 멀었다.

입원해 있는 아이에게 그런 얘기를 할 계제는 아니었다. 아이는 어른이 늘 어른이었던 것처럼 생각한다. 어른이 예전에는 지금과 다른 모습이었다고 상상하지 못한다. 그러니 말할 필요도 없는 얘기다.

"이름이 뭐냐?"

대답이 없었다.

"너희는 어디서 왔지?"

"몰라요." 베그는 소년의 대답을 듣고 조금 놀랐다.

낭랑하고 높은 음성은 여자아이 목소리에 가까웠다. 베그는 아래팔로 무릎을 짚고 상체를 내밀었다. "어떻게 모를 수가 있지? 다른 사람은 그렇다 쳐도, 네가 어디서 왔는지 네가 왜 몰라?"

"그 사람이 제 머리를 밀 때 아저씨를 봤어요." 소년이 이 말을 하고서 앙상한 어깨를 으쓱했다. 새처럼 뼈가 가녀렸다.

"당연하지, 내가 경찰서장이니까."

소년은 주삿바늘을 꽂지 않은 팔을 들어 자신의 까까머리를 만졌다.

"네 머리가 얼마나 더러웠는지 잘 모르나 보구나. 도대체 얼마나 머리를 안 감았던 거야?"

"비누가 없는데 어떻게 씻어요." 소년이 분한 듯 대꾸했다.

"그래, 맞다." 베그는 그렇게 인정하고 침을 삼켰다. "어쨌든 난 아직 네 이름도 모르고 너희가 어디서 왔는지도 모르거든?"

"아저씨가 거기 있었던 거 아니잖아요. 그러니 알 필요 없어요."

베그가 차갑게 웃었다. "나도 네 말대로 됐으면 좋겠구나. 하지만 너희 짐에서 사람 머리가 나왔다. 알고 있었니?"

소년은 꼼짝도 하지 않았다.

"너희 중 누군가가 그 사람의 머리통을 박살내고 시신에서 머리를 잘라냈어. 너희는, 한 사람도 빠짐없이 전부 다, 나의 수사 관할 지역에 들어와 있고 그렇기 때문에 난 알아야 해. 이건 범죄 문제고 나는 모든 것을 알아내야만 해. 누가 그런 짓을 했는지, 이유는 뭔지. 범인이 밝혀지면 다른 사람들은 풀어줄 거야."

소년의 눈에 베일이 드리워졌다. "아저씨는 거기 없었잖아요……." 아이가 힘없이 읊조렸다.

"그러니까 무슨 일이 있었는지 말해달라는 거야. 나는 거기 없었으니까. 너도 빨리 털어놓을수록 여기서 빨리 나갈 수 있어. 이곳에 계속 있고 싶어?"

아이가 도리질을 했다. 그러고는 황망하게 시선을 이리저리 돌렸다.

"집에 가고 싶지?"

소년이 입을 비죽 내밀고 보일락 말락 고개를 끄덕였다. 어디선가 정신병자가 고함을 질렀다. "닥쳐! 닥치라고! 닥쳐! 닥치란 말이야!" 또 다른 환자는 울부짖었다.

"밤낮으로 소리를 질러대요. 저 사람들은 왜 저러는 거예요?" 소년이 물었다.

"미치면 원래 저래. 이유는 아무도 몰라."

소년이 이불 속에서 발을 흔들었다.

"네 이름은 뭐지? 이제 말해줘도 되지 않을까?"

"내 이름은 아무도 알 필요 없어요."

"아니, 난 알아야만 해. 이름을 듣기 전엔 여기서 안 갈 거다."

"나세르 궐."

"좋아, 네 이름이 나세르 궐이라고. 넌 어디서 왔지, 나세르 궐?"

"이름 들었으니까 가세요."

"어럽쇼, 좀 기다리지 그래? 나는 이름 듣기 전엔 안 간다고 했지, 이름만 알려주면 간다고는 안 했다."

그는 소년이 놀라면서도 재미있어하는 기색을 알아차렸다. 말장난이 통했나 보다.

"그럼 언제 갈 건데요?"

"모든 것을 알고 나서."

한숨. "그 전엔 안 가요?"

"그 전엔 안 가."

"아무하고도 상관없는 일이에요. 거기 있었던 사람들만 빼고요. 설명할 수가 없어요. 아저씨는 거기 없었기 때문에 몰라요." 소년이 베그의 얼굴을 바라보았다. "아저씨는 이해하지 못해요."

침대 발치에서 이불 속 두 발이 초조하게 움직였다.

"날 너무 얕보지 마라. 절대 그래선 안 돼. 아저씨는 이해력이 상당하거든. 내가 직접 보고 듣지 않은 일도 잘 안단다. 아저씨는 경찰 일을 34년이나 했고 별의별 일을 다 봤어. 심각한 일, 웃기는 일, 두루두루 보았지. 오히려 내가 너무 많은 것을 알아차려서 골치 아플지도 모른다."

"아저씨가 본 것 중에 최악은 뭐였어요?"

"우열을 가릴 수가 없어. 그저 잊히는 것과 기억에 남는 것이 있을 뿐."

베그는 잠시 말을 멈추었다가 이렇게 덧붙였다. "어떤 아가씨가 자꾸 생각나. 그 아가씨 소지품으로 미루어 추측했을 뿐이지만, 아마 낯선 사람 차를 얻어타려다가 봉변을 당한 것 같아. 여름옷을 입고 있었으니까 여름에 일어난 일이겠지. 우리는 도로 옆 구덩이에서 그 아가씨 시체를 발견했지. 그러니까 겨우내 시체가 거기 처박혀 있었던 거야. 가방에서 일기장과 사진과 록 콘서트 티켓이 나왔어. 평범한 젊은 여자였지. 그냥 보통 아가씨들보다 다소 겁 없는 아가씨였을 뿐인데……. 아저씨 생각엔, 그냥 조금 무모했을 뿐이야. 하지만 과연 그 아가씨는 누굴까? 우리는 영원히 밝혀내지 못할 거야, 아마도."

베그는 잠시 생각에 잠겼다. "그런 일은 일어나면 안 되는 거잖아? 무슨 말인지 알겠니?"

베그는 그 여자의 변사체가 왜 그렇게 자기 마음을 움직이는지 알지 못했다. 잃어버린 미완의 순수, 뭐 그런 걸까…….

"그럼, 그 여자 아빠 엄마도 행방을 모르는 거예요?"

소년의 물음에 베그가 고개를 끄덕거렸다. "아마 지금도 기다리고 있겠지. 실종된 사람은 죽은 사람과 또 달라. 실종자 가족은 늘 문을 열어두고 기다리지."

"그래요."

"그래." 베그도 맞장구를 쳤다. 그는 손가락을 들어 소년의 콧날을 한쪽으로 찌그러뜨렸다. "너는? 너를 기다리는 사람도 있겠지. 너는 형이 있다고 그러더구나. 부모님은? 두 분 다 살아 계시지?"

소년이 그렇다는 몸짓을 해 보였다.

"네가 어디 있는지 무척 찾으실 텐데? 안전하게 보호받고 있다고 알려드리마."

"내가 안전하게 보호받고 있다고 누가 그래요?"

"내가 그러지 누가 그래? 비록 여기가 네 마음에 들진 않겠지만 안전한 장소임에는 틀림없지. 노숙 생활보다는 백 배 천 배 나아."

"여기 있는 거 완전 싫거든요!"

"그럴 것 같아."

"밤에는 고함 소리가 더 장난 아니에요. 내가 왜 여기 있어야 하는지 모르겠어요. 내가 뭘 어쨌다고."

"넌 잘못한 게 없다니 듣던 중 반가운 소리로구나. 난 이제 누가 무슨 잘못을 했는지만 알면 되겠어. 네가 말해준다면 최대한 빨리 여기서 내보내줄게. 물론 몸이 좀 더 회복된 후에. 웬만큼 기운을 차려야 퇴원을 할 수 있어."

"난 아무 짓도 안 했어요, 그런데 왜 여기 있어야 해요?" 소년이 원망 어린 목소리로 따졌다.

"이건 좀 깊게 들어가는 얘기야. 그래도 설명해주마. 너, 국경을 넘고 싶어 했지? 내 말 맞지? 여권이나 통행증 없이 불법으로 국경을 넘는 건 범법 행위야. 쉽게 말해, 처벌을 받는다고."

소년이 입을 앙다물었다.

"하지만 그건 그리 심각한 사안은 아니야. 그 일 때문에 널 오래 잡아두지는 않을 거야. 불법 이주를 하려는 사람들은 많지. 그런데 흑인 머리가 나왔어. 살인은 불법 이주보다 더 무거운 죄야. 살인을 관대하게 봐줄 순 없지."

소년의 두 발은 이불 속에서 계속 꼼지락거렸다.

"다른 사람들이 두려워 무슨 일이 일어났는지 말하지 못하는 거 아냐?" 베그가 물었다.

하지만 소년에게서 그 말에 동조하는 기색은 전혀 찾아볼 수 없었다.

"여기는 안전해. 넌 겁낼 필요가 없어. 다른 사람들은 널 못 건드려."

소년이 고개를 저었다.

"뭐야?"

"아니에요." 소년이 중얼거렸다.

"뭐가 아니라는 거야?"

"아무것도 아니에요. 그냥 넘어가요!"

베그가 같은 질문을 한 번 더 던졌지만 소년은 입을 열지 않았다.

"그럼 여기서 살든가. 네가 협조해야만 너를 도와줄 수 있다."

베그는 그렇게 말하면서 몸을 일으켰다.

그는 창가로 돌아가 뒷짐을 졌다. 반짝반짝하는 눈 뭉치가 나무에서 떨어졌다. 정원에는 쥐 새끼 한 마리 없었다. 눈 덮인 청신한 세상, 일곱째 날의 천지 만물이 이러했을까.

등 뒤로 새근새근 숨소리가 들렸다.

성가신 이명이 귓속에서 울리기 시작했고 베그는 병실을 나와 조용히 문을 닫았다. 복도에서 의자에 앉아 있던 간호사가 일어나 슬리퍼의 고무창을 딱딱 소리 나게 끌면서 다가왔다. 열쇠들이 서로 부딪쳤다. 간호사가 병실 문을 열쇠로 잠갔다. 금속성 소음이 겹쳐 더 크게 울렸다.

31. 아말렉이 한 짓을
잊지 마라

하루는 랍비가 물었다. "체스 둘 줄 아나?" 그날 이후로 그들은 영적 탐구의 기분 전환 삼아 종종 체스를 두곤 했다. 랍비 에데르와 함께 보내는 시간이 베그에게는 소중했다. 유대교와의 구체적인 연결 고리로는 그 시간이 유일했기 때문이다. 그들은 함께 크라스노다르산 홍차와 케이크를 즐기면서 다음에 놓을 수를 생각했다. 천장에 달린 전구가 어두워서 사물과 그림자가 잘 구분이 가지 않았다.

랍비는 나이트를 하나 희생시켰다.

판을 흔드시는군, 하고 베그는 알아차렸다. 그는 아직 랍비를 상대로 한 판도 이겨보지 못했다. 무승부를 한 번 끌어낸 것이 최고 성적이었다. 승기를 잡았다고 내심 미소 짓고 있었는데 또다시 기습적으로 허를 찔리고 말았다. 베그는 실의를 느끼며 차를 한 모금 목으로 넘겼다.

"이상한 수를 두시네." 베그가 투덜거렸다.

"자네가 게임의 기본 원칙을 모르니까 하는 소리지."

베그는 한참 가만히 있다가 질문했다. "그 원칙이 뭡니까?"

"적을 컴컴한 숲으로 끌고 갈 것. 그 숲에서는 2 더하기 2가 4가 아니라 5가 된단 말이지. 그리고 그 숲에서 빠져나오는 길은 아주 좁아서 적과 나, 둘 중 한 사람만 통과할 수 있다는 걸 기억하게 체스의 고수 탈(Tal)의 말씀이지."

"아, 네!"

베그는 또 졌다. 랍비는 숲을 빠져나갔는데 그는 여전히 헤매고 있었다.

그들은 체스 말을 정리했다. "자네가 게임에 완전히 집중하지 못하는 것 같군. 평소 같으면 좀 더 버티기라도 했을 텐데." 랍비가 말했다.

베그는 랍비에게 소년과 여자를 차례로 면회한 이야기를 털어놓았다. 사건의 윤곽이 차츰 드러나고 있었다.

"생각해보세요, 국경을 넘으려고 자기네 형편으로는 천문학적인 금액을 지불한 겁니다. 그러고는 컴컴한 트럭 속에 숨어서 찍소리 못 하고 몇 시간을 참았죠. 경비견에 보초병까지, 아주 간이 오그라드는 것 같았을 겁니다. 트럭이 다시 출발했을 때는 공포 반 기쁨 반으로 제정신이 아니었고요. 그러다 한밤중에 트럭에서 내렸어요. 운전사가 쭉 가면 도시가 나온다고 가르쳐줬대요. 해가 뜨고 그들은 쉴 새 없이 걸었지만 도시는 나오지 않았죠. 서쪽으로 가면 도시가 나올 거라고 했대요. 의심과 불화가 싹텄어요. 가도 가도 스텝뿐이었으니까요. 그들은 두 편으로 나뉘었죠. 몇 명은 오던 길을 돌아갔지만 대부분은 계속 서쪽으로 걸어갔어요. 무조건 서쪽으로 걷고 또 걸었지만 아무것도 나오지 않았죠. 사람 사는 동네는 보이지 않았고 야생의 자연만 눈앞에 펼쳐졌어요. 물도, 먹을 것도 없었죠. 낮에는 뙤약볕을, 밤에는 추위를 막을 도리가 없었어요. 몇 명이 죽어나갔죠. 여자 말로는 하나씩 죽어나갔고 누가 죽어도 이상하지 않았답니다. 그래서 다섯밖에 남지 않았어요. 스텝에서 몇 달을 떠돌고 살아남은 거죠."

베그는 머리를 절레절레 흔들었다. "심지어 스텝에서 겨울을 맞았어요. 살아남은 게 기적이에요."

임신한 여자가 힘없는 목소리로 들려준 그 여행 이야기는 스텝만큼 황량하고 단조로웠다. 깡마른 몸에 기괴하게 튀어나온 배가 이불 속에서 꿈틀거렸다. 아이 아버지를 묻는 질문에 여자는 대답하지 않았다. 흑인의 머리에 대해서도 고집스럽게 입을 다물었다. 단지 그 흑인은 처음부터 그들 무리와 간격을 두고 따라왔다고만 말했다.

"이해가 안 되는구먼. 그들은 국경을 넘었다고 하지 않았나?" 랍비가 말했다.

베그는 의자를 뒤로 밀고 허리를 쭉 폈다. "지금부터 들려드릴 얘기는…… 상상하기 어려우실 겁니다." 그가 일어나 주방을 서

성대기 시작했다. "그래요. 국경, 여자는 국경을 넘었다고 했어요. 아이는 국경을 지키는 보초병과 개, 막사를 봤고 그 얘기를 다른 사람들에게 했죠. 다른 사람들도 군인들이 말하는 소리, 개 짖는 소리를 다 들었어요. 그러니 의심이나 했겠어요? 하지만 그들은 엉뚱한 데 가 있었죠. 그 길고도 모진 시간을 무인 지대에서, 우리로서는 상상조차 할 수 없는 열악한 환경에서 보냈던 겁니다."

베그가 랍비 앞에서 걸음을 멈추었다. 노인 냄새가 났다. 축축한 매드리스, 너무 오래 입은 웃옷. "그러다 마침내 사람 사는 곳을 발견했죠. 집, 차, 사람들…… 끔찍한 악몽이 실현됐습니다. 그들은 '국경을 넘지' 못했던 거예요……. 새 땅은 고사하고, 그냥 '여기서' 그렇게나 오래 개고생을 했던 겁니다!"

"아니, 그럼 그들이 봤다는 국경은 뭐였는데?" 랍비가 조바심을 냈다.

"국경?! 국경은 무슨! 악당의 상상력이 만들어낸 세트장이죠! 가짜로 꾸며낸 국경이었던 겁니다. 불법 이민 브로커들의 작품이죠. 진짜 국경 밖으로 사람을 내보내려면 뇌물도 먹여야 하고 운도 따라야 합니다. 브로커들도 위험을 떠안아야 하죠."

"인간들이란……."

"이런 일에는 천재적으로 머리가 돌아가죠! 가짜 국경이라니! 이 짓을 '구상한' 인간이 있다니요!"

"자네는 아주 감탄하는 것 같군."

"천만에요, 그렇지 않아요. 아니, 구역질 반 감탄 반이라고 해두죠."

"삐뚤어진 마음으로 감탄하는 게지!"

"그 상상력이 놀랍다는 거지, 다른 뜻은 없어요. 랍비님이 나이트를 버리는 수를 택했을 때 감탄한 거랑 비슷하죠. 하지만 이 경우는…… 악행도 예술이구나, 뭐 그래서 두렵네요."

"자네는 악을 미화하고 있네. 그로써 토라의 울타리에서 벗어나고 있고."

"랍비님에게 이런 말씀 드리기 뭐합니다만, 토라에 나타난 범죄들만 봐도……."

"죄와 벌이 다 있네. 죄의 모양새에 따라 영원자께서는 합당한 벌을 정하시지. 죄를 수단 삼아 그분은 당신의 법을 실행하신다네. 악이 아예 없다면 우리는 선을 알 수도 없을 걸세."

"랍비님도 인간이란 족속을 아시지요. 금지를 에둘러가는 방법은 널리고 널렸어요. 인간은 늘 빠져나갈 구멍을 찾아내죠."

"그 또한 율법에 제동을 거는 짓이지. 경찰 양반은 지상의 법을 따르지만 나는 천상의 법을 따른다네. 인간은 법을 어기며 살게끔 태어났지. 그런데 우리의 법은 인간을 바른 길에 잡아놓으려고 마련된 것이야."

우리의 딱딱한 법이 무슨 힘이 있겠어, 법을 어기려는 상상력은 무한한데, 베그는 그런 생각이 들었다. 그는 의자에 앉아 탁자에 두 손을 올려놓았다. "저는 흉악한 범죄자들과 소아강간범들의 눈을 봤어요. 희한한 건요, 진짜 모르겠더라고요. 그런 인간들도 특별한 구석이 전혀 없어요. 그냥 보통 사람들과 똑같아요. 뭐, 어쩌다 가끔 뭐가 좀 빠진 것 같다는 느낌이 들 뿐이죠. 허공을 상대하는 기분이랄까? 사람 속이 텅 비었는지 꽉 차 있는지, 그걸 어떻게 압니까? 가늠할 방법이 있겠어요?"

"랍바 바르 바르 하나께서 배를 타고 여행을 떠났다네. 그와 한 배를 탄 자들이 발을 물에 담근 채 머리를 내놓은 새 한 마리를 보았네. 그들은 물이 얕으니 잠시 물놀이를 해도 되겠구나 생각했시. 그런데 갑자기 절대 물에 들어가면 안 된다는 말씀이 하늘에서 내려왔네. 7년 전에 어떤 목수가 그곳에 도끼를 빠뜨렸는데 아직도 그 도끼가 바닥에 닿지 못했다나! 양심 없는 인간의 속내는 그 물보다 더 깊이를 알 수 없지. 뭐, 자네가 나보다 더 잘 알겠지만."

"그리고 상황도 작용하죠. 술, 무더위, 이런 것들은 사람의 통제력을 앗아가요. 예전에 동료에게 들은 말마따나, 인간이기를 포기한 순간 짐승이 튀어나오죠. 자기도 나중에 자기가 저지른 일을 생각하면서 충격받고 부끄러워해요. 나는 사람이 아니라 짐승이었습니다, 라고요."

베그는 잠시 생각에 잠겼다가 말을 이었다. "하지만 개인적으로…… 국경 세트장은 배짱의 차원이 달라요. 정확히는, 차원이 다른 막장입니다. 굶어죽을 걸 뻔히 알면서 스텝으로 보냈다니, 이건 뭐……." 베그가 고개를 저었다. "그럴 수 있으리라고는 생각도 못 했어요."

랍비가 상체를 앞으로 내밀었다. "아말렉이 한 짓을 잊었구먼……."

"그게 뭔데요?"

랍비는 토라의 몇 구절을 읊었다.

너희가 이집트에서 나오는 도중에 아말렉이 한 짓을 잊지 마라. 그는 너희가 도중에 지칠 대로 지쳐 있을 때 뒤에 처진 사람들에게 달려들어 하느님 두려운 줄 모르고 쳐죽였다.●

그는 숨을 크게 들이마시고 다음 절을 읊었다.

그러므로 너희 하느님 야훼께서 너희 주변에 있는 원수들을 물리쳐주시어 너희가 유산으로 받을 땅에서 평화를 누리게 되거든 너희는 하늘 아래서 아말렉을 흔적도 남지 않게 없애버려야 한다. 명심하여라.●●

"아말렉은 가장 약해졌을 때 달려들지. 그의 이름은 저주라네."

베그는 랍비의 눈에 과거란 존재하지 않는 것 같다고 생각했다. 랍비에겐 과거도 현재였다. 랍비는 더러운 사기를 친 불법 이

● 「신명기」 25장 17~18절.

●● 「신명기」 25장 19절.

민 브로커들에게서 광야에서 이스라엘 인들을 비열하게 괴롭힌 아말렉 족속을 보고 있었다. 그저께와 3,000년 전은 아무 차이가 없었다.

시간을 뛰어넘는 그 묘한 느낌을 베그는 모르지 않았다. 모세, 아론, 여호수아의 광야 생활을 읽을 때면 어떤 신비로운 끈으로 자신이 그들과 이어진 기분이 들었다. 그는 이제 혼자가 아니었다. 앞서간 자들이 있었고, 이후에 올 자들도 있다. 매일 아침 팔에 싱구함(聖句函)●을 매달아야 하는지는 아직 판단이 서지 않았지만 경전을 읽거나 랍비를 만날 때마다 가야 할 곳으로 가고 있다는 확신이 들었다.

신 자체에 대한 갈망보다는 저 땅속 깊은 곳 정결의 욕조에 몸을 담그고 새 영혼을 얻고 싶은 갈망이——그게 법도에 맞는 일인지는 모르겠지만——불쑥불쑥 그를 엄습했다.

● 말씀이 기록된 양피지를 넣는 작은 가죽 상자. 유대인 남성은 기도 시간에 반드시 이 성구함을 머리와 팔에 착용해야 한다.

32. 아크무하메트 쿠르반킬리예프

도시의 **변방에서** 그들은 그곳이 어디인지 알았고, 밀렵꾼
은 울음을 터뜨렸다. 통곡을 멈출 수가 없었다. 차마 그 모습을 보
지 못하고 외면하는 여자의 뺨에도 닭똥 같은 눈물이 흘렀다. 전
염병처럼 울음이 번졌다. 그들은 서로의 슬픔에 감염되어 한없이
울었다. 그들의 고생은 다 헛짓이었다. 헛짓도 그런 헛짓이 있을까.
새 땅을 찾아 광야를 건너왔건만 그런 땅은 없었다. 영원히 되풀
이되는 악몽만이 있을 뿐.

베그는 정신 병원에서 소년을 만난 후 곧바로 여자의 병실로 갔
다. 침대 옆 의자에 앉았다. 이름 세 개가 나왔다.

소년의 이름은 사이드 미르자였다.

"나한테는 나세르 컬이라고 했는데." 베그가 투덜거렸다.

여자의 말에 따르면 나세르 귈은 그들을 사지로 보낸 자의 이름이었다. 나세르 귈은 흰색 BMW를 몰고 한밤중에도 선글라스를 벗지 않는다고 했다. 나세르 귈은 배신자, 일말의 도의도 모르는 자였다.

여자는 비탈리와 소년의 이름만 알고 나머지는 몰랐다. 이름은 그들에게 필요가 없었다.

"출발할 때부터 임신 상태였습니까?"

잠시 노려보는 눈빛. 여자는 고개를 저었다.

"아기 아버지는 누구죠?"

여자가 시선을 떨어뜨렸다.

"아기 아버지가 누구인지 몰라요?"

여자가 침묵을 고수하자 베그는 경멸조로 콧방귀를 뀌었다. "그렇다면…… 세 가지 가능성이 있겠군, 맞습니까?"

그러나 사미라 우이군은 가짜 국경에 대해서 아는 바를 모조리 털어놓은 반면, 자기 배 속의 생명과 흑인의 죽음에 대해서는 굳게 입을 다물었다.

베그는 담배 몇 갑, 추잉검 한 갑, 그리고 에너지 음료 몇 캔을 샀다. 그는 봉지를 들고 경찰서로 돌아가 3층으로 걸어올라갔다. 엘리베이터는 층마다 한참을 서기 때문에 기다리기 귀찮았다. 그는 난간을 잡고 계단을 올랐다. 처음 하는 생각은 아니지만 건강에 신경을 좀 써야 할 듯했다. 경찰서 2층에 체력 단련실이 있었지만 지금은 망가진 사무용 집기들과 청량음료 공병 궤짝들이 점령하고 있다.

베그는 취조실 탁자에 장 본 물건을 늘어놓았다. 추잉검은 안주머니에 넣었다. 담배와 캔 음료는 마음에 들 때까지 이리로 옮겼다 저리로 옮겼다 했다. 계산되지 않은 듯한 느낌으로 물건을 배치한다는 게 쉬운 일은 아니었다.

이 빠진 사내가 취조실로 안내되었다. 베그는 그의 나이를 가늠해보려 했지만 사십 대 같기도 하고 쉰다섯쯤 된 것 같기도 했다. 남자는 상체를 숙여 수갑 찬 손으로 자기 가슴팍을 긁었다. 그의 손가락이 미친 듯이 웃옷 위를 문질러댔다. 수갑이 짤각거렸다. 멍한 눈을 하고 무아지경으로 제 몸을 긁어대는 그 모습은 놀라웠다.

잠시 후, 사내가 좀 진정이 됐는지 의자 등받이에 기댔다.

"준비됐소?" 베그가 물었다.

남자가 고개를 끄덕였다. 베그는 파란색 볼펜을 들었다. "이름은?"

"아크무하메트 쿠르반킬리예프."

볼펜심 끝이 종이에 닿지 못한 채 잠시 주춤했다.

"다시 한 번."

"아크무하메트 쿠르반킬리예프."

"직접 써주시오." 베그가 종이와 볼펜을 그에게 밀어주었다. 자기 이름을 쓰는 사내의 손이 떨렸다.

"어디서 왔소?"

"아슈하바트."

"거긴 투르크메니스탄인데."

"정신 병원이죠."

"집을 아주 멀리 떠나오셨구먼."

"멀수록 좋으니까요."

남자가 다시 왼손으로 오른쪽 어깨를 긁었다. 뭐야, 이 자식, 무슨 병 있는 거 아냐?

"벼룩 때문인가?" 베그가 물었다.

남자는 고개를 저었다. "피부병입니다."

"아하."

남자는 두 팔을 당겨 상체를 긁었다. 베그는 그 꼴을 보고 싶지 않았지만 눈을 감을 수도 없었다. 남자의 두 손은 굶주린 짐승이 날뛰듯 미친 듯이 웃옷을 헤집고 있었다.

"좀 참을 수 없나?"

남자가 도리질을 했다. "나도 그럴 수만 있다면……."

"있다면?"

"한동안은 괜찮았는데……." 그는 뭔가를 기억하려는 듯 눈을 감았다. "병을 고치려고 그 정신 병원을 떠나왔어요. 멀리 떠나면 떠날수록 좋았죠. 여행 중에는 전혀 가렵지 않았어요."

"그런데?"

남자가 고개를 가로저었다. "여기 이거요."

"뭐?"

"제복 말입니다. 그걸 보니 가려워요."

"내가 경찰복을 입고 있어서 가렵다고?"

쿠르반킬리예프가 고개를 끄덕거렸다. "제복, 벽, 경찰들, 전부요."

"안됐지만 나도 어쩔 수 없군."

"저도 그렇게 생각해요."

"내가 이 잠바를 벗어서 좀 괜찮아진다면 벗어주지."

"아닙니다, 신경 쓰지 마세요!"

"머리 얘기를 해볼까. 당신들이 가지고 다니던 짐에서 사람 머리가 나왔어. 나에게 뭐 할 말 없나?"

남자는 살짝 어깻짓만 했다. "없습니다."

"당신들 중 누군가가 살인을 했어. 그리고 머리를 잘랐지. 그런데 나에게 할 말이 없다고?"

"전 아닙니다."

"당신이 진짜 결백하다면 그 무고함을 입증할 기회는 지금뿐이야."

"제 이를 찾고 싶어요."

"이를 찾다니?"

"바지 주머니에 있어요. 빠진 치아를 보관해두었죠."

"글쎄…… 당신들 옷이라면……." 베그가 고개를 저었다.

"뭐가요?"

"다 버렸을걸. 어지간히 더러웠어야지."

"옷을 벗으라고 하더니만, 내 이를 훔쳐갔군요."

"왜 당신 이를 탐내겠어?"

"금니였으니까요. 무슨 생각을 하신 겁니까?"

"내가 좀 알아보겠네."

"젠장, 금니부터 찾아주십쇼. 제 거란 말입니다. 그놈이 내 금니를 가로 채면 안 되는 거잖아요."

"'그놈'이 누군데?"

"간수 말입니다, 뚱뚱한 놈."

"잠깐만."

베그는 복도로 나갔다. 그는 다른 방에 들어가 지하실로 전화를 걸었다.

10분 후, 엘리베이터 문이 열리고 간수가 내렸다. 그는 신문지로 싼 물건을 상관에게 내밀었다. 베그가 펼쳐보니 아크무하메트 쿠르반킬리예프의 부분 의치가 거의 손상되지 않은 상태로 놓여 있었다. 어금니들은 통째로 금이었고 다른 치아는 금테를 두르고 있었다.

"여기 있습니다." 간수가 암탉처럼 고개를 모로 틀면서 말했다.

"무슨 생각이었던 건가……."

간수가 겸연쩍은 듯 어깨를 으쓱했다. "제가 가지고 있었죠."

베그가 간수를 노려보았다. 간수는 제 손가락을 만지작거렸다.

"이제 가도 좋네." 이 말에 간수는 안도하며 엘리베이터에 냉큼 올라탔다.

베그는 취조실 탁자에 물건을 내려놓고 상대편으로 밀었다. 남
자가 신문지를 풀어보고 손끝으로 의치를 쓸어보았다. 그가 고개
를 들었다. "제 것 맞네요."

"원한다면 좀 더 살펴보도록."

남자는 그러마고 했다. 의치를 되찾아 기분이 좋아 보였다. 베
그는 시커먼 치아 뿌리를 보고 싶지 않아 고개를 돌렸다. 담배를
한 대 피워 물고 턱을 쓸어내렸다. 턱수염이 사포처럼 까끌까끌했
다. "자, 이제 얘기해볼까?"

사내는 조심스레 의치를 신문지로 도로 쌌다. 의치는 여전히 탁
자에 놓여 있었다.

"제가 정확히 무슨 죄목으로 여기 잡혀 있는 겁니까?" 그가 물
었다.

베그는 몸을 뒤로 기대고 팔짱을 꼈다.

"불법으로 국경을 넘으려던 죄. 살인. 시체 손괴. 하지만 자넨 이
곳 사람이 아니니까 첫째 죄목은 빼도 좋겠지."

"하나는 건졌네요."

"그래, 하지만 대수롭지 않아. 나라면 다른 두 혐의를 벗는 데
집중할 걸세. 변호사가 선임될 거야. 자네는 변호를 받을 권리가
있으니까. 단지 변호사가 오질 않아서 문제지. 보내줄 수가 없다
나 봐."

"그럼 언제 변호사를 만나는데요?"

"언젠가는?"

쿠르반킬리예프가 체념 조로 고개를 끄덕거렸다.

"머리 말인데." 베그가 말을 꺼냈다.

"누가 그랬는지 모릅니다."

"말이 되는 소리를 해. 당신들은 몇 달을 줄곧 붙어다녔어."

"죄송하게 됐네요."

"누구 머리야?"

"아프리카요. 에티오피아 인이었죠."

"왜 그가 죽어야 했을까?"

"저한테 묻지 마십시오. 죽어야 했으니 죽었겠죠."

"잘 생각해. 날 얕잡아보지 않는 게 좋을 거야."

사내가 다리를 떨기 시작했다. 쿠르반킬리예프는 몸을 긁지 않을 때는 다리를 떨었다.

"에티오피아라."

"그냥 거기서 왔다는 것밖에 모릅니다. 그것도 우리가 그러려니 생각한 거지만. 그 후로는 그 흑인과 말을 섞은 사람이 아무도 없을걸요. 한동안 키다리와 교류가 좀 있긴 했지만요."

"키다리는 또 누구야?"

"나도 잘 모릅니다. 우리는 서로에 대해 잘 몰랐어요. 한두 번 본명을 들었던 것 같기도 한데……."

"그 '키다리'는 지금 어디 있나?"

"죽었죠, 됐습니까? 뒈져버렸다고요."

"어쩌다?"

동정 어린 눈빛. "굶어죽었죠. 우리한테는 굶어죽는 게 당연한 일이었어요."

"원래는 모두 몇 명이었지?"

"처음에는 열네 명인가 열다섯 명인가 그랬어요. 두 명은 금방 떨어져나가서 오던 길로 되돌아갔죠. 똑똑한 사람들이었어요. 잘 생각했던 거죠. 우린 바보였고요. 우리는 잘못된 길로 갈 데까지 간 겁니다." 그가 잠시 고개를 끄덕였다. "생각해보니 열다섯 명이 아니라 열네 명이 맞네요."

베그는 14라는 숫자를 기록하고 1과 4에 각각 밑줄을 그었다. 그다음에는 다시 14를 하나의 동그라미로 묶었다. "에티오피아 인은 왜 죽었지?"

"저에게 묻지 마세요."

"한 번 더 묻겠어."

베그는 볼펜으로 책상을 톡톡 두들겼다. 그러고는 인상을 쓰면서 사내를 내려다보았다. "그자는 왜 죽었나?"

"젠장, 난 모른다고요. 나는 아무 관련 없단 말입니다."

"빌어먹을." 베그가 차분하게 내뱉었다. 그는 의자를 뒤로 밀고 일어나 잠시 나갔다 들어왔다. 그는 망치를 탁자에 내려놓았다.

이제 망치는 취조실을 뒤흔들 진앙(震央)이 되어 있었다. 취조실 밖에는 아무도 없었다.

"그래, 다시 시작해볼까?"

"도대체 뭘 원하는 겁니까? 난 정말 아무것도 몰라요."

쿠르반킬리예프의 목소리가 날카롭게 꺾였다.

베그는 상체를 내밀어 신문지 꾸러미를 자기 앞으로 끌어당겼다. 꾸러미를 열고 앞니 하나를 떼어냈다. 금테를 씌운 앞니였다. 뿌리 부분은 시커멓게 변해 있었다. 베그가 망치를 들었다.

"한 번만 묻는다. 누기 그랬나? 왜 그랬지?"

"정말, 정말 모른다고요, 나 참." 쿠르반킬리예프가 죽을상을 했다. "뭘 바랍니까? 내가 지어낸 얘기라도 떠들어야 합니까?"

둔탁한 소리와 함께 망치가 책상을 내리쳤다. 아크무하메트 쿠르반킬리예프의 앞니가 박살났다.

"염병할!" 사내가 비명을 질렀다. 의자를 박차고 일어났지만 수갑 때문에 몸을 완전히 일으키진 못했다. "왜 이러는데? 염병할, 왜 이러는 거냐고!"

치아는 폭삭 부서져 금빛 줄무늬와 가루밖에 남지 않았다. 베그는 망치를 조용히 내려놓았다. 그러고는 남은 의치를 다시 싸서 사내에게 던져주었다. "자, 이거 먼저 받고 말한댔지? 이제 무슨 일이 있었는지 말할 수 있을 거야. 어차피 시답잖은 얘기겠지만."

"내 이, 어떡해! 아, 쌍!" 쿠르반킬리예프가 죽는소리를 했다.

"이런 일 당하는 게 싫으면 약속을 지켜. 담배 줄까?"

베그가 담뱃갑을 넘겨주었다. 쿠르반킬리예프가 한 대를 뽑아 불을 붙였다. 그는 허리가 꺾이도록 기침을 했다. 잠시 후, 시뻘게진 눈에 눈물까지 고여서는 다시 허리를 펴고 한 모금을 깊이 빨았다. 또 한바탕 기침을 할 뻔했지만 그럭저럭 잘 넘겼다.

"맛이 괜찮나?"

쿠르반킬리예프가 고개를 끄덕이며 꽉 막힌 목소리로 대꾸했다. "아주 좋네요."

베그가 담뱃갑을 확인했다. "말보로. 자유." 그는 뒷면의 경고문도 눈으로 읽었다. "진짜 이렇게 해롭나?"

쿠르반킬리예프는 조용히 담배를 빨았다.

"자유 때문에 죽으면 안 되잖아?" 베그가 중얼거렸다.

몽롱한 담배 연기가 쿠르반킬리예프의 얼굴을 에워쌌다. 시나이 산에서 구름에 모습을 감춘 채 모세에게 말씀하셨던 야훼처럼. 베그는 때때로 신을 열망했다. 자기도 이해할 수 없는 갈망에 취할 때마다 더럭 겁이 날 만큼. 말하자면 이런 이미지다. 부두에서 배가 떠나는데 폰투스 베그 자신은 두 팔을 휘이휘이 저으면서 뛰어간다. 저 배를 타야 하는데 간발의 차로 놓쳤다. 배는 부두에서 점점 멀어진다. 그는 소리를 지른다. 펄쩍펄쩍 뛴다.

어쩌면 이게 바로 영원자께서 그를 부르는 신호일지도. 그가 바른 길에 접어들었다는 신호. 미크베, 그를 기다리는 맑은 물에 몸을 담가도 된다는 신호. 그 깊고 어두운 곳에서 살아 있는 물이 그의 머리를 뒤덮으리라.

하지만 그게 아닐지도 모른다.

베그는 담뱃갑을 탁자에 내려놓았다. "재미있는 비유야. 당신은

자유를 열망했건만 자유 때문에 죽을 지경까지 갔지, 이 담배를
피우는 사람들이 그렇듯이."

쿠르반킬리예프가 엄지와 검지 사이의 담배를 재떨이에 비벼
껐다. 그러고는 자기 손가락 냄새를 맡기 시작했다.

"뭐가 됐든, 거기보단 나았어요." 그는 턱으로 창 너머를 가리
켰다. "뭐든지."

"죽음마저도?"

쿠르반킬리예프가 다시 가슴팍을 긁어댔다. "그래요, 난 차라
리 죽음이 낫다고 생각해요."

"에티오피아 인에게도 그랬을까?" 베그가 물었다.

"그 흑인이 어쩌다 떠돌이 신세가 됐는지는 나도 몰라요."

"그 사람이 자유에 대한 갈망 때문에 죽음을 맞은 건 아니잖아."

"아무것도 몰라요."

베그가 의치 꾸러미를 다시 노려보았다.

"비탈리가 계속 가지고 다녔어요. 흑인 머리 말이에요."

"왜?"

"지목을 당했거든요."

"누구한테?"

"흑인에게요. 그자가 지목했어요."

"이해가 안 되는군. 에티오피아 인이 자기가 죽은 후에 머리를
잘라서 들고 다니라고 지목했다고?"

"네, 살아 있을 때 그랬어요. 그때 비탈리가 지목당한 거죠. 언

덕 위에서요. 자기 안에 진리를 새겨두었다고요."

"그러고 나서 '내가 죽으면 내 머리를 들고 다녀'라고 했다?
집어치워, 나 참!"

사내가 몸을 뒤로 젖혔다. 그의 시선이 천장을 방황했다.

"어이!" 베그가 소리를 지르고 손가락을 딱 소리 나게 튕겼다.
"내가 질문했잖아!"

"압니다."

"그럼 대답을 해보시지."

"그자가 지목했어요. 손가락을 들어서요. 그래서 비탈리의 팔
에 이만한 구멍이 생겼죠. 아직도 팔에 그 구멍이 있어요. 일이 그
렇게 된 겁니다. 더는 할 얘기가 없어요."

"그럼 흑인의 머리를 내리친 사람은 누구야?"

"필연적인 일이었어요."

"왜?"

"반드시 그런 식으로 일어날 수밖에 없는 일이었어요."

"아니, 왜?"

침묵.

"왜?" 베그가 재차 물었다.

"그자가 사라져야만 우리가 나아갈 수 있었어요."

"그건 자네 생각인가? 그래서 죽였어?"

"아니에요."

"그럼 누구야? 당장 말해!"

사내는 애처로울 만큼 천천히 고개를 끄덕거렸다. "내가 그런 게 아니에요." 쓰라린 미소가 떠올랐다. "우리가 그랬어요, 우리 모두가요."

33. 우리는 죽은 사람들이에요

마지막 용의자 심문이 있던 날 오전, 베그는 마츠작 형사의 전화를 받고 인상이 확 구겨졌다. 통화의 요지는 사건이 밀입국 사기에 해당하기 때문에 부랑자들을 사법 경찰 중앙 본부로 넘겨야 한다는 것이었다. 마츠작은 이 사건을 마냥 두고 볼 수 없다고 했다. 베그는 사법 경찰이 이렇게 열의를 보이리라고는 생각지도 못했다.

마츠작 형사는 가짜 국경을 낱낱이 파헤칠 작정이라고 했다. 오래전부터 의혹은 있었다나. 스텝에서 시체들이 발견되었다. 모래에 무릎을 꿇은 시체, 애원하듯 두 손을 쳐든 채 죽음에 박제된 시체. 생존자가 나타난 것은 처음이었다.

"이송을 신청해두었습니다. 바로 넘기시면 됩니다." 마츠작이 말했다.

베그는 언제 애가 나올지 모르는 임신부가 있다고 설명했다. 다른 사람들도 영양실조에다가 몸이 성치 않았다.

"그럼, 언제 수사를 끝내실 겁니까?"

"봐야 알겠습니다."

베그는 이어서 아직 시체 머리에 대해서 알아낸 것이 별로 없다고 말했다. "아무 말 않기로 자기네들끼리 짠 것 같습니다."

그는 상대가 어떻게 생각할지 익히 알고 있었다. 머저리 시골 경찰 주제에 뭘 한다고 이러는 거야?

그래도 상관없었다. 단지 그의 일을 완수하고 싶었다. 그의 삶은 그 도망자들의 운명과 여정에 이어져 있었다. 그들은 유대 민족이 그랬듯이 자기네 사람 중 한 명의 뼈를 들고 광야를 건너왔다. 그 눈부신 유사성을 베그는 이성적으로 생각할 수가 없었다. 3,000년 전에 유대인들이 이집트에서 죽고 그곳에 매장된 요셉의 뼈를 가지고 갔다면 그들은 흑인의 머리를 가지고 갔다.

그렇다, 주님이 반드시 너희를 돌보시리니 그때에 너희는 내 뼈를 이 나라 밖으로 가져가거라.●

수백 년이 지났지만 그 약속은 사라지지 않았다. 랍비는 '신의의 증거'라고 했다.

● 「창세기」 50장 25절.

내 뼈를 이 나라 밖으로 가져가거라. 베그의 조상들의 역사와 스텝을 헤매는 방랑자들의 사연은 그렇게 연결 고리를 찾았다.

그저께 일이든 3,000년 전의 일이든, 무슨 차이가 있으랴?

랍비는 유대인이라면 모름지기 시대와 출생지를 막론하고 자신을 이집트에서 탈출한 히브리 인, 광야의 방랑자와 동일시하게 마련이라고 했다. 그만큼 출애굽과 광야에서의 40년은 이스라엘 민족에게 결정적인 사건이었다. 유대인은 한 걸음 한 걸음 내딛을 때마다 출애굽을 기억하고 광야에서 탄생한 민족을 생각한다. 야훼께서 그들에게 계명을 내린 곳도, 이 신에 대한 믿음이 얼개를 갖춘 곳도 광야였다.

희한하게도 취조를 진행할수록 출애굽 이야기가 베그에게는 남의 일 같지 않았다. 그 이야기가 자기 눈앞에 펼쳐졌으니까. 심지어 가끔은 이 도망자들의 사연이 특별히 그를 위한 것처럼 생각되었다. 그런 순간에는 영원자가 바로 곁에 있는 듯 행복에 가슴이 벅찼다.

마츠작 수사관이 이런 사연을 어떻게 알겠는가? 그는 단지 자기 일을 할 것이요, 이 사건의 신비한 의미는 깨닫지 못하리라.

"지금부터 대략 3~4주 걸릴 것 같습니다. 그때까지는 몸이 웬만큼 회복되겠지요. 나도 수사를 끝낼 수 있을 테고요."

"우리는 2주 후에 데리러 갈 겁니다. 오늘이…… 12월 22일에 뵙지요."

"마츠작 형사님, 형사님 뜻은 잘 알겠습니다만 제가 말한 기한은 조율이 불가능합니다. 1월 1일에 그들을 넘겨드리겠습니다."

"서장님께서는 기한을 결정할 권한이 없습니다."

"그쪽에서 그 사람들을 보면 그렇게 말 못할 겁니다. 제가 괜히 억지 쓰는 게 아닙니다. 오죽하면 그들을 보고 '수용소 유대인' 꼬락서니라고 하겠습니까? 그렇게 바로 장거리 여행을 할 수 있는 상태가 아닙니다."

마츠작은 며칠 후에 다시 전화를 하겠냐고 말하고 통화를 마무리했다. 그렇게 그들의 첫 번째 대결은 무승부로 끝났다.

베그는 팔짱을 끼고 취조실에 앉아 있었다. 마지막 취조 대상자가 점심 식사 후 올라오기로 되어 있었다. 베그의 눈꺼풀이 자꾸 감겼다.

이렇게 조용히 앉아 있으니 주위의 소음이 비로소 귀에 들어왔다. 엘리베이터통에서 케이블이 오르내리는 소리, 물과 공기가 도관을 통과하는 소리. 어디선가 뭐가 굴러가는 듯한 소리도 났다. 철컹대는 문짝들, 복도에서 오가는 말소리. 베그는 이 건물에서만 20년 가까이 일했다. 하지만 이 건물이 이처럼 살아 숨 쉬는 생물처럼 느껴지기는 처음이었다.

마지막 사내가 취조실로 들어왔다. 베그는 선잠이 들었다가 소스라치며 일어났다. 그는 부하들이 사내의 수갑 체인을 탁자에 고정하는 모습을 보면서 에너지 음료를 한 병 땄다. 음료를 단숨에

들이켰다. 다른 대원들은 물러나고 베그와 수인만 남았다.

"자, 당신이 마지막 차례요. 나는 제법 많은 것을 알게 됐지만 아직 다 안다고는 할 수 없소. 이제 당신이 본 대로 나에게 증언할 기회를 주겠소."

상대는 말이 없었다. 베그는 빈 병에 병뚜껑을 천천히 도로 씌우면서 물었다. "내 말, 알아들었소?"

남자가 고개를 끄덕였다.

"좋소. 이름, 나이, 직업부터 말해보시오."

알렉산데르 하치는 우랄 산맥의 손바닥만 한 촌락에서 살다가 더 나은 삶을 찾아나섰다. 어디로 가든 도살업자가 일할 곳은 쉽게 찾으리라 생각했다. 그의 나이는 마흔일곱 살이었다.

"당신들은 불법 입국을 시도한 혐의를 받고 있소. 하지만 실제로는 국경 근처에도 못 가보았기 때문에 그 혐의는 쉽게 벗겨지리라 전망하오. 남은 문제는 당신들 짐에서 사람 머리가 발견됐다는 거요. 검사 측에서 살인 혐의를 들고 나올 테지. 저쪽에서 작정하면 시체 손괴로도 물고 늘어질 수 있소."

남자가 어깨를 으쓱했다. "서장님도 이런 말 들어보셨겠지요. '법은 신발 없는 사람의 발만 무는 뱀이다.'"

"일리가 있는 말이오. 하지만 실제로 사람 머리가 나왔다는 걸 잊지 마시오. 그 머리가 없었으면 당신들이 고발당하지도 않을 거요." 베그는 탁자의 거스러미를 손톱으로 긁기 시작했다. 나뭇결이 일어난 게 아니라 풀이 말라붙은 자국 같기도 했다. 그가 눈을 들었다. "당신들이 죽이지 않았다고 해명할 수 있다면 모를까."

"그럴 수 없어요. 저는 유죄예요. 다른 사람들도 마찬가지고요."

"죄목은 뭐요?"

"고발당한 죄목 그대로겠지요."

"고발을 당하는 것과 죄를 인정하는 것은 별개지. 당신은 정확히 어떤 죄를 지었소?"

그러나 하치는 입을 열지 않았다. 그의 팔꿈치 위쪽으로 털이 곤두서 있었다. 좀 덥다 싶을 만큼 난방이 잘되어 있는데도 닭살이 돋은 모양이었다. 아직도 뼈에 가죽만 씌워놓은 몸이니 체온을 유지하기 힘들 터였다.

"이보시오, 나도 참을성깨나 있다는 사람이오. 취조도 대체로 큰소리 안 내고 하려는 편이고. 그래서 다른 경찰들에게는 좀 우습고 별난 사람으로 보일 거요. 완력을 쓰면 참…… 효과가 좋지. 그렇잖소? 조금 있으면 당신들은 사법 경찰 관할로 넘어갈 거요. 그 사람들은 고통이 뭔지 좀 알지. 그걸 배우려고 공부도 오래 한 사람들이고. 그들은 마음만 먹으면 당신 할아버지 할머니 결혼기념일까지 다 기억나게 할 수 있소. 그때 가서 진즉에 다 털어놓을 걸 그랬다 후회하지나 마시오." 베그가 의자에 기대면서 한 팔을 탁자에 올렸다. "뭐가 우습지?" 그가 손가락으로 책상을 톡톡 두드렸다.

"내가 마지막 차례라면서요. 그런데 아직도 우리를 그렇게 모르세요?" 하치가 말했다.

"당신들이 어떤데?" 베그는 심기가 뒤틀렸다.

"내일이 없다는 확신을 품고 잠든 날이 하루 이틀이 아니에요. 우리는 죽은 사람들이에요. 무슨 짓을 해도 꿈쩍 안 해요."

베그가 트림을 했다. 에너지 음료 특유의 추잉검 비슷한 단맛이 입안에 퍼졌다. "해괴한 소리지만 솔직히 난 누가 흑인을 죽이고 머리를 잘랐든 별 상관없소. 그거야 사법 경찰이 알아내겠지. 나한테 중요한 건…… 내가 알고 싶은 건……." 그는 잠시 아무 말도 하지 않았다. "아마 이 질문을 먼저 던져야겠지." 베그는 그러고 나서 이렇게 물었다. "신앙이 있소? 그러니까…… 신을 믿소?"

남자의 눈빛이 어두워졌다. 그는 어깨만 으쓱해 보였다.

"나는…… 영원자에게로 나아가기 시작한 지 얼마 안 됐소. 아직 혼란스러운 것이 많지만…… 그래…… 신앙을 포용하게 됐다는 말 정도는 할 수 있겠지. 나에겐 낯선 역사지만 그 유구한 역사가 중요해 보이는 것은, 음……."

그는 출애굽을 이야기했다. 낮에는 구름기둥으로, 밤에는 불기둥으로 인도받고, 바다가 갈라지는 기적을 보았으며, 40년간 하늘에서 그날그날 족하게 내리는 만나를 먹고 살았던 이스라엘 민족의 이야기. "다 아는 이야기지만 내가 예전에 몰랐던 사실이 있소. 그들이 광야에서 방랑하는 내내 그들의 조상 중 한 사람인 요셉의 뼈를 가지고 다녔다더군. 요셉은 후손들에게 자기 뼈를 약속의 땅에 묻겠다는 맹세를 받아냈소……. 100년이 지났어도 그 맹세는 기억되었지……. 그 신의가 놀랍고 기막히지 않소……."

베그는 자기 눈이 뜨겁게 달아오르는 것을 느꼈다.

"그래서요? 후손들은 맹세대로 했습니까?" 남자가 물었다.

베그가 고개를 끄덕였다. "요셉의 뼈는 약속의 땅에 묻혔소. 그랬소. 반면에 모세는 누구보다 약속의 땅에 들어갈 자격이 있었지만 그리되지 못했지. 내가 왜 이런 얘기를 하느냐 하면…… 그 에티오피아 인은 반드시 죽어야 했다는 게 무슨 얘기요? 왜 그의 머리를 가지고 다녀야 했소? 그게 당신들에겐 중요한 문제였겠지, 그렇잖으면 그렇게 할 이유가 없으니까. 나는 당신들에게 뭐가 중요했는지 알고 싶소. 단지 그뿐이오."

하치는 미동조차 하지 않았다. 숨도 쉬지 않는 것처럼 보였다.

"우리는 기적을 거듭 보았어요." 그가 드디어 천천히 입을 떼었다. "기적을 보고 난 후로는 우리가 살아남으리라는 것을 의심하지 않았죠. 남들에게는 할 수 없는 얘기예요. 기적을 경험한 사람 아니면 관심이 없을 얘기니까요. 공포의 덤불을 넘어본 자들만 알죠."

"무슨 덤불?"

"모든 것에는 답이 있다는 듯이 자꾸 물어보시는군요."

"당신이 공포의 덤불 얘기를 꺼냈잖소. 그러니까 그게 뭔지 묻는 거요."

그러나 베그와 마주앉은 사내는 벌써 자신의 생각에 빠져 있었다. 그는 자신의 기억 속을 방황하면서 거기서 본 것에 새삼 놀라는 듯했다.

그들이 우상 숭배에 사로잡혔으리라는 베그의 의심은 갈수록 굳어졌다. 그들이 말해선 안 되는 것. 모든 신앙은 냉정한 이성의 빛을 받으면 힘을 잃는다.

사내가 불현듯 입을 열었다. "흑인이 살해당하고 나서부터 소년이 꿈을 꾸기 시작했어요. 그 아이는 꿈에서 우리가 가야 할 길을 봤죠. 여자는 그가 보낸 꿈이라고 했어요. 여자가 해몽을 하더군요. 소년이 꿈 얘기를 하면 여자가 그 뜻을 풀어냈죠."

"누가 꿈을 보냈다고?"

남자가 인상을 썼다. "아프리카요. 달리 누가 있습니까? 그가 꿈을 보내 우리에게 길을 가르쳐줬어요. 맹세컨대, 우리는 그가 가르쳐준 방향으로만 쭉 걸어왔어요."

"어느 방향?"

"여자가 남쪽으로 가야 한다고 꿈풀이를 했죠. 그때까지 우리는 서쪽으로만 걸어왔거든요. 그런데 갑자기 엉뚱한 방향으로 가야 한다는 겁니다. 나는 사실 반대했어요. 방향을 정했으면 그대로 가야지, 이게 무슨 미친 짓이냐고 했죠. 하지만 아이와 여자가 완전히 확신에 차서 말하는 겁니다. 나는 생각했어요……. 혹시 정말로…… 흑인이 그들에게 말해준 거라면…… 내가 뭐라고……. 그런데 진짜 마을을 발견한 거죠. 우리는 살았고요."

"흑인이 꿈을 보냈다?"

"그가 죽고 난 후부터 아이가 꿈을 꾸었으니까요."

"왜 그 사람은 꼭 죽었어야만 그런 좋은 일을 해줄 수 있는 거지?"

"당신은 이해 못 합니다. 흑인도 원래는 그런 사람이 아니었어요. 처음에는 악의 앞잡이 노릇을 했죠. 그래서 나쁜 짓을 했어요. 그는 키다리의 시체를 뜯어먹었죠. 키다리는 흑인 때문에 온몸에 상처가 생겼어요. 우리가 다 봤어요. 그리고 비탈리의 팔에서 흑인의 손가락이 닿은 자리는 다 썩어서 문드러졌죠. 지금도 그 생각을 하면, 정말 그 모든 일은……."

"사람 시체를 '믹있다'고 했니?" 베그는 현오감을 억누르면서 간신히 물었다. 도무지 이해할 수가 없었다.

"그래요. 시체에 이를 처박았어요."

"당신들 눈으로 봤나? 시체를 뜯어먹는 걸?"

"흑인들은 식인종이잖아요. 옛날부터 흑인들은 그랬어요. 대수로운 일도 아니죠."

베그는 언뜻 공포의 덤불을 엿본 것 같았다. 비록 그가 절망의 깊이를 헤아리기도 전에 번개처럼 나타났다가 사라졌지만. "마을 얘기를 해보게." 그가 말했다.

34. 수탉

넷 중 셋이 찬성을 표했다. 밀렵꾼은 유일한 반대자였다. 비탈리는 머릿수로 치지도 않았다. 그는 머리에 벼락을 맞았다. 몇 주 만에 처음으로 그들은 남쪽으로 방향을 틀었다. 그들은 꿈에, 구원의 환영에 모든 것을 맡겼다. 만약 구원을 찾지 못한다면 여자와 아이를 죽일 작정이었다. 겨울은 이미 시작됐다. 아침에 일어나면 온몸에 서리가 내려앉아 있었다.

다섯째 날이 저물 무렵, 그들은 평원 너머 숲을 보았다. 키 큰 포플러나무들. 나무들이 있는 문명 세상. 누군가 저 나무들을 심고 물길을 내어 뿌리까지 수분을 공급했으리라. 포플러나무들이 우뚝 서서 스텝의 바람과 모래를 막는 방벽 구실을 하는 듯 보였다.

그러나 나무들은 죽어 있었다.

숲 너머에는 시골 폐가들이 모여 있었다. 그들은 이 촌락의 거리를 여기저기 돌아다녔다. 창구멍, 문구멍으로 바람이 숭숭 들어왔다. 불빛도, 사람도 없었다. 돌풍에 실려온 모래만이 벽에 쌓여 있었고 잡초 덤불이 거리를 점령했다.

그들은 어느 집 안의 흙바닥에 불을 피우고 온기를 쬐었다. 이 마을 사람들은 왜 집을 버리고 떠났을까? 무슨 끔찍한 재앙이 닥쳤나? 그들은 다 어디로 갔을까?

벽에서 그들의 그림자가 흔들렸다. 먹을 것은 찾지 못했지만 적어도 얼어죽을 걱정은 없었다.

날은 아직 어두웠다. 마지막 남은 숯불도 거의 재가 되어가고 있었다. 그들의 귀가 번쩍 뜨였다. 그 소리였다.

수탉이었다. 어디선가 수탉이 울었다. 그리고 또 한 번. 누군가가 부스럭대며 일어났다. 다른 사람들도 허둥지둥 부산을 떨었다.

분명히 수탉 울음소리였다. 이 세상의 마지막 수탉.

"세상에!" 밀렵꾼이 어둠 속에서 내뱉었다.

그는 겨우 바닥을 짚고 일어나 집 밖으로 나갔다. 여자는 장작을 더 넣어 불을 살렸다. 그들은 기진맥진한 뻣뻣한 몸을 일으켰다. 삐쩍 마른 몸은 제 근육을 잡아먹으며 점점 더 망가져가고 있었다.

구저분한 창문으로 불길한 빛이 새어들었다. 바깥에서 간간이 닭 울음소리가 들렸다. 아슈하바트 사내는 땔감을 더 넣으려고 마루판을 뜯어냈다. 그건 무척 힘든 일이었다. 나머지 사람들은 아래층에서 숨이 턱턱 막히는 시커먼 먼지 연기 속에 앉아 있었다. 불길이 살아났다. 비탈리는 횡설수설 헛소리를 했다.

밀렵꾼이 식은땀에 흠뻑 젖어 돌아왔다.

멀리서 수탉이 꼬꼬댁 울어댔다.

"도저히 못 잡겠어." 밀렵꾼이 헉헉댔다. 그는 두 손으로 허벅지를 짚고 잠시 숨을 돌렸다. "혼자선 어림없으니 누가 도와줘. 얼마나 팔팔하게 날뛰는지 몰라."

밀렵꾼은 속상해하면서 불가로 다가갔다.

잠시 후, 소년이 입을 열었다. "그런데 누가 기르는 닭이에요?"

모두들 냉랭하게 눈살을 찌푸렸다. 수탉이 이 추위에 살아남았을 뿐 아니라 누군가가 수탉에게 모이를 주고 밤이면 닭장에 넣어 포식자들로부터 보호해주었을 거라는 생각이 그제야 들었다! 그들은 비탈리만 불가에 남겨두고 가옥들과 창고들을 뒤지러 나섰다. 그들은 거의 야생 상태로 돌아간 몇 그루 나무 밑에서 반쯤 얼고 썩은 열매들을 발견했다. 소년은 나무에 올라가 아직 가지에 달려 있던 작은 사과를 던져주었다. 벌써 발효가 시작된 과실을 먹었더니 머리가 어질어질했다.

그들은 나뭇가지를 그러모았다. 소년이 쇠스랑을 발견했다. 그들은 집들과 부속 건물들을 샅샅이 뒤졌다. 마을 사람들이 황급히 떠났는지 혹은 오랜 세월에 걸쳐 하나둘 차분하게 떠났는지 알 수 있는 단서는 없었다.

그들은 거의 얼어죽을 지경이 되어서야 들판에 흩어져 모이를 쪼아먹고 있는 닭 한 무리를 발견했다. 닭들은 포동포동했다. 그들은 행복해 미칠 것 같았다. 불현듯 넝쿨째 굴러들어온 호박에 정신을 차릴 수가 없었다.

"오, 오, 오!" 아슈하바트 사내가 외쳤다.

그들은 팽이처럼 제자리에서 뱅글뱅글 돌았지만 닭을 잡기에는 너무 느렸다. 수탉은 하렘 한복판에서 의기양양하게 불꽃 같은 볏을 뽐내고 있었다. 저놈을 여기서 끝장내주겠다, 그들은 잇몸이 지끈거릴 정도로 이를 악물었다.

바로 그때, 그 집이 보였다.

그 집은 마을에서 조금 떨어져 있었다. 잡목림에 반쯤 가려 있는 그 집 주위에는 포플러나무가 몇 그루 서 있었다.

굴뚝에서 연기가 솟아나고 있었다.

그들의 구원이 동화의 한 장면처럼 그렇게 드러나기는 처음이었다.

그들은 자신 없는 걸음으로 다가갔다. 가까이 가면 사라질 신기루일지도 모른다는 두려움을 떨칠 수 없었다. 흙벽은 한때는 흰색이었던 듯했다. 덧창과 문틀에서 시골집 특유의 파란색을 아직 알아볼 수 있었다. 집 전체가 땅속으로 조금씩 가라앉기라도 한 듯 문과 창이 모두 삐뚜름했다.

그들은 문 앞에서 이러지도 저러지도 못 했다.

"여보세요! 누구 있습니까?" 밀렵꾼이 고함을 질렀다.

그가 앞장서서 문을 열고 들어갔다. 다른 사람들도 따라 들어갔다. 실내는 천장이 낮고 어두컴컴했다. 화덕과 이어진 연통으로 연기가 피어오르고 있었다. 벽은 그을음으로 뒤덮여 있었다. 아주 크고 낡은 보일러 속에 들어온 기분이 들었다. 뒤쪽에 있는 펌프 옆에 어떤 노파가 서 있었다. 머리를 땋아올린 노파는 이 빠진 입을 다물지 못하고 있었다.

"먹을 거." 다짜고짜 쳐들어온 유령들 중 하나가 말했다.

"먹을 거." 다른 유령들도 따라 말했다.

노파는 싱크대에 등을 기대고 있었다. 머리를 땋은 고무줄에는 나무로 만든 버찌 모양 장식이 달려 있었다.

"먹을 거! 먹을 거!" 유령들이 앞다투어 종주먹을 들이댔다. 그들은 손으로 뭔가 떠먹는 시늉을 했다. 그러고는 찬장에서 통조림 캔을 찾아내서는 따자마자 손으로 마구 내용물을 퍼먹었다. 굴라시. 강낭콩. 필래프. 그들은 그렇게 맛있는 우유를 먹어본 적이 없었다. 그렇게 미친 듯이 들이켜고 퍼먹다가 몸을 배배 꼬면서 쓰러졌다. 배를 움켜쥐고 자기네들의 토사물 속에서 데굴데굴 굴렀다.

그동안 노파는 그저 서 있기만 했다. 그러다가 이내 어깨에 옷을 걸치고 그들의 몸을 건너가 집 밖으로 나갔다. 노파는 큰 통에 밀을 가득 채워서 들고 가더니 "꼬꼬꼬! 꼬꼬꼬!" 외쳤다. 닭들이 신나게 꼬꼬꼬 화답하면서 달려들더니 노파가 사방으로 뿌려놓은 곡식 알갱이로 배를 채웠다.

유령들이 하나둘 노파의 집에서 나왔다. 노파는 그들이 통조림과 멸균 우유팩을 바리바리 안고 잡목림 너머로 돌아가는 모습을 멀거니 바라보았다. 노파가 겨울을 나려고 마련해놓은 양식이 그렇게 사라졌다.

불은 꺼져 있었다. 비탈리도 보이지 않았다. 그들은 깜부기불을 살리고 전리품은 여행 가방에 쑤셔넣었다.

비탈리의 짐은 남아 있었다. 흙투성이 비닐 뭉치들이 뒤엉켜 있는 그 짐은 사라진 짐승이 남기고 간 구역질 나는 껍데기 같았다. 소년이 비탈리의 짐을 끌어당기더니 이것저것 한데 잡아매놓은 끈을 풀었다. 그는 잠깐 물러서서 보따리들을 뒤엎었다. 뭔가 묵직한 것이 둔탁한 소리를 내면서 굴러나왔다.

소년은 비명조차 못 지르고 몸을 뒤로 젖혔다. 그의 두 다리 사이에 흑인의 머리가 놓여 있었다. 소년은 퍼뜩 기다시피 물러났다. 죽은 자의 얼굴이 소년을 보고 있었다. 찢어지지 않은 쪽 눈을 반쯤 뜬 채.

여자가 소스라치며 손으로 자기 얼굴을 가렸다.

"세상에!" 밀렵꾼이 그날 이 말을 두 번째 내뱉었다. 그는 시체 머리를 머리끄덩이를 잡고 들어올려서 문 밖으로 내버렸다.

여자가 일어났다. 그녀는 밀렵꾼을 지나쳐 문 밖으로 나가더니 흑인의 머리를 다시 안으로 가지고 들어왔다.

"잊었어? 이 사람이 우리를 여기로 데려다줬잖아? 당신은 고마운 것도 몰라? 지금 상황이 파악 안 돼? 그래도 지붕 아래 눈 붙일 수 있고 배 속에 뭐라도 들어왔잖아?"

여자는 그렇게 말하고 머리를 그들에게 내밀었다. 잘려나간 목에서 무색의 맑고 끈끈한 액체가 흘러내렸다. "흑인이 비탈리의 손을 이끌어 자기 목을 자르게 한 거야. 우리 곁에 있어주려고. 이 사람은 죽어서도 우릴 버리지 않았어."

소년은 그제야 겨우 뭔가 말을 할 수 있었지만 하려던 말을 속으로 삼켰다. 밀렵꾼은 모닥불만 노려보았다.

"일리가 있는 말이야." 아슈하바트 사내가 쭈뼛쭈뼛하나마 맞장구를 쳤다. "남쪽으로 방향을 바꾼 다음부터 계속 운이 따라줬어. 예사로운 일은 아니지."

"우연이 아니야." 여자가 말했다.

소년은 밀렵꾼을 바라보았다. 그는 밀렵꾼의 생각이 궁금했다.

여자가 소년을 손가락으로 가리켰다.

"이 아이가 꾸었던 꿈을 잊었어?"

그들은 소년이 꾸었던 꿈을 잊지 않았다.

"그래, 인정해. 나는 반대했었지. 그렇지만 이제 우리가 남쪽으로 오길 잘했다고 인정해." 밀렵꾼이 말했다.

모두가 고개를 끄덕끄덕했다. 밀렵꾼의 생각을 듣고 그들은 위로와 안정감을 얻었다.

여자가 그들에게 지금까지 목격한 현상들을 설명했다. 흑인이 죽고 소년은 꿈을 꾸기 시작했다. 그때부터 시간은 그들의 편으로 돌아섰다. 사정이 단박에 좋게 풀렸다. 이 여행을 시작할 때부터 그들의 머리 위에 떠돌던 저주는 산산이 흩어졌다. 가슴을 짓누르던 불안과 압박감도 온데간데없었다. 흑인의 죽음 말고는 설명할 방법이 없었다. 그녀는 확신했다. 흑인의 죽음이 그들을 구했다고. 그 흑인이 그들에게 불안을 심어준 자요, 그 불안을 없애준 자라고.

"온전히 납득이 가는 건 아냐. 하지만 나도 그렇게밖에 설명되지 않는다고 봐." 아슈하바트 사내가 말했다.

"온전히 이해할 필요는 없어. 단지 그런 일이 일어난 걸로 충분해. 우리가 어떻게 다 알 수 있겠어? 우린 그냥 고맙게 생각해야지." 여자가 말했다.

"우린…… 우린…… 그 일을 경험했지. 그건……." 밀렵꾼이 중얼거렸다.

다른 사람들도 인정했다. 그렇다, 그들은 선택받았다. 소년은 눈이 휘둥그레져서 신념으로 하나가 된 어른들을 쳐다보았다. 흑인의 머리가 그들을 하나로 모았다. 그의 죽음으로 대립이 사라졌다. 이상한 도취감이 소년을 사로잡았다. 이렇게 되려고 그 모든 일이 일어났던가, 그가 모든 것을 지켜보고 증인이 되기 위해 겪어야 했던 필연이었나.

밀렵꾼이 고개를 절레절레 흔들었다. 누가 이런 일을 믿을 수 있을까? 그는 불을 다시 지피면서 이렇게 말했다. "이제 어떡하지? 우리는 어떻게 해야 하는 거야?"

"믿음으로 따라야지." 여자가 말했다.

머리가 그들을 인도할 것이요, 그들은 지금껏 겪은 일을 마음에 새기고 그 머리를 두려워하고 공경해야 할 것이다. 여자의 주장은 그러했다.

작은 공동체 안에서 흑인은 새로운 이미지로 거듭났다. 쉬이 변하면서도 한결같은 이미지로. 참으로 잔인하고도 자애로운 자로서.

그는 시체를 뜯어먹지 않았던가?

소년이 꽉 잠긴 목소리로 돌연히 고백했다. "처음엔 나도 믿지 않았어요. 하지만 곰곰이 생각해보니…… 그게 맞아요, 달리 설명할 수 없잖아요?"

여자가 맞장구를 쳤다. "그는 우리 일행을 양식으로 삼았지."

"그래서 늘 뒤에 처져 있었던 거군요!" 소년이 외쳤다.

"그가 죽지 않았으면 우리가 죽었을 거야." 아슈하바트 사내가 말했다.

흑인의 죽음은 불가피했다. 씨앗이 땅에 떨어져 썩지 않으면 다음 봄에 열매를 맺지 못하는 것과 마찬가지다. 밀렵꾼과 여자와 소년은 농가 출신이었다. 그들은 자연의 순리를 잘 알았다. 영원히 반복되는 순리를. 죽음에서 새 생명이 싹을 틔우는 법칙을.

그들은 불가에 둘러앉아 함께 기억을 두런두런 더듬었다. 분묘에 올라가 옥신각신할 때 흑인은 비탈리의 팔을 건드렸다. 그러자 팔에 표식이 나타났다. 그 고약한 놈은 키다리의 시체를 뜯어먹

322

었다. 그뿐인가, 그들은 키다리가 죽어가도록 내버려두고 걸어왔지만 흑인은 마술처럼 먹을 것을 마련했다. 흑인은 그들에게 줄곧 공포와 불화의 씨를 심어왔다.

그를 죽인 게 천만다행이었다! 참으로 현명한 행동이었다! 살아서는 불행만 안겨주던 자가 죽어서는 그들을 구원했다. 그들은 고마움 반 두려움 반으로 문 옆에 덩그러니 놓인 머리를 바라보았다. 머리는 참으로 무섭고도 신통했다.

비탈리? 비탈리는 어디 갔지?!

그들은 비탈리를 찾아나섰다. 비탈리가 여기까지 머리를 들고 와 그들을 구해준 이상, 그를 잃을 수는 없었다.

땅거미가 질 무렵, 밀렵꾼이 마을 외곽의 묘지에서 그를 찾아냈다. 묘석들 사이, 차고 축축한 흙에 야트막한 구덩이가 있었다. 비탈리는 그 안에 누워 두 손을 가슴에 얹고 죽음을 기다리는 중이었다. 밀렵꾼이 해가 저물기 전에 그를 찾지 못했다면 비탈리는 확실하게 죽음을 맞았을 것이다.

이제 비탈리는 다시 불가에 쪼그려 앉아 있었다. 그는 간간이 통조림 캔에서 강낭콩을 집어먹고 손가락을 쪽쪽 빨았다. 이제 배가 고프지 않았다.

그는 다른 사람들의 물음에 아무 대답도 하지 않았다.

35. 그를 돌려주세요

"밀렵꾼이 거짓말을 한 거예요. 그 일은 밀렵꾼이 다 했어요. 우리가 돌아간 다음에요."

"어디로 돌아가?"

"아프리카한테로요."

"왜?"

"사실, 우린 더는 걸을 수가 없었어요. 납으로 된 신발을 신은 것 같았죠. 그는 우리를 보내고 싶지 않았던 거예요."

"하치는, 그러니까 네가 밀렵꾼이라고 부르는 사람 말로는, 네가 꿈을 꿨기 때문에 남쪽으로 가게 됐다던데?"

아이는 꿈을 꾸는 표정으로 팔짱을 꼈다. 침대 위에는 베그가 가져온 새 만화책들이 널려 있었다. 소년은 손끝으로 만화책들을 쓸어보았다. 이제 머리에는 검은 머리카락이 솜털처럼 올라오고 있었다.

"기러기 꿈을 꿨어요." 소년이 말했다. 베그가 얼른 병실에서 나가야 자기도 얼른 만화책에 빠질 수 있을 터였다.

"기러기 꿈이라."

"머리 위로 날아가는 기러기 떼를 꿈에서 봤어요. 똑같은 꿈을 여러 번 꿨죠. 처음엔 기러기, 그다음엔 비행기가 나왔어요. 여자가 나한테 기러기들이 어느 방향으로 날아갔는지 물었어요. 그래서 저쪽으로요, 라고 했죠. 그래서 일이 그렇게 된 거예요. 여자 말로는 자기 할머니도 기러기 꿈을 꿨었다나요. 그러면서 꼬치꼬치 캐물었어요." 소년이 고개를 들었다. "여자는 미쳤어요."

"그게 흑인의 시체로 돌아간 후의 일이니, 그 전의 일이니?"

"대강 그때부터예요. 정확하게는 기억이 안 나요."

"그러니까, 일단 그리로 돌아갔고, 하치가 시체의 목을 잘랐다?"

"네."

"네가 봤니?"

"네."

"다른 사람들도 다 함께 있었고?"

"네."

"어떻게 목을 잘랐지?"

"아프리카가 지니고 있던 칼로요. 주머니에 들어 있었어요. 원래는 키다리의 칼이었죠."

"왜 머리를 잘라야만 했을까?"

"아."

아이는 만화책을 한 장 넘겨보더니 다시 내려놓았다. "여자가 주장했거든요. 흑인이 나를 통해서 꿈을 꾸는 거지, 진짜 내가 꾸는 꿈이 아니라나요."

"정말 그랬니?"

소년이 시선을 떨어뜨렸다. 베그가 다시 한 번 물었다.

"다른 뾰족한 설명이 있나요? 그 후에 차례로 일어난 일들을 생각해보면 어쩔 수 없잖아요? 뜻밖의 행운이 찾아왔죠. 여자는 우리가 흑인을 데려가야 한다고, 그래야 그의 인도를 받을 수 있다고 했어요. 하지만 시체를 통째로 지고 다닐 순 없었죠. 그래서……."

베그는 고개를 끄덕였다. 그의 이해심은 꾸며낸 것이 아니었다. 그들의 절망이 마음에 와 닿았다. 신들은 그들의 애원을 듣지 않았다. 귀머거리에 벙어리인 신들은 그들을 멸시했다. 그래서 그들은 신들의 대체물을 만들어냈다.

"흑인의 시체는 그 자리에 그대로 있었어요. 하지만 상태는 묻지 마세요. 짐승들이 갈비뼈에 붙은 살을 뜯어먹어서…… 간이랑 내장도 다 뜯겨나가고, 차마 못 볼 지경이었어요."

"애초에 누가 그를 죽였는지는 알아?"

"그건 몰라요. 난 그냥 시체를 발견만 했어요."

"넌 누구라고 생각하는데?"

소년이 종잇장 같은 어깨를 으쓱했다. "누구라도 저지를 수 있는 일이에요. 어려운 일도 아니고."

이 사람들은 본능적으로 직감한 거야. 침묵이 최선의 전략이라고. 베그는 그렇게 생각했다. 그런 면에서 그들 다섯 사람은 모두 유죄이자 무죄였다.

소년이 고개를 숙였다. 뭔가 말하고 싶은데 망설이는 눈치였다.

"왜 그러니?"

"아무것도 아니에요."

"말해봐."

"그는 지금 어디에 있죠?"

"누구?"

"흑인."

"냉동실에 있지. 전에 말한 아가씨 시체도 거기 있고."

"'함께' 있어요?"

"같은 공간에 있긴 하지."

"그렇군요."

"그게 왜 알고 싶어?"

"그 머리, 어떻게 할 거예요?"

"뭘 어떻게 해. 시간이 좀 지나서 묻어줘야지. 신원 확인이 안 되면 그럴 수밖에."

소년이 천천히 고개를 가로저었다. "아저씬 몰라요……. 우린 그를 되찾고 싶어요."

베그가 껄껄 웃음을 터뜨렸다.

"아저씨네 거 아니잖아요. 우리 거예요. 그를 우리에게 돌려주세요." 아이의 검은 눈동자가 이글거렸다.

베그는 웃음을 거두었다. "그 머리를 어쩔 생각인데?"

"우린 그를 되찾고 싶어요."

"내 물음에 대한 대답은 그게 아닌데."

소년이 윗입술을 삐죽거렸다. "바보 돼지."

"아저씨한테 그런 식으로 말하면 이거 도로 가져간다." 베그는 침대에 널린 만화책들을 한데 모아서 둘둘 말았다. 소년은 실망한 기색을 감추지 못했다. 베그는 소년에게 정이 많이 갔다. 아이가 너무 불쌍했기 때문이다. 베그는 소년도 자기를 정답게 생각해주기 바랐다. 아이와 친구가 되는 자는 선택받은 자다.

'우린 그를 되찾고 싶어요.'

흑인의 머리는 지금까지도 그들에게 마력을 행사하고 그들을 이어주고 있었다. 베그는 자신이 느끼는 이 매혹이 자신과 이 사태의 유사성 때문일지도 모른다고 생각했다. 과연 그는 어떤 것의 시초를 목격했으니까. "너는 네 나라와 네 친척과 네 아비의 집을 떠나 내가 너에게 지시할 고장으로 가거라."●

그들은 수가 적었고 이 일은 뭔가 시대착오적이었다. 그러나 1세기 전에는 얼마든지 일어날 수 있는 일이었다. 전에 없던 새로운

● 「창세기」 12장 1절.

신비 의식. 피, 속죄, 대속.

뚜렷하게 모양 잡힌 신앙의 탄생.

침례, 정화, 그래, 왜 아니겠는가?

베그의 장화 밑창에 잔뜩 끼었던 눈이 녹아 리놀륨 바닥에 작은 웅덩이들이 생겼다.

그는 잠시 후에 소년에게 말해주었다. "어젯밤에 아기가 태어났단다." 그는 시계를 확인했다. "어제가 12월 19일이었지."

그날 오후 베그가 병원에 도착하자 간호사들이 그 소식을 알려준 참이었다.

소년은 고개를 끄덕거렸다. "비명 소리를 듣긴 했어요. 간호사들이 데려가더라고요."

아이는 코를 킁킁대고는 이불 속으로 다리를 긁었다.

"아기가 태어난 줄은 몰랐네요."

"조산이야. 그래도 건강하대. 신기한 노릇이지. 뼈에 가죽만 붙어 있는데도 건강한 아기를 낳다니!"

"만화책 다시 봐도 돼요?"

베그는 기계적으로 만화책 뭉치를 침대에 도로 내려놓았다. 소년은 한 권을 집어서 읽기 시작했다.

그날 베그가 병원에 도착했을 때 간호사들은 아기 이름을 어떻게 하느냐고 물었다. 병원 서류를 작성하려면 아기 이름이 당장 필요하다는 것이었다.

"사이드 미르자." 베그는 그렇게 대꾸했다. 섬광처럼, 직관적으로 떠오른 이름이었다. 간호사들이 어안이 벙벙해져서 그를 쳐다보았다. "아기 이름을 뭐라고 지을까 물어본 거 아닙니까? 일단 사이드 미르자라고 해두자고요. 자, 그렇게 적으세요. 사이드 미르자가 두 명 있어도 별문제 없잖아요?"

그래서 간호사는 서류에 '사이드 미르자'라고 적고 더는 아무것도 묻지 않았다.

"산모는 곧 보러 가겠습니다." 베그가 말했다.

"서둘러주세요. 산모가 중환자실에 있어요." 간호사가 말했다.

이리하여 병원에서 지내는 사이드 미르자가 졸지에 두 명이 되었다.

첫째 사이드 미르자는 만화책에서 눈을 떼지 못하고 푹 빠져 있었다. 쟤가 글을 읽을 줄은 아나? 베그는 의문이 들었다. 소년은 새총을 잘 다루고 옥수수를 심거나 염소를 치는 일에는 능할 것이다. 하지만 글을 읽을 기회가 많이 있었을까? 첩첩산중 마을에 글을 가르쳐줄 사람이 있었을까? 이 아이가 까막눈이라면 고향 마을을 떠나 살 생각도 못했으리라. 식당에서 설거지를 하거나 시장에서 짐꾼 노릇은 할 수 있겠지만 고작 그런 일을 하자고 그토록 무모한 여행길에 나서진 않았으리라. 이 아이는 목숨을 걸고 집을 떠났다. 밑바닥에서 구르자고 떠나온 길이 아니었다. 만약 그렇게 된다면 크나큰 손실이리라. 머리를 쓸 줄 아는 아이니까. 무식하고 배운 데 없으면 머리 좋은 사기꾼이 되어 자잘한 범죄를 업으로 삼을 수밖에 없다. 구린 짓을 하고 후다닥 튀고, 그러다 걸리면 호되게 한 번씩 벌을 받고.

"그런데 너 글은 읽을 줄 아냐?"

"당연히 알죠." 소년은 책에서 눈을 떼지 않고 대꾸했다.

베그는 창가로 갔다. 순결한 백색의 정원이 창 아래 펼쳐져 있었다. 날은 저물어가고, 그림자들이 사끼네 소굼에서 슬금슬금 기어나오고 있었다. 창에서 노란 불빛이 눈밭으로 떨어졌다. 하얗게 뒤덮인 나무들은 조용히 쉬고 있었다. 베그의 등 뒤에서 간간이 책장 넘기는 소리가 났다. 종잇장이 살랑 스치는 소리. 그는 여기서 바로 랍비의 신성한 처소로 찾아갈 것이다. 속에 담은 이 모든 얘기를 랍비에게 고하리라.

이불 속에 아무것도 없는 것 같았다. 여자는 눈 밑이 까맸다. 한 번, 또 한 번, 숨소리가 아주 깊은 곳에서부터 올라왔다. 베그는 이유도 모른 채 전율했다. 여자는 아기를 품고 자기 한계까지 갔고, 이제 곧 이 침대에서 숨을 거둘 터였다. 여자도 알고 있었다. 베그는 자신의 최후를 예감한 짐승의 눈빛이 어떤 것인지 알았다. 더운물과 찬물이 뒤섞여 한 갈래로 흐르듯 절망과 체념이 너울대고 있었다.

"내 아들 어디 있어요?" 여자가 물었다.

베그가 고개를 끄덕거렸다. "당장 데려오라고 하지요."

그는 복도로 나갔다. 저쪽에서 마침 간호사 한 명이 걸어오고 있었다. 그는 간호사를 불렀다. 그녀는 손가락을 입술에 대고 조용히 하라고 신호를 보냈다. 베그는 그녀에게 빨리 아기를 데려오라고 했다.

"그럴 순 없는데요……."

베그는 완강하게 고개를 흔들었다. "꼭 데려와야 합니다, 지금 당장."

"미숙아예요. 7~8주 이르게 태어난 아기라고요! 아직은 너무 위험해요!"

"죄송합니다. 꼭 데려와야 합니다."

"그럼 서장님 '혼자' 모든 책임을 지세요." 간호사가 샐쭉하니 입술을 종잇장처럼 얇게 오므렸다.

잠시 후, 아기가 병실로 올라왔다. 면 포대기에 인형처럼 자그마한 얼굴만 나와 있었다. 얼굴이 밀랍처럼 해쓱했고 솜털 같은 검은 머리카락이 두피에 찰싹 달라붙어 있었다. 아기는 아직 한 번도 눈을 뜬 적이 없는 것 같았다. 끈끈한 눈물이 어머니의 뺨을 타고 긴 선을 그렸다. 어머니는 힘겹게 몸을 틀어 포대기에 싸인 아기를 품에 안았다.

베그는 자기가 곁에 있는 것이 사려 깊지 못하다는 생각을 하면서도 그 자리를 지켰다. 여자는 가만히 있는 아기를 어르는 소리를 냈다. 엄마와 아기는 하나였고, 다른 사람은 존재하지도 않았다. 여자가 쪼글쪼글 말라붙은 젖가슴을 드러내자 베그는 잠시 시선을 피해주었다. 여자가 젖꼭지를 아기 입에 가져갔다. 아기는 자느라 아무 반응도 하지 않았다. 여자가 억지로 젖을 물렸다. 최초의 본능이 발동했는지 아기가 젖을 빨기 시작했다. 처음에는 빠는 둥 마는 둥하더니 점점 열심히 빨았다.

여자가 눈을 감고 미소를 지었다.

아기가 칭얼대기 시작했다. 저 혼자 앵앵대는 울음이었다.

"쓰쓰쯧" 소리를 내며 엄마가 아기를 달랬다.

아기가 울음을 멈추지 않자 여자는 베그에게 도와달라는 눈빛을 보냈다.

베그는 복도에 나왔지만 아무도 보이지 않았다. 그는 성과 없이 일단 병실로 들어갔다.

아기는 주체할 수 없이 울어댔다. 달래서 그칠 울음이 아니었다.

"아기를 안아주세요." 여자가 말했다.

베그가 질겁했다. "어떻게……."

"안아요!"

베그는 큼지막한 손으로 아기를 엄마 품에서 번쩍 들어올렸다. 그러고는 잠시 어쩔 줄을 모르고 아기를 엉거주춤 들고만 있었다. 이렇게 난처할 데가! 아기를 마지막으로 안아본 게 언제였더라?

그는 아기를 천천히 품으로 끌어당겨 조심조심 얼러보았다. 강변의 알록달록한 불빛 아래 춤을 추는 한 마리 곰과 같이.

36. 안식일

    폰투스 베그는 눈 내리는 잿빛 하늘을 바라보며 신을 생각하는 일이 잦아졌다. 정처 없이 흘러갈지언정 아예 쓸모없는 생각은 아니었다. 그는 굳센 신심이 강철 같은 반복의 법칙에 바탕을 둔다고 믿었다. 반복이야말로 사람의 무릎을 어김없이 꿇게 하는 바로 그것이다.

    그는 곧잘 '신'을 단어로만 생각했다. 신 그 자체를 어떻게 생각해야 하는지, 무수히 많은 가명을 쓰는 유대인들의 신과 자기 나라 사람들이 주로 믿는 그리스도교 정교회의 신이 어떻게 다른지 잘 알지 못했기 때문이다.

    그는 서서히 전에는 낯설었던 맥락으로 신을 생각할 수 있게 되었다. 정교회의 화려한 열광 대신, 유대인들이 건넜던 사막의 뜨거운 열기 속에서 신을 생각했다. 그의 신은 깎여나간 바위들, 붉은 화강암 기둥들 사이 유사(流沙)의 벌판을 떠돌고 있었다.

랍비는 그에게 영원자는 형체가 없고 정의되지도 않는다고 했다. 영원자는 무한하다. 랍비는 말은 규정하고 제한하기 때문에 기만적일 수밖에 없다고 말했다.

안타깝게도 베그는 신을 물질성을 떠난 존재로 상상할 수가 없었다. 그는 늘 신을 인간의 형상으로 생각했다. 더욱 침통한 것은, 신을 수염이 없는 모습으로는 도저히 상상할 수 없다는 것이었다. 자신이 투사한 이 유치한 이미지들을 이제 와 어찌할 수는 없었다.

베그는 혈통으로 토라의 신과 맺어졌다. 자기가 유대인이라는 의식이 차츰 뿌리를 내릴수록 무의미한 망설임은 사라졌다. 이 정체성은 3분의 1쯤은 우연, 나머지 3분의 2는 평화에 대한 희구에 해당했다. 그는 히브리 어 기도문을 외웠고 열광적인 반복의 세계로 들어갔다. 그는 반복이 법열을 이끌고 법열이 신비를 이끈다는 것을 알고 있었다. 그의 주위에 유대인은 아무도 없었다. 랍비 외에는 그가 본보기로 삼을 자가 없건만 랍비는 이제 예배를 인도하지 않았고 유대교 계율도 몇 가지는 자기 편의대로 처리했다. 랍비는 너무 지쳤다. 반복의 족쇄는 이미 어깨에서 떨어져나갔고 이제 죽을 날만 기다리는 신세였다.

"나를 위해 카디시를 읊어주게. 자네에게 그런 것들을 다 가르쳐야 할 텐데."

"오래 사실 겁니다."

"오래 사는 게 무슨 덕이 되겠나. 오래 살라는 말은 말아주게. 자네, '행복한' 노인을 본 적 있나? '만족스러워하는' 늙은이를 보았나? 노년은 참 허술하고 덧없지. 오만 재앙이 한꺼번에 덮칠 것 같은 게 노년이야."

랍비는 오른손으로 허공을 움켜쥐는 시늉을 해 보였다.

랍비는 식사 전에 걸음을 질질 끌면서 미크베로 내려갔다. 베그는 회당에서 기다렸다. 빠끔 열린 문 사이로 노란 햇살이 들어왔다.

거룩한 궤는 장막이 드리운 어둠 속에 놓여 있었다. 금실, 은실 자수가 촛불의 불빛에 반짝거렸다. 궤는 천사들의 손 모양으로 된 받침대에 놓여 있었다.

어둠 속에서 어떤 형체들이 그에게 다가왔다. 어머니, 왜 어머니마저 숨어 계시나요? 어째서 아무 말씀 없으신가요? 할머니, 우리는 어디서 왔나요? 그러나 그들은 그의 앞을 말없이 지나쳤다. 그는 의자에 앉아 두 손으로 머리를 감싸쥐고 있었다. 그의 손가락은 키파의 다 해진 벨벳 단을 더듬고 있었다. 수 세기에 걸쳐 있는 관객들 앞에서 서툴게 연기하는 배우처럼 자기 자신이 가당찮게 느껴질 때가 더러 있었다. 관객들이 '조롱할 가치조차 못 느끼는' 배우. 멍하니 어둠을 바라보는 이 유대인의 절반을 차지하는 것은 부끄러움이었다.

문이 열렸다. 랍비가 회당을 이리저리 둘러보더니 베그에게 다가왔다.

"들어가보겠소?"

"무슨 말씀이신지?"

"미크베에 들어가보겠느냐고."

"어떻게 그럴 수 있습니까, 저는……."

"안 될 게 뭐요?"

베그는 마음이 흔들렸다. 그는 자기가 유대인이라는 결정적 증거가 나오기 전까지는 미크베에 몸을 담글 수 없다고 생각해왔다.

"곧 안식일이거든. 유대인들은 대개 안식일을 앞두고 미크베에 들어간다오."

"저는 좀 더 기다리는 게 나을 듯합니다…… 다음 기회에……."

"마음대로 하구려. 의무는 아니니까."

베그는 자신의 장화 앞코만 내려다보았다. 세상의 더러움을 씻어내고 거듭난다는 그 의식을 다시금 생각해보았다. 지하의 그 성스러운 장소에 대해서 알기 전까지는 그는 세상에는 결코 씻어낼 수 없는 더러움도 있다고 믿었다. 어쩌면 그렇지 않을지도 모른다. 그래도 정결의 예는 적절한 때를 기다리고 싶었다. 브르스티체의 랍비에게서 전갈이 오거나(이미 기다린 지는 한참 됐지만) 자신의 유대교 개종이 더는 사기처럼 느껴지지 않을 때까지.

빵이 바구니에 들어 있었다. 안식일에 먹는 할라가 아니라 평범한 흑빵이었다. 그래도 잘만 에데르는 그 빵을 축성(祝聖)했다. 두 사람은 함께 수프를 먹었다. 수저가 도기 그릇에 부딪혔다. 랍비는 구부정하니 수프 그릇에 입이 닿을락말락했다. 그들은 그렇게 안식일의 시작을 기렸다. 식전에 베그도 축복의 노래를 따라 불렀다. 랍비의 목소리는 자주 꺾였고 노랫가락은 허공을 맴돌았다.

샬롬 알레이험, 말라헤이 하 샤레잇 말라헤이 엘리온.
미 멜러흐 말헤이 하 멜라힘 하 카도시 바루흐 후.

유대인 랍비가 아직 남아 있다는 걸 아는 사람도 이제 나밖에 없겠지. 베그는 그런 생각이 들었다. 그러나 두 개의 촛불 빛 속에 앉아 있는 이 노인네는 남아 있다고 하기도 뭐했다. 랍비는 고적함에 투명해진 허깨비였다. 누군가가 이 노인을 떠올리리라. 그들이 침상이나 지하로 내려가는 계단에서 이 노인의 시체를 발견하리라……. 미카일로폴에서 600년 넘게 이어진 유대교가 맥이 끊어졌다는 것을 그들은 알지 못하리라.

베그는 국수가 들어 있는 중국식 수프를 한 접시 더 떠먹고 이렇게 말했다. "어젯밤에 여자가 죽었어요. 다행히 혼백만 남은 상태로나마 여자를 마지막으로 한 번 볼 수 있었죠. 그래도 아기는 건강한가 봐요. 엄마는 공기와 흙만 먹고 살았는데 그걸 다 '견디고'……. 저는 상상도 못 하겠어요. 한낱 인간에게는 너무 가혹한 일이죠. 그래도 엄마가 시련을 끝내고 아이가 잘 살아남을 거라는 확신을 갖고 떠나서 다행이에요."

"그런 희생으로 세상이 또 새 출발을 하는 거지. 탈무드에도 한 생명을 구한 자는 천하를 구한 것이라 했다네. 비록 '유대인의 삶'을 다룬 책이긴 하나, 이방인들의 삶이라 하여 무엇이 다르겠나?"

베그는 그의 품 안에서 바락바락 울어대던 아기를 생각했다. 아기는 죽어라 울어댔다. 그러다 어린 시절에 송아지들이 빨기 본능을 주체하지 못하고 그의 손을 이 없는 끈끈한 입으로 덥석 물었던 일이 기억이 났다. 아, 온몸을 타고 불알까지 쑥 내려오던 그때 그 괴상한 느낌이라니. 다른 방도도 없겠다. 그는 새끼손가락을 아기 입에 물려주었다. 그러자 아기가 겨우 잠잠해졌다. 여자는 그 모습을 바라보고 있었지만 말할 기력이 없는 듯했다. 도드라진 광대뼈와 뾰족한 코는 이미 죽음의 차지였다. 그녀는 공포의 덤불을 기어이 다 넘어와서 안전한 세상에 아이를 낳았다.

베그는 발로 의자를 밀어 침대 가까이에 앉았다. 아기를 조금이라도 더 엄마와 가까이 두고 싶었다. 그는 아기를 안고 부드럽게 흔들어주었다. 여자는 자꾸 눈이 감겼지만 그때마다 억지로 눈을 뜨려고 안간힘을 썼다. 그녀가 아기와 보내는 마지막 시간이었기에.

여자가 마침내 힘겨운 싸움에 무릎을 꿇고 잠이 들었다.

베그는 여전히 아기를 품에 안은 채 어르고 있었다.

랍비는 포도주를 축성했다. 베그는 포도주를 마실 일이 많지 않았다. 입안이 화했다. 술은 빠르게 축났다. 베그는 탁자 아래 다리를 삐딱하게 늘어뜨리고 사모바르의 불룩한 은빛 배에 비친 촛

불을 바라보았다. "안식일에는 출애굽을 기념하는 의미도 있다고 하셨죠……."

그는 발작적으로 속내를 털어놓기 시작했다. 때로는 말이 생각 보다 앞섰고 때로는 생각이 말로 잘 표현되지 않았다. 영원자에게 로 나아가려는 딱 이 시점에서 그 부랑자들을 만나다니 아이러니 하지 않은가? 어떤 의미에서 그들은 한 세대를 막막한 하늘 아래 광야에서 보냈다. 그들은 가난과 압제를 피해 도망쳐 나왔다. 광 야의 이스라엘 민족이 이집트에서의 노예살이에서 도망쳐 나왔듯 이. 똑같이 취급할 수 없는 일이긴 하나 유사성은 분명했다. 야생 의 자연 속에서 길 잃은 인간은 절망의 끝에서 하늘을 우러러본 다. 주여, 우리를 도우소서, 우리를 지켜주옵소서.

주님?

낙오자들의 절망을 상상하기란 어렵지 않았다. 산에 올라간 모 세가 돌아오지 않자 이스라엘 사람들이 어떻게 했던가? 반란과 도취. 춤과 괴성. 그들은 공포를 퇴치하기 위해 야만적인 의식에 탐닉해야 했다.

"만약 모세가 시나이 산에서 내려오지 않았다면 무슨 일이 일 어났을까요? 오늘날까지도 금송아지를 섬기게 됐을까요? 뭐, 그 러지 말란 법도 없죠. 인간은 제도화된 종교 안에서 별의별 것을 다 떠받들었습니다. 불, 태양, 황소, 반인반신……."

"그런 것들은 모조리 무너졌지." 랍비가 야유했다. "태양이나 불을 숭배하는 종교 중 오늘날까지 남아 있는 게 하나라도 있다면 말해보게. 뭐 다른 것을 숭배하는 종교라도 좋아, 하나라도 대 보게!"

"그래요, 다 사라졌어요. 그래도 수백 년, 수천 년을 버티다 사라졌잖아요. 그런 종교들도 얼마간 인간에게 위안을 주었죠. 위로와 안식과 영생을 약속해줬다고요. 랍비님이나 저나, 모두가 열망하는 것들을요."

랍비가 허공에 삿대질을 했다. "그렇게 먼 곳을 바라보니 뭐가 보일 턱이 있나! 지금으로부터 3,500년 전에 영원자께서 우리에게 토라를 주셨네. 그 안에는 한 인간에게 필요한 모든 것이 있지. 자네는 토라를 공부해야 하네! 영원자의 곁에서는 부족함이 없으리니!"

"하지만 스텝을 건너온 자들은 답을 얻지 못했어요. 하늘은 그들에게 끝내 침묵했죠. 그래서 신성한 괴물을, 혹은 흉측한 신적 존재를 만들어낸 겁니다. 저는 오늘날과는 다른 맥락, 가령 다른 시대였다면 이런 일이 훨씬 '중요하게' 받아들여졌으리라 생각해요. 물론 그러한 상상이 한 민족 전체에게로 전염된다면 말이죠."

"그런 일은 결코 일어나지 않았네!" 술기운 때문인지 랍비의 눈이 이글거렸다. "실제로 존재하는 것만 따져야지, 가정을 끌어들여 어쩌자는 건가! 토라는 의심과 논란의 여지를 내어주지. 그런 의심에 맞서기 위해 '배움'이 있네. 배움은 방법이야! 불신이 아니라 신앙을 탐구하게!"

베그가 어깨를 으쓱했다. "저도 그랬다고 생각합니다만. 제가 신앙 말고 다른 것을 공부한 건 아니에요. 하지만 그런 생각이 드는데 어쩌라고요? 비슷한 구석들이 눈에 보이는데 어쩌라고요?"

"자네, 랍비 샴마이와 랍비 힐렐을 찾아간 이방인 이야기를 아는가? 모른다고?"

랍비는 그 이야기를 들려주었다. 어떤 이방인이 랍비 샴마이를 찾아가 자기가 한 발로 서 있는 동안 토라를 전부 가르쳐달라고 청했다. 랍비는 크게 노하여 그를 꾸짖고 돌려보냈다.

그러자 그 이방인이 랍비 힐렐을 찾아가 똑같은 청을 했다. 이 랍비는 다음과 같이 대답했다. "남이 너에게 하지 않기를 바라는 일을 너도 남에게 행하지 마라. 율법 전체가 여기에 있으니 나머지는 해석일 뿐이다. 이제 가서 배움을 쌓거라."

"가서 배움을 쌓거라." 베그가 고개를 끄덕거렸다. "저도 계속 그럴 겁니다. 그래도 특별한 것을 보고 못 본 체할 수는 없어요…….어떻게 보면 신앙의 특별한 실례(實例)가 '제 눈앞에' 나타난 셈인데요. 아니, 신앙의 싹이랄까…… 어느 신성한 순간에 네다섯 명이 그 싹을 받아들였어요. 자기들이 보았다고 생각한 것을 '진심으로' 믿었고……."

"자네가 목격한 것은 우상 숭배야. 인간이 다른 인간을, 자기와 같은 족속을 숭배한 것 아닌가. 그 따위는 자아의 도착적인 신격화라네. 감히 한마디 하자면, 자네가 순전히 지적인 호기심에서 그것에 관심을 두는 것이길 바라네."

베그가 웃음을 터뜨렸다. "무병장수를 위해 건배나 하시죠. 랍비님께서는 요리사가 죽은 후로 유대인으로서 살지 못했다고 하셨는데 저는 랍비님이 돌아가시면 유대인 노릇을 그만둘 겁니다."

잘만 에데르가 껄껄 웃으면서 고개를 흔들었다. 잔을 입술로 가져가 쭉 들이켰다. 기분이 좋았다. 지금 그는 더없이 정정했다.

37. 닭구이

그들은 닭치는 노파 집에 들어앉았다. 노파의 양식을 훔쳐 배를 채우기 바빴고, 다가올 긴 겨울은 안중에도 없었다. 찬장에는 빈 캔, 빈 상자, 상품 포장지만 뒹굴었다. 노파의 옷장을 싹 털었고 천이란 천은 쪼가리 하나까지 죄다 난로 옆에 늘어놓았다. 그들은 배부른 고양이들처럼 바닥에 널브러져 가르랑거렸다. 난로 뒤 우묵한 공간에 놓여 있던 밀짚과 깃털 침대는 밀렵꾼이 차지했다. 노파는 안락의자에 처박혀 가늘게 뜬 눈으로 자기 집을 차지한 삐쩍 마른 유령들을 지켜보았다. 추위와 배고픔에 신물이 났던 그들은 장작을 함부로 낭비하면서 난로가 하얗게 과열될 때까지 불을 땠고, 걸핏하면 닭을 잡아먹었다. 그들의 행복은 난로 위에서 요란하게 달아오르는 팬에 응집되어 있었다. 돼지기름 속에서 지글지글 익어가는 닭고기 냄새만큼 감미로운 것은 세상천지에 없었다.

그런 다음에는 모두 난로 주위에 쓰러져 잠을 잤다.

현관문 바깥쪽 문고리에 걸린 가방에는 그들을 풍요로 인도한 바로 그것이 들어 있었다. 그들은 집을 드나들 때마다 가방을 향해 고개를 숙이고 감사의 말을 올렸다.

여자는 때때로 아예 그 앞에 무릎을 꿇고 화환을 꾸미듯 그 주위에 주렁주렁한 장식과 주문 쓴 종이를 매달았다. 이제 흑인 머리의 영험함을 의심하는 사람은 없었다. 그들은 암묵적 집단의식의 명령으로 흑인을 저버리고 살해했지만 그 이후로 흑인의 머리와 떼려야 뗄 수 없는 관계를 쌓아왔다. 그 머리는 살아서 자신의 뜻을 전하고 있었다. 여자가 그 메시지를 풀어내어 하나의 숭배의식을 만들었다. 다른 사람들은 툴툴대면서도 잘 따라왔다. 가장 고집스러운 불신자였던 아슈하바트 사내조차도 흑인의 머리 앞에 고개를 숙이고 영적인 생각에 잠길 정도였다.

비탈리만은 이 숭배에 동참하지 않았다. 그는 여전히 유령들의 왕국에서 헤매는 중이었고 가끔 드물게 제정신으로 돌아왔다.

밀렵꾼은 매사에 그랬듯이 침착하고 강건하게 머리를 섬겼다. 그는 이 굳센 믿음에서 자기를 벗어나게 하는 그 무엇도 용납하지 않았다. 때때로 공포의 덤불 얘기를 꺼내고 그곳에서의 끝없는 고통을 들먹였다. 더욱더 강해져야만 한다. 참고 견디는 법을 배워야 한다.

그들은 저마다 머리를 향하여 남들에게는 들리지 않게 소곤소곤 속내를 털어놓았다. 그럴 때면 웅성웅성 소리가 한 번씩 일어났다. 한데 울리고 진동하는 소리의 그물을 타고, 그네들의 꿈과 탄식이 머리에게 전해졌다. 일종의 항공 우편이랄까. 이 여정이 무사히 잘 끝나게 해달라는 간절한 바람들.

닭치는 노파는 유령들이 현관 앞 베란다에서 머리를 조아리거나 말거나 자기 생활에 집중했다. 그들은 노파가 닭을 부를 때 외에는 그녀의 목소리를 듣지 못했다. 노파는 인간의 언어로 옮길 수 없는 소리로 닭들을 어르고 달랬다.

작은 집 안에서 노파와 식객들은 연못의 물고기들이 서로 스쳐지나가듯 살아갔다. 처음에 그들은 노파에게 마을 이름이 무엇인지, 다른 주민들은 어디 갔는지 물어보았다. 그러나 노파가 너무 질겁하고 펄쩍 뛰는 바람에 어느 순간부터 아무것도 묻지 않게 되었다.

밀렵꾼이 마을 인근에서 타이어 자국을 발견했다. 움푹 파인 채 얼어붙은 타이어 자국은 서쪽으로 쭉 이어져 있었다. 여러 개 자국이 겹쳐 있는 것으로 보아 제법 왕래가 있는 듯했다. 요컨대, 이따금 이 마을에 사륜구동을 끌고 와 닭치는 노파에게 생필품을 공급해주고 가는 사람이 있을 터였다.

밀렵꾼이 북쪽의 납빛 하늘을 걱정스럽게 쳐다보았다. 목구멍 깊은 데서 마뜩찮은 탄식이 끓어올랐다. 정녕 다시 길을 떠나야 할까? 그래야만 한다면, 과연 언제? 그들은 이미 논의를 했다. 그는 가급적 빨리, 타이어 자국이 눈에 뒤덮이기 전에, 출발해야 한다고 말했다.

그는 소년을 데리고 마을 경계까지 나와 있었다. 희부옇게 얼어붙은 너른 초원이 바스락댔다. 밀렵꾼은 턱수염을 매만지면서 가느다랗게 실눈을 떴다. "더는 기다릴 수 없을 것 같다." 그가 먼 곳을 바라보면서 중얼거렸다. 콧김이 뿜어져나오기 무섭게 흩어져버렸다.

"그럼요?"

"난 내일 떠난다."

밀렵꾼은 키 큰 풀을 헤치고 집으로 돌아갔다. 소년은 그에게서 눈을 떼지 않았다. 밀렵꾼이 그들을 버리고 간다니, 공연히 분하고 속이 뒤집혔다. 밀렵꾼이라면 미련도 없이 그들을 버릴 터였다. 해가 지기도 전에 그들을 말끔히 잊을 터였다. 자기는 지평선을 바라보고 살면서 남들은 짐바리짐승처럼 참고 살라는 건가.

여자와 아슈하바트 사내는 조금 더 쉬고 기력을 보충한 후에 떠나자고 했다. 하지만 소년은 밀렵꾼의 상식적인 판단이 더 믿음직했다. 눈이 오면 그들은 닭치는 노파 집에 갇히고 만다. 그들이 겨울을 나기에는 식량이 턱없이 부족했다.

"그럼, 아프리카는요?" 소년이 밀렵꾼을 향해 외쳤다.

밀렵꾼이 돌아섰다. "산 자들과 있어야지." 그는 그렇게 외치고는 자취를 감추었다.

그날 저녁, 밀렵꾼은 길 떠날 채비를 했다. 마대 자루 두 개를 꿰매 하나로 만들었다. 그 자루를 어깨에 메고 아래에 끈을 둘러 허리에 잡아맸다. 그러면 자루가 흘러내리지 않아 걸음에 지장을 주지 않았다. 통조림 몇 개와 야채절임 한 병을 집어넣었다. 기름 등불에 비친 그의 모습은 성자의 혼백 같았다. 그는 말없이 착착 짐을 꾸렸다. 그가 다시 자루를 둘러메고 추운 밖으로 나서는 순간, 소년이 말했다. "우리가 아프리카를 데리고 갈 거예요."

"안 돼!" 여자가 외쳤다.

"이미 챙겼어요. 그는 여기 없어요." 소년이 대꾸했다.

사실이었다. 흑인 머리가 온데간데없었다.

밀렵꾼은 닭 몇 마리를 자루에 넣었다. 목을 비틀어 죽이고 털을 뽑았다. 여자가 성난 눈으로 노려보거나 말거나, 그는 자기 일에만 집중했다. 여자가 결국 따지고 나왔다. "어디 있어? 돌려줘. 그 머리는 우리 거야."

밀렵꾼은 하던 일에서 고개도 들지 않고 대꾸했다. "눈이 올 거야. 죽은 사람들은 남고, 산 사람들은 계속 가야 해."

"떠나면 죽는 거야! 어디로 가는지도 모르면서 가자고? 확실히 골로 가자는 거야?" 여자가 소리를 질렀다.

밀렵꾼은 천천히 고개를 저었다. "그는 산 자들을 도와. 아무리 여기 남고 싶어 한들 소용없어. 한 사람 몫도 안 되는 식량으로 넉 달, 다섯 달을 버틸 수 있어? 이제 닭도 몇 마리 안 남았어. 나머진 내가 챙겼어. 머리가 있으면 좀 굴려봐."

그때 소년이 밖으로 나갔다. 몇 발짝 떼지도 않았는데 매서운 추위가 그의 다리를 물어뜯었다. 눈도 제대로 못 뜬 채 닭장으로 들어갔다. 닭똥 냄새, 톱밥 냄새가 코를 찔렀다. 그는 어둠을 가르고 닭들이 잠든 횟대에 다가갔다. 통통한 놈을 잡으려 했지만 부실한 놈만 손에 잡혔다. 닭들을 놀라게 하지 않으려고 그는 조심스레 맨 먼저 손에 잡힌 놈을 들고 나왔다. 닭은 힘없이 울다가 소년의 지루 속으로 들어갔다. "내가 저승사자다. 난 밤에만 찾아오지." 소년이 중얼거렸다.

소년은 도합 네 마리의 닭을 챙기고 닭장에서 나와 문을 닫았다. 서걱서걱 발소리를 내면서 벌거벗은 포플러나무들을 따라 집으로 돌아갔다. 얼어붙은 젖빛 밤하늘을 배경으로 굴뚝에서 피어오르는 연기가 보였다. 스텝에서 어떻게 겨울밤을 날 수 있을까? 그들은 다 얼어죽을 터였다. 돌처럼 딱딱하게 언 시체는 박테리아와 맹수조차 마다하리라. 봄이 되어 눈과 얼음이 녹으면, 그제야 햇살이 그들의 생명 없는 눈을 비추리라……

아니! 믿음을 잃으면 안 된다! 흑인이 지난번처럼 그들을 도와줄 것이다. 그가 길을 보여주리라. 그들은 사람 사는 세상에 닿고야 말리라. 두렵지 않았다. 두렵지 않을 것이다. 두려움은 없다. 여태껏 걸어왔는데 뭐가 두려운가…….

소년은 난로 옆에서 닭 모가지를 비틀고 털을 뽑은 후 배를 갈라 내장을 제거했다. 온 집 안에 닭구이 냄새가 진동했다. 떠나지 않고 남기로 했던 여자와 아슈하바트 사내는 참담한 기분으로 그들의 결정을 되돌아보고 있었다. 비탈리는 난로 옆에 쓰러져 자고 있었다. 닭치는 노파도 안락의자에서 가볍게 코를 골고 있었다.

마침내 아슈하바트 사내가 여자에게 말을 건넸다. "내 생각엔, 떠나는 게 맞아. 아무래도 달리 방법이 없어."

"어째서?" 여자가 날카롭게 외쳤다. "여기로…… 누가 올지도 모르잖아? 저 노파를 만나러 누군가가…… 자식이나 가족이 찾아오지 않을까?!"

"식량을 조달한 지 얼마 안 됐는데 금방 또 누가 찾아오겠어?" 밀렵꾼이 저쪽에서 한마디 했다.

소년은 마지막 남은 식품들을 싱크대에 쌓고는 그중 자기 몫을 챙겼다. 아슈하바트 사내도 행동에 들어갔다. 그는 옷가지를 모아서 몇 겹씩 껴입었다. 소년도 바닥에 쌓여 있던 옷가지들을 챙겼다. 그러다 누가 더 빨리 양모 타이즈를 차지하는지 경쟁이 붙었다. 소년이 눈독을 들였지만 아슈하바트 사내가 더 빨리 낚아챘다.

여자도 부루퉁한 얼굴로 이 여행의 마지막 단계를 준비하기 시작했다. 그녀도 혼자 남기는 싫었다.

광막한 들판과 하늘 사이에서의 죽음보다 서서히 굶어죽는 고통이 더 무서웠던 것이다.

아슈하바트 사내가 비탈리가 깔고 앉은 옷을 잡아당겼다. "비켜, 엉덩이 치우라고!" 그는 여자에게 스웨터와 신발을 동여맬 천

조각을 주었다.

그들은 닭을 한 마리도 남기지 않고 다 죽였다. 물론 수탉도 예외는 아니었다. 난로는 하얗게 달아올랐고 언제나 기름에 지글지글 익어가는 닭고기가 있었다. 뜨끈한 난로 옆에 있는 동안은 축제처럼 유쾌하고 들뜬 밤을 보낼 수 있었다. 모두가 생필품과 옷가지를 나눠 가졌다. 비탈리에게도 충분히 옷가지가 돌아가게끔 신성을 썼다.

그는 머리를 들고 갈 자였다. 가없는 밤에 그들을 비추어줄 빛을 모시고 가는 자. 밀렵꾼은 난로 뒤 자기 침대로 물러나 제 몫을 한 아름 늘어놓았다. 마지막 코스에 도전할 채비는 끝났다. 다른 사람들은 추위를 막기에 부족함이 없는지, 짐은 튼튼하게 쌌는지, 무게가 한쪽으로 쏠리지는 않는지 확인하고 있었다.

"며칠 이상 걸리면 안 돼. 그보다 더 오래 걸리면 못 버텨." 아슈하바트 사내가 말했다.

"자동차 타이어 자국이 있잖아요. 전엔 이런 단서가 없었죠. 차가 출발한 흔적이 있다면 도착한 흔적도 있겠죠. 당연히 그래야 하니까." 소년은 자신만만했다.

"그분의 뜻이라면." 여자가 대꾸했다.

아슈하바트 사내는 닭고기를 가리켰다. "익었구먼."

소년이 팬에서 한쪽 다리를 잡고 닭을 집어들었다. 아침이 오려면 한참을 기다려야 했다.

38. 눈과 얼음

"닥치는 할머니는? 그냥 두고 왔단 말야?" 베그가 물었다.

"그럼 어떡해요? 완전 꼬부랑 할머니였다고요." 소년이 말했다.

"말 한번 모질게 한다. 그 할머니 덕분에 목숨을 건졌잖아. 조금은 고마워해야 하는 거 아냐?"

소년의 다리가 침대 가장자리에서 건들거렸다. 이제 링거를 뺐기 때문에 병실 안에서는 자유롭게 거동할 수 있었다.

"네가 떠난 후에 그 할머니는 어떻게 됐을까?"

"내가 어떻게 알아요?"

"상상은 할 수 있잖아?"

"할 수 있죠, 하지만 뭐하러 해요?"

"그 할머니는 너희에게 싹 다 털리고 버림받았으니까."

"노망난 할머니였어요."

"아, 그게 이유가 된다고 생각해? 제정신이 아닌 사람은 막 대해도 되냐?"

소년은 어깨를 으쓱했다. 뻔뻔하게 막가고 싶은 기분이었다. "우리가 별일 아닌 듯 그랬다는 식으로 몰고 가지 마세요. 그 사람이 죽느냐 우리가 죽느냐의 문제였어요. 아저씨가 뭘 알아요?" 아이가 맨발로 리놀륨 바닥에 내려왔다.

싱치받았구나, 라고 베그는 생각했다. 머리에 나무로 만든 버찌 모양 장식을 단 노파의 쓸쓸하고 완만한 죽음을 생각하니 연민을 주체할 수가 없었다.

밀렵꾼이 얘기를 좀 더 보태주었다. 부연 설명이랄까, 혹은 그 머리의 성격, 즉 '인격'을 드러내는 중요한 단서랄까. 그들이 버리고 온 노파 얘기를 꺼냈더니 밀렵꾼은 대뜸 이렇게 말했다. "그 노파가 거기 있었기 때문에 우리의 여정이 계속될 수 있었죠. 서장님 생각은 뭔데요? 우리가 그런 횡재를 마다할 처지였겠습니까?"

"내가 무슨 생각을 하겠소, 난 그냥 당신들을 심문하는 거요."

맞은편 사내가 눈을 지그시 감고 손끝으로 이마를 지압했다. 잠시 후, 그가 다시 입을 열었다. "우리가 괜히 거기 있었던 건 아니겠죠. 우리는 매사를 닥치는 그대로 받아들였어요. 그 노파는 우리를 위해 거기 있었던 겁니다. 우리가 그 여행을 계속할 수 있게끔 말입니다. 사냥감이 사냥꾼을 위해 존재하는 거랑 비슷하게요. 내가 이해하기로는 그렇습니다."

"지금도 그렇게 생각하시오?"

"네." 사내가 잠시 사이를 두었다가 대답했다.

"그가 당신들을 닭치는 노파 집으로 인도했다……."

밀렵꾼이 고개를 끄덕였다.

"당신들의 생존을 위해서?"

"그렇습니다."

"일종의 희생 제물이구먼. 강요된 희생."

밀렵꾼이 눈을 감았다. "말은 그렇죠, 그래 봤자 말뿐인 것을." 그가 툴툴거렸다.

"그는 당신들의 편이지, 오로지 당신들만의 편. 정신이 오락가락하는 할망구는 죽든지 말든지, 당신들만 챙겨줬구려. 당신들은 그의 총애를 받기 때문에 그 노파가 가진 것을 죄다 약탈해도 괜찮다는 거요? 아니면, 내가 잘못 이해했소?"

"비꼬시려거든 비꼬시죠. 난 상관없으니까."

하지만 베그의 마음을 사로잡는 주제가 바로 거기에 있었다. 다른 사람들을 희생시키면서 자기 사람들을 챙기는 신. 만인을 보듬지 않고 자기 백성만 보듬는 신이 족벌주의를 일삼는 세미온 블로크와 뭐가 다를까. 베그가 개인적으로 모시는 신도 자기 백성을 선택했다는 점에서 다르지 않으리라. 수천 년이 지나고 폰투스 베그에게도 그 빛이 강림했다. 솔직히, 그래서 행복했고 절대로 놓치고 싶지 않았다. 자기 구원을 가벼이 여길 사람은 없으니.

그들은 아침 댓바람부터 집을 나섰다. 닭치는 노파는 입을 헤벌린 채 자고 있었다. 고무줄이 끊어져 반백의 머리칼이 안락의자 등받이에 늘어졌다. 마룻바닥에 깃털, 솜털, 내장이 수북했다. 이제 닭은 한 마리도 남아 있지 않았다.

소년이 맨 마지막으로 집을 나섰다. 그가 문을 닫았다.

"망할!" 소년이 분통을 터뜨리며 베란다에서 발을 쿵 굴렀다. 소년과 다른 사람들은 배부르고 등 따신 세상을 박차고 나온 현실이 믿기지 않는 듯 망연자실하게 서 있었다. 밀렵꾼만 이미 걷고 있었다. 그들은 낯선 곳에 풀려나온 양들처럼 동요했다. 동장군이 그들의 목을 조였다. 소년은 스텝에서 얼어죽느니 따뜻한 난로 옆에서 굶어죽는 게 낫지 않을까 생각해보았다. 추위는 몸으로 직접 부딪혀오는 적이다. 이 적을 상대하려면 정신과 신체가 받쳐줘야 한다. 그런데 말라비틀어지고 약해진 그들의 몸뚱이가 어찌 배겨낼까. 몇 주 동안 배불리 먹었건만 몸 상태는 그리 좋아지지 않았다.

마을을 가로질렀다. 밀렵꾼이 일부 무너져내린 창고에 들어가 아프리카의 머리를 들고 나왔다. 유령들이 다 모이자 밀렵꾼이 비탈리이 팔을 번쩍 들어올리고 그의 어깨에 머리가 든 꾸러미를 걸어주었다. 모두가 이런 전개를 원했다. 머리와 그것을 지고 사는 자의 결합을, 잠깐이지만 신성한 이 순간을. 그들은 한 가닥 희망에 사로잡혔다. 실처럼 가느다란 지평선이, 모든 것이 잘되리라는 전망이 보이는 듯했다.

"이제 가지." 밀렵꾼이 비탈리의 팔을 잡고 말했다. 목과 얼굴을 칭칭 동여맨 탓에 목소리가 잘 들리지 않았다. 비탈리는 충실한 종처럼 순순히 따라갔다.

마을 경계까지 가서 그들은 다시 한 번 발길을 멈추고 마지막 용기의 부스러기까지 끌어모았다. 천 쪼가리로 신발을 꽉 동여매고 천으로 얼굴을 꽁꽁 감싼 다음 하얀 김을 내뿜는 콧구멍만 내놓았다. 세상은 검푸른 도료를 발라놓은 듯했고 풀에는 반짝반짝 얼음 조각이 맺혀 있었다. 그들은 어둡고 광막한 평원을 마주했다. 한파뿐만 아니라 가슴을 에는 이 허무에도 끈질기게 버텨야 하리라. 그들은 움직였다. 소년이 가장 뒤에서 따라갔다. 타이어 자국들 틈새의 하얀 얼음을 발길질로 깨뜨리면서.

눈이 그들의 발밑에서 뽀드득뽀드득 부서졌다. 옷 속에 파고든 추위는 그들의 사지를 훑어내리고 살갗을 통과해 근육과 뼈에 스며들었다. 이제 겨우 해가 뜨기 시작하는데 몸뚱이는 이미 얼음장이었다. 그들의 등 뒤로 마을은 달콤했던 신기루처럼 사라져갔다. 그런 행운, 그런 안락——벌써 떠올릴 수조차 없는 것.

얇게 쌓인 눈이 아침놀에 파르스름한 빛을 띠었다. 태양은 아직 잿빛 구름 너머에 숨어 있었지만 어느새 빛은 온 세상에 퍼졌다. 밀렵꾼은 비탈리를 데리고 계속 선두를 유지했다. 다른 사람들은 흐느적흐느적 그 뒤를 따랐다. 비탈리의 등에 매달린 머리는 계속 걸어가라는 신호였다. 그러나 시간이 갈수록 간격이 벌어졌다. 소년이 몇 번이나 앞으로 치고 나가 밀렵꾼에게 다른 사람들이 너무 처지지 않도록 조금 천천히 가달라고 부탁을 해야만 했다.

　밤이 되어 모두 한데 모였다. 밀렵꾼과 비탈리는 땅이 움푹 꺼진 자리에 불을 피웠다. 뒤늦게 투덜거리며 도착한 사람들이 화상을 입어도 상관없다는 듯 불길에 바짝 손을 내미는 동안에도 그들은 고개 한 번 들지 않았다. 밀렵꾼이 냄비에 눈 뭉치를 녹였다. 그들은 허겁지겁 눈 녹은 물을 마셨다.

　턱이 시큰거릴 만큼 얼어붙은 닭고기와 강낭콩을 먹었다. 여행이 얼마나 계속될지 알 수 없었으니 식량을 며칠에 걸쳐 먹어야 한다는 계획도 없었다. 어차피 며칠 이상은 못 버틸 터, 그들은 더는 먹을 수 없을 때까지 먹었다. 그다음에는 종이 상자와 매트를 깔고 넝마와 담요 더미 속으로 들어갔다. 모두가 한 구덩이 속에서 찰싹 달라붙어 잤다. 하늘은 어둡고 흐려서 별이 보이지 않았다. 흑인 머리는 깜부기불 옆에 놓아두었다. 그들은 머리에게 그들이 머릿속에 그리는 구원의 구체적인 모양새를 아뢰고 소원을 빌었다. 소년은 가장 바깥쪽에서 잤다. 비탈리 옆에서 자고 싶지 않았기 때문에 일부러 그쪽에 자리를 잡았다. 비록 완전히 맛이 갔다지만 비탈리가 어떤 인간이었는지 소년은 잊지 않았다. 그놈이 그놈이지 어디 가겠는가.

　소년은 좀체 잠을 이루지 못했다. 바닥이 너무 딱딱하고 차가워서 뼈가 시렸다. 이 모든 일이 끝나면 그가 살게 될 집을 생각했다. 으리으리한 집에 가족이 모두 모여살 테다. 아버지, 어머니,

형을 기억할 수만 있다면! 기억은 자꾸만 도망갔고 이제 어머니의 눈빛, 웃음소리, 치맛자락만 섬광처럼 떠오르다 말았다. 골짜기에서 상승 기류를 타고 날아오르던 수염수리들은 여전히 눈에 선한데 사람들은 기억이 나지 않았다.

다 어디 갔어요? 얼른 나타나요! 소년은 소리 없이 절규했다.

하지만 아이는 집을 떠나온 지 오래되었다. 새로운 삶이 옛 삶을 뒤덮어버렸다. 오직 소년의 심장만이 울고 있었다. 진짜 눈물은 흘려봤자 바로 얼어붙어 구슬처럼 또르르 굴러떨어질 터였다.

소년은 이 시련이 끝나면 기필코 옛 삶을 발굴하리라 다짐했다. 그 삶은 모래에 파묻힌 채 변함없이, 흔들림 없이 그를 기다리고 있었다.

그들은 목각 인형처럼 뻣뻣한 몸으로 하루 종일 걸었다. 머리 위에서 기러기 우는 소리가 들렸지만 그 새들이 눈에 보이지는 않았다. 오후에는 눈이 조금 왔다. 싸락눈이 몇 시간 흩날렸다. 그들은 꽁꽁 언 타이어 자국을, 그들의 생명선을 따라 걸었다. 시작된 지점이 있으면 끝나는 지점도 있으리라.

그렇게 그들은 돌처럼 얼어붙은 지구 위를 걸었다. 하늘은 점점 더 흐려졌다. 이제 잿빛 구름은 빗발치는 눈송이가 되었다. 그들은 눈만 빠끔 내놓고 빛 없는 해를 노려보았다. 눈보라가 회오리쳤다. 다시 길을 나선 건 실수였다. 흑인 머리는 이제 그들에게 행운을 가져다주지 않았다. 그 빛은 꺼져버렸다.

하지만 이제 되돌아가지도 못한다. 마을을 떠나온 지 오래되었다. 전진할 수밖에 없었다.

그들은 몇 시간 쉬어야 했다. 눈밭에 튀어나온 눈덩이들과 같은 모습으로. 그날그날과 몇 시간 남짓, 그 외에는 아무런 시간 개념이 없었다.

그들은 새날이 밝기 전에 또 길을 나섰다. 밀렵꾼이 선두에서 눈 속의 타이어 자국을 파내면서 길을 찾았다. 잠시 멈춰서니 그 적막함이 그들의 귀를 때렸다. 눈은 세상을, 모든 소리를 뒤덮었다.

눈앞의 광경이 산산이 흐트러졌다. 이제 몇 미터 이상은 시야가 확보되지 않았다.

비탈리가 눈밭에 풀썩 무릎을 꿇었다. 이제 그는 한 발짝도 더 뗄 수 없었다. 밀렵꾼이 달려와 욕을 퍼붓고 억지로 일으키지 않았다면 그는 그 자세 그대로 얼어버렸을 것이다. 여자와 아슈하바트 사내가 이어서 도착했다. 소년이 맨 마지막에 왔다.

시간이 흐르고 또 흘렀다. 소년은 눈밭에 난 발자국만 내려다보면서 걸었다. 그 때문에 그는 맨 마지막에서야 볼 수 있었다. 눈보라와 어둠 너머에서 불안하게 깜박대는 불빛을.

자동차 불빛이었다.

자동차 한 대를 봤다. 그러고는 또 한참 아무것도 안 보였다. 그리고 마침내 도시가 나타났다.

39. 소년 모세

언 땅이 녹았다. 쌀쌀한 오후의 태양이 연둣빛 포플러나무 가장귀로 파고들었다. 멀리서 개 짖는 소리가 끊이지 않았다. 사제가 목청을 가다듬었다. 이름 없는 아가씨를 장사 지낸 참이었다. 무덤 앞에서 사제 말고 다른 남자가——경찰서장이——고인을 간략하게 소개했다. 경찰서장은 감정은 없지만 진중한 어조로 죽은 아가씨에 대해서 이야기했다. 서장은 소년을 한 명 데리고 있었다. 아들인가? 왜 이렇게 딱한 장례식에 굳이 아들을 데려온담? 묘지를 누비는 산들바람에, 즐거운 봄의 온기와 추운 겨울의 자취가 섞여 있었다. 바람이 실어온 냄새들이 늙은이의 심장에 그 옛날의 열망들을——희미하고도 힘이 센 열망들을——일깨운다. 그런 바람이 젊은이들을 최악의 어리석음과 최고의 행복으로 떠민다. 아가씨도 딱 이런 바람이 부는 날 모험을 찾아 부모님 댁을 나섰으리라. 안 돼! 집을 떠나지 마, 세상이 얼마나 위험한데! 베그는 시간을 거슬러 그녀에게 외쳤다. 하지만 아가씨는 그 말을 듣지 못했다. 그녀는 흥분으로 두근대는 가슴으로 길가에서 손을 흔들었다. 오래 기다리지 않아 차 한 대가 그녀 앞에 정차했고……

그들은 통로 끝 폴란드 인들의 무덤 옆에서 헤어졌다. 사제는 경찰서장과 소년을 잠시 눈으로 좇았다. 서장은 투실투실했고, 빈혈에 걸린 것 같은 소년은 눈망울이 새끼 사슴 같았다. 이윽고 사제는 검은 옷자락을 휘날리며 예배당으로 돌아갔다.

베그는 시 외곽으로 나왔다. 이제 확 트인 시골길을 달리는 중이었다. 키 큰 풀과 뒤엉킨 덤불 사이로 낡은 창고 건물들이 보였다. 도시가 여기까지 뻗쳐나왔다는 표시였다. 반쯤 열린 차창으로 불어오는 바람이 죽은 아가씨 생각에 울적해진 마음을 몰아냈다. 소년은 카 라디오 버튼을 요리조리 돌렸다. 뚝뚝 끊어지는 말소리, 금속성 굉음. 국외 음악 방송도 나왔다. 소년은 기계를 좋아했다. 버튼만 달려 있으면 다 좋아했다. 아이는 시끄러운 잡음이 하나도 거슬리지 않는 듯했다. 베그의 집에 와서도 늘 텔레비전이나 오디오 세트를 만지작거리곤 했다. 베그가 권위적으로 카 라디오를 껐다. 이제 헐떡대는 엔진 소리, 살짝 열린 차창으로 비집고 들어오는 바람 소리밖에 들리지 않았다.

"아저씨는 라디오 싫어요?" 한참 있다가 소년이 물었다.

"좋아해. 하지만 너무 시끄러운 건 싫다."

"그럼 볼륨만 낮춰도 되잖아요?"

베그는 말하지 않았다. 그는 앞 차창 너머로 먼 곳의 능선을 바라보았다. 지대가 조금씩 높아지고 있었다.

"네게 뭔가 보여줄게. 이제 조금만 더 가면 돼."

"차에 빵 같은 거 없어요?"

이건 다른 문제였다. 소년은 늘 배가 고팠다. 정말로 걸신이 들렸나 싶게 먹어댔다. 베그가 뒷좌석을 돌아보며 말했다. "오는 길에 뭐 좀 사자꾸나."

소년이 글러브박스를 열었다. 수갑, 선글라스, 쌍안경, 교통 단속 수첩, 볼펜, 종이. 허기를 달래줄 거라곤 하나도 없었다.

"아저씨 차는 왜 이렇게 낡았어요? 경찰서장이잖아요?" 소년이 물었다.

베그는 옆을 흘끗 보면서 대꾸했다. "말하자면 길어."

그들은 구릉으로 올라갔다. 베그는 도로가 움푹 꺼진 지점을 잘 피해 차를 몰았다. 도롯가에 있는 주차장에 쌓인 채 대책 없이 녹슬어가는 건설 장비들이 보였다.

베그가 도로를 벗어나 숲속으로 차를 몰고 들어갔다. 거기서부터는 내리막길이었다. 돌투성이 숲길에서 자동차가 심하게 흔들렸다. 나무들이 차츰 듬성듬성해지는가 싶더니 좁지만 하늘이 탁 트인 고원이 나왔다. 베그는 그곳에 차를 세웠고 둘은 차에서 내렸다.

사방이 쥐 죽은 듯 고요했다. 숲은 바람이 찼다. 두 사람은 모래와 자갈을 밟으며 고원의 가장자리까지 걸어갔다. 광활한 평원과 한 눈에 담으니 야트막한 둔덕들은 새 발의 피였다. 그들의 눈 아래 펼쳐진 스텝은 끝이 보이지 않았다. 누렇게 말라죽은 풀이 새싹에 자리를 내어줬는지, 초록빛이 군데군데 눈에 띄었다. 풀이 바람에 누웠다 일어나며 물결쳤다. 구름을 뚫고 햇살이 비쳤다. 지평선은 안개에 싸여 흐릿했다.

소년이 베그를 쳐다보았다. 여기가 어딜까? 여기에 뭐하러 왔을까?

베그가 조금 먼 데를 손가락으로 가리켰다. "국경이야."

둘 다 말이 없었다.

저 아래, 국경이 구불구불한 선을 그리고 있었다. 과거에는 국경의 이쪽 편이 경비가 삼엄했다. 그 시절에는 저격수들이 비밀 초소에 숨어 있다가 국경을 넘어오는 사람을 쏴죽이곤 했다. 그러나 지금은 국경 저편의 경비가 강화되었다.

베그는 차에서 쌍안경을 가져와 소년에게 건네주었다. 소년은 쌍안경을 들여다보다가 금세 살짝 눈에서 떼었다.

"잘 보일 때까지 여기를 돌려야 해. 아니, 일단은 눈에 갖다 대야지……. 그래, 이제 돌려봐. 선명하게 보일 때까지."

잠시 후, 소년이 물었다. "저거 바리케이드예요?"

"여기 바리케이드가 하나 있지. 북쪽으로 좀 더 가면 적외선 검사 장치, 기동반, 심지어 위성 카메라까지 있어. 야간 쌍안경도 있고. 쥐 새끼 한 마리 못 빠져나가."

소년이 콧방귀를 뀌었다. "난 아니에요."

"너도 별수 없어."

"눈에 띄지 않게 조심하면……."

"그래도 투명 인간이 되진 못해."

소년이 지평선으로 눈을 돌렸다. "집들이 보여요!" 소년은 깜짝 놀랐다. 약속의 땅은 생각보다 더 가까웠다. 손만 내밀면 닿을 듯했다. 팔을 힘껏 뻗으면…….

"자동차들도 보여요! 저기요!"

아이는 무엇보다 국경 저편의 삶도 이곳의 삶과 크게 달라 보이지 않아 놀란 듯했다. 같은 풀, 같은 차, 같은 집. 아이가 한숨을 쉬었다. 구름이 태양을 잠시 가렸다. 스텝이 잿빛으로 변했다.

베그는 생각했다. 멀리서 떠나온 소년 모세가 드디어 목적지를 바라보는구나.

탄탈로스의 형벌.● 눈앞의 저 길은 가로막힌 길이니.

"정말 그렇게 어려울까요?" 소년은 쌍안경에서 눈을 떼지 못한 채 물었다.

베그가 고개를 끄덕였다. "아주 어렵지."

소년은 저 너머의 세상을 들이마시고 있었다. 그의 가장 큰 바람은 저곳에 가는 것이었다. 저곳에 가면 아무 문제도 없으리라.

● 그리스 신화에 등장하는 인물. 탄탈로스는 신들을 시험한 죄로 언제나 눈앞에 물과 먹음직스러운 과일을 두고도 영원히 갈증과 허기에 시달려야만 하는 벌을 받았다.

남들이야 뭐라고 하든, 저기만 가면 어떤 문제도 있을 수 없었다.

"너, 이스라엘이라고 들어봤니?" 베그가 물었다.

소년이 고개를 가로저었다.

"아주 먼 곳에 있는 나라야." 베그는 지평선 너머로 손을 뻗으면서 말했다. "바다와 면해 있는, 햇살이 따뜻한 땅이지."

"그런데요?"

"그 나라에 가면 어떨까 해서. 거긴 선진국이야. 여기랑은 달라. 그 사람들은 사막을 개간했지. 그래서 대추야자랑 포도랑 망고를 심었어. 이따가 너에게 사진도 보여줄게."

아이의 이마에 깊은 주름이 잡혔다. "거긴 어떻게 가요? 이······."

"이스라엘."

"많이 멀어요?"

"내가 요즘 생각을 좀 해봤지. 네가 국경을 넘는다 치자. 넌 할 수 있을 거야. 처음 한 번으로는 안 되겠지만 열 번은 넘지 않을 거야. 그래도 넌 할 수 있어. 넌 빠릿빠릿하고 끈질긴 아이니까. 문제는 그다음이야. 국경을 넘어봤자 넌 그 나라에서 원치 않는 외국인일 뿐이지. 그들이 널 죽이거나 하진 않을 거다. 그렇지만 똑똑히 알아두렴. 거기 가도 너 같은 사람들은 널렸어. 넌 허구한 날 모욕을 당해야 할 거야. 기껏해야 역에서 신문팔이나 하겠지. 시장에서 짐을 지거나 식당에서 설거지를 하느라 허리가 끊어지겠지. 손바닥만 한 방을 일고여덟 명이 함께 쓰고 돌아가면서 쪽잠을 자게 될 게 뻔해."

베그는 이 말이 쇠귀에 경 읽기라는 것을 알고 있었다. 그가 묘사한 현실은 다른 사람들에게나 해당될 것이다. 소년의 현실은 특별할 것이다. 통계와 확률에 개의치 않는 무수한 자들의 몽상은 그런 것이니.

"음, 내 말이 사실이라는 것만 인정하자. 너도 그 상황을 구체적으로 상상해보렴, 알았니? 너는 불법 이민자니까 언제 체포당하거나 추방당할지 몰라. 늘 너를 감시하고 범죄자 취급하는 사람들이 있을 거다. 그런 걸 원하냐?"

소년은 조급한 듯 고개를 저었다. 그가 궁금한 것은 이 추론 자체가 아니라 그다음에 나올 결론이었다.

베그가 고개를 끄덕이고 천천히 말했다. "그래서 이스라엘을 생각했단다. 알아, 네 생각과는 완전히 다르다는 거. 엉뚱한 계획인 셈이지. 네가 출발하면서 세웠던 계획보다는 골백번 훌륭한 계획이지만."

"그럼 그렇게 할까요?"

"한 가지 걸림돌이 있어. 이스라엘에서 살려면 유대인이 되어야해. 너 유대인이 뭔지는 알아?"

소년은 고개를 저었다.

"러시아인, 미국인, 뭐 그런 식으로 유대인이라고 부르는 사람들이 있어. 유대인들이 사는 나라가 이스라엘이고."

"아하!"

"그래. 그런데 너는 유대인이 아니야. 거기 가려면 유대인이 되어야 해."

무슨 말인지 모르겠네, 이 영감탱이가 무슨 소리를 횡설수설하는 거야. 소년의 이마에 잡힌 주름이 그렇게 말하고 있었다.

"네가 과연 유대인이 되고 싶은지 생각해봐야겠지."

"나는 뭐든지 할 각오가 되어 있어요. 방법만 말하세요."

베그는 장화 앞코를 내려다보았다. 그날 아침에 광나게 닦은 장화가 벌써 누런 먼지투성이였다.

"그래서요?" 소년이 다그쳤다.

"일단은…… 어떻게 말해야 할까? 행정적으로 처리해야 할 문제가 있어. 유대인이 되려면…… 네가 내 아들이어야 해. 아니, 제대로 말하자면 내 아들이 되어야 하는 거지. 그래야 이스라엘 비자를 신청할 수 있거든."

베그는 초등학생으로 돌아간 것처럼 쑥스러웠다. "내가 네 아버지가 되어야 한다고. 당연히 진짜 아버지는 아니고 '서류상의' 아버지일 뿐이야. 넌 유대인이 아니고 난 네 아버지가 아니니까. 그러니까 너랑 나 둘 다 지금까지와는 다른 사람이 되어야 해. 할 수 있어. 서로 맞출 수 있는 문제라는 뜻이야. 행정적으로 해결할 수 있는 문제지. 너에게 유대인 가족을 만들어주는 거 말이야. 우리 랍비가 영리한 사람이라 세상을 좀 안다. 행정적인 문제는 그렇게 풀면 돼. 게다가 넌 이미 서류상으로는 빠져나갔잖아?"

소년이 베그를 쳐다보았다. 두 사람은 공통의 기억을 떠올리며 웃음을 터뜨렸다. 베그는 사법 경찰들에게 태어난 지 2주 된 신생

아를 보여주면서 그 애가 사이드 미르자라고 말했다. 사법 경찰들은 이렇게 어린 아기라면 그냥 병원에 맡겨두는 편이 낫겠다고 판단했다. 그리하여 갓난아기 사이드 미르자는 미카일로폴 병원에 남았고 또 다른 사이드 미르자는 경찰의 추격과 세상의 눈을 피할 수 있게 되었다. 그들이 사태를 알아차릴 즈음에——그럴 수 나 있을지 모르겠지만——소년은 멀리 가 있을 것이다.

"그게 다예요?"

"아니, 안됐지만. 만만한 일이 아니야. 넌 히브리 어를 배워야 해. 말도 할 줄 모르는데 이스라엘에 어떻게 가겠어. 자칫하면 쫓겨날지도 몰라……. 내가 너한테 가르칠 거지만 쉬운 일은 아냐. 하지만 내 머리는 닳아빠졌어도 네 머리는 쌩쌩하잖아? 그러니 내가 하나만 가르쳐도 너는 열을 알 거다."

베그는 눈을 실처럼 가늘게 떴다. "너는 훌륭한 유대인이 될 거다, 사이드 미르자. 넌 이미 광야를 건너왔지. 누구보다 그 세상을 잘 알 거야."

"유대인이 되면 나한테 뭐가 좋은데요?"

"유대인은 세계 어느 곳에 살든지 이스라엘 여권을 발급받을 수 있어. 비행기를 타고 합법적으로 이 나라를 뜰 수 있다는 뜻이야. 더는 범죄자처럼 살지 않아도 돼."

소년은 설움 많은 개처럼 한숨을 쉬었다. "비행기요? 정말요?"

"걸어선 못 가니까."

"난 갈 수 있어요."

"그래, 어쩌면 너는 가능할지도 모르지."

"아저씨도 같이 가요?"

"나? 아니, 난 여기 남아야지. 나야 이 난장판에서 잔뼈가 굵었는데. 그냥 가끔 나에게 네 소식이나 몇 자 적어보내렴."

"알았어요."

"하지만 히브리 어부터 배워야지."

소년이 고개를 끄덕끄덕했다.

"좋은 유대인이 되렴."

소년이 또 고개를 끄덕였다.

"아버지를 빼다 박은, 부지런하고 똑똑한 사람이 되어야지."

"알았어요. 알았다고요."

"그리고 내가 죽거든, 네가 며칠 여기 와서 장례를 치러줄 수 있겠지."

"알았어요."

바람이 능선을 훑고 지나갔다. 갑자기 기온이 뚝 떨어진 듯했다. 베그는 잠바 지퍼를 올렸다. 소년은 추운 줄도 몰랐다. 그는 약속의 땅에 떠오르는 태양의 빛을 얼굴에 받고 있었다. 출렁이는 풀밭, 그 누런 바다 너머 먼 곳을 응시하면서.